MILLIARDÄR MUFFEL

RUPPIGE SINGLE PAPAS

WILLOW FOX

ALLISON WEST

SLOWBURN
PUBLISHING

Milliardär Muffel

Ruppige Single Papas Buch 1

Willow Fox

Veröffentlicht von Slow Burn Publishing

Cover Design by GetCovers

© 2023

vi

übersetzt von Daniel T.

ÜBER DIESES BUCH

Ich bin Levi Luxenberg. Vierzigjähriger Milliardär. Geschäftsführer von Luxenberg-Enterprises. Und offenbar auch Vater eines Kindes.

Vor einer Woche war es noch nicht einmal in meinem Zehnjahresplan vorgesehen, Kinder zu haben.

Jetzt habe ich eine fünfjährige Tochter, die mich kaum anschaut.

Ich weiß, dass Amelia um ihre verstorbene Mutter trauert, und ich schwöre, dass ich kein kompletter Idiot bin, aber ich bin kurzfristig in einen Privatjet nach Chicago gestiegen, und das Kind will nicht einmal ein Wort mit mir reden.

Als ob das nicht schon schlimm genug wäre, ist unser Pilot auch noch krank geworden, und ich muss zum ersten Mal seit Jahren einen Linienflug nehmen.

Man sollte meinen, das wäre das Ende, aber nein.

Es ist die Kirsche auf dem Sahnehäubchen?

Amelia unterhält sich lieber mit Clare, der geschiedenen, arbeitslosen und beschwipsten Frau, die direkt vor uns sitzt, als mit mir.

Sie plaudert mit ihr, sie lächelt sie an, sie malt ihr sogar ein verdammtes Bild.

Ich wäre wirklich sauer, wenn ich nicht sehr dringend ein Kindermädchen brauchen würde.

Da meine Assistentin meine Stellenanzeige vermasselt und mich wie einen mürrischen Milliardär hat aussehen lassen, der verzweifelt eine Frau sucht, scheint Clare plötzlich perfekt für den Job zu sein.

Sie hat keine Wohnung, weiß nicht, wer ich bin, und hat keine Skrupel, als Kindermädchen auf Probe zuarbeiten.

Das Problem ist, dass ich sie vielleicht länger brauchen würde ...

KAPITEL EINS

Levi

„Mürrischer Milliardär sucht verzweifelt nach einem Kindermädchen für seine fünfjährige Tochter. Von Ihnen wird erwartet, dass Sie bis spät in die Nacht arbeiten, kein soziales Leben haben, viele Tränen vergießen und absolut keinen Alkohol trinken, keine Drogen nehmen, keine Partys besuchen und dass Sie keinen Spaß haben werden.“

Das war die Anzeige, die heute Morgen geschaltet wurde. Meine Assistentin hatte genug von meinem ständigen Blödsinn und beschloss, mir eine Kostprobe meiner eigenen Medizin zu geben. Ich kann nicht glauben, dass Nancy dachte, dass in der Anzeige stehen sollte, dass ich ein Milliardär bin. Versuchte sie, alle Frauen, die nur auf mein Geld aus sind, anzulocken?

Ich gebe zu, dass ich nicht immer nett zu meiner Assistentin gewesen bin. Sie musste Anrufe von meinen früheren Dates entgegennehmen und ihnen sagen, dass ich nicht mehr interessiert bin.

War das ihre Vorstellung von Rache?

„Was?" Ich gehe an mein Telefon. Es ist meine Assistentin.

„Haben Sie die SMS bekommen, dass Ihr Heimflug gestrichen wurde?"

„Nein", knurre ich und stelle Nancy auf Freisprechen, während ich meine Nachrichten öffne. Es gab Dutzende von Nachrichten und noch mehr E-Mails, die ich ignoriert habe.

Ich bin ein viel beschäftigter Mann und hatte in den letzten achtundvierzig Stunden keine Zeit, mich um die Arbeit zu kümmern.

Ich habe gerade erfahren, dass ich Vater bin, und das kleine Mädchen wurde in eine vorübergehende Pflegefamilie gebracht, nachdem ihre Mutter bei einem Autounfall ums Leben gekommen war.

Mein Anwalt führte einen vergleichenden DNA-Test durch und forderte Amelias DNA an. Die Wahrheit war auf dem Papier offensichtlich für mich. Nachdem ich das kleine Mädchen mit Augen, die so blau wie die Tiefen des Ozeans sind, gesehen habe, weiß ich, dass das Kind zweifellos von mir ist. Sie hat das blonde Haar und die Statur von Katelyn. Sie ist klein, für ihr Alter, aber auf Amelias Geburtsurkunde steht, tatsächlich mein Name als ihr Vater. Das Geburtsdatum des Kindes stimmt mit der Zeit überein, in der Katelyn und ich zusammen gewesen sind.

Seit ich sie getroffen habe, spricht Amelia kein einziges Wort mit mir. Ich bin sicher, dass das Kind reden kann, aber ihr Schweigen ist schwerer als alles, was ich mir vorgestellt habe.

Ich bin mir sicher, dass es daran liegt, dass sie trauert.

Ich auch.

Aber wir trauern aus unterschiedlichen Gründen.

Ich bin nicht bereit, Vater zu werden.

Ich werfe einen Blick auf das kleine Mädchen, das mir gegenübersitzt. Sie hat ihr Frühstück nicht angerührt, und ich habe von allem etwas, was auf der Karte steht, bestellt, weil sie sich weigerte, bei der Kellnerin ihre Bestellung aufzugeben.

„Ich kann Ihnen zwei Erste-Klasse-Tickets direkt von O'Hare nach JFK buchen."

„Informieren Sie Douglas über die Reisesituation und dass wir vom JFK abgeholt werden müssen."

„Ich kümmere mich darum", sagt Nancy. „Ich schicke Ihnen die Flugdaten."

„Ich hasse kommerzielle Flüge", murre ich.

„Es tut mir leid, Mr. Luxenberg."

„Ja, mir auch." Ich beende den Anruf und stecke mein Telefon in meine Jackentasche.

Amelia starrt mich an, ihre Pfannkuchen sind unangetastet. Genau wie der Erdbeermilchshake mit Schlagsahne, die am Rand des Glases heruntertropfte.

Ich nehme mir ein Stück von ihrem Speck, und sie kneift die Augen zusammen, als ob es ihrer wäre und ich ihn nicht anfassen dürfte. Aber sie schimpft nicht mit mir.

Ich werde nur mit weiterem Schweigen konfrontiert. Es wäre mir fast lieber, sie würde schreien, weinen oder einen Wutanfall bekommen. Nicht, dass ich mit solchen Ausbrüchen gut umgehen könnte, aber das Schweigen tut mir so verdammt weh.

Ich bin überfordert und brauche dringend ein Kindermädchen, jemanden, der gut mit Kindern umgehen kann.

Mein Handy klingelt in meiner Tasche, ich greife danach und werfe einen Blick auf die SMS von Nancy, sie bestätigt die Sitzplatzreservierung. Wir sind beide im selben Flugzeug, aber Amelia sitzt in der Reihe vor mir.

Die Sitze sind nicht nebeneinander.

„Scheiße!"

Amelias starrte mich mit großen Augen an, als ihr die Kinnlade herunterfällt.

„Sag dieses Wort nicht", schimpfe ich, bevor sie es wiederholen kann.

Wir beendeten den Besuch im Restaurant und fahren direkt zum Flughafen. Wir haben kein Gepäck aufzugeben, nur einen Handkoffer und den Rucksack. Das Kind hatte nicht viele Sachen dabei, nur einen kleinen Rucksack mit einer Handvoll Outfits.

Gestern Abend und auch heute Morgen weigerte sich Amelia, das rosa Rüschenröckchen, die weiße Strumpfhose und das weiße T-Shirt auszuziehen. Es ist erstaunlich, dass ihr weißes T-Shirt noch sauber ist, nachdem sie im Hotel damit geschlafen hat.

Sie ist sehr hartnäckig.

Ein weiterer Grund, warum ich ein Kindermädchen brauche. Ich bin nicht der geduldigste Mensch.

Wir steigen zeitig in das Flugzeug ein, und ich erkläre der Stewardess unsere Situation mit den Sitzplätzen. Der Flug ist ausgebucht, aber die Frau neben mir bietet mir an, den Sitzplatz zu tauschen. Sie ist hübsch, hat langes blondes Haar und eine füllige Figur, die meinen Schwanz beim Bewundern ihrer Kurven zucken lässt.

„Hallo, ich bin Clare", sagt die Blondine und lächelt Amelia an.

Amelia drückt ihr ausgestopftes Einhorn fester an sich. Seine Mähne ist regenbogenfarben und glitzert, es ist das einzige Spielzeug, das das Kind dabeihat.

„Sie ist schüchtern", sage ich, da ich der fremden Frau gegenüber nicht näher auf das jüngste Trauma in ihrem Leben eingehen möchte.

„In ihrem Alter war ich auch schüchtern", sagt Clare und richtet ihren Blick ganz auf Amelia. Es ist, als würde ich gar nicht existieren. „Wie heißt deine Freundin?", fragt sie und zeigt auf das Einhorn.

Clare geht im Flugzeug zu der Reihe vor uns. Sie setzt sich nicht. Sie stützt sich auf die Kopfstütze und versucht, sich mit Amelia zu unterhalten.

Amelia antwortet nicht, aber ich antworte dafür eher bissig.

„Das sind genug Fragen für heute", sage ich knapp, meine Laune ist nicht die Beste. Mit einer Geste fordere ich sie auf, sich auf ihrem Sitz umzudrehen.

„Sie müssen nicht unhöflich sein", sagt Clare, dreht sich um und setzt sich auf ihren Platz.

Amelias rümpft ihre Nase, und ich weiß nicht, was sie denkt. Sie hält das Einhorn an ihr Gesicht, und ihr Mund bewegt sich ganz leise, aber ich kann nicht hören, was sie sagt. Es ist ein Geheimnis zwischen ihr und ihrem flauschigen Freund.

Ich entschuldige mich nicht beider Frau, die in der Reihe vor uns sitzt. Vielleicht sollte ich das tun, denn sie hat mir einen Gefallen getan und den Platz getauscht.

„Warst du schon einmal in einem Flugzeug?", frage ich Amelia.

Sie antwortet mir nicht. Ihre Mutter lebte nicht immer in Chicago. Ich lernte sie in New York kennen. Es war mit ihr eine kurze Romanze, die schon am Anfang hell und heiß brannte.

Beim Start des Flugzeuges hält sich Amelia an der Armlehne des Sitzes fest. Ich lege meine Hand auf ihre. „Es ist okay. Nur ein wenig holprig. Das muss auch so sein", versichere ich ihr.

Es gab keine Anzeichen dafür, dass sie nickt oder irgendetwas sagt, das darauf hindeutet, dass sie mich versteht. Soweit mir bekannt war, hat ihre Mutter Katelyn keine anderen Sprachen gesprochen.

Nachdem wir die Reiseflughöhe erreicht haben, fragt uns die Stewardess nach unseren Getränkebestellungen. Ich verzichte auf jeglichen Alkohol. Ich hätte jetzt gerne einen starken Drink, aber er wird mir nicht helfen, zu vergessen, warum ich in Chicago war.

Ich hole ein Malbuch und Buntstifte aus dem Rucksack. Auf einer Seite sind Zeichnungen zum Ausmalen, die andere Seite ist leer. Zum Glück hat uns das Restaurant für den Flug etwas mitgegeben. Ich ziehe den Tisch vor Amelia herunter, lege die Sachen darauf, damit sie malen kann.

Sie starrt sie an und schaut dann wieder zu mir.

„Nur zu. Du kannst malen", sage ich.

Ich weiß nicht viel über Kinder, geschweige denn über Kindererziehung. Mein jüngerer Bruder Connor ist ein Vollidiot, und Gott sei Dank hat er sich nicht fortgepflanzt.

Ich habe versucht, mich um ihn zu kümmern. Ich habe ihm einen Job im Management des New Yorker Hotels gegeben. Aber er hat ein Händchen dafür, anständige

Mitarbeiter entweder zu feuern oder sie dazu zu bringen, zu kündigen. Ich muss ihn dazu bringen, seinen Arsch fünf Tage in der Woche zur Arbeit zu bewegen, ansonsten bekommt er keinen Gehaltsscheck ausgehändigt. Wo kann ich ihn sonst unterbringen?

Ich habe das Unternehmen zwar geerbt, aber ich habe auch den Laden umgekrempelt. Es war kaum rentabel, als ich es nach dem Tod unseres Vaters übernahm. Ich hatte keine andere Wahl, als die Dinge umzukrempeln und es besser zu machen, denn wer würde sich sonst um Mama kümmern?

Mein Vater überließ mir das Geschäft, was bedeutete, dass ich mich um meine Mutter und meinen jüngeren Bruder kümmern musste. Ich bin kein Vollidiot. Ich habe keinen von ihnen auf die Straße gesetzt, obwohl es bei Connor schon sehr verlockend war.

Die Anschnallampel geht aus, und die Frau in der Reihe vor uns dreht sich um und beobachtet Amelia.

„Was malst du da?", fragt Clare.

Amelia rümpft die Nase. Das Papier ist völlig leer.

„Wie wär's, wenn du ein Bild von deinem kahlköpfigen Vater malst?" Clare grinst.

„Ich habe keine Glatze", knurre ich. Warum kann sie sich nicht umdrehen und sich um ihren eigenen Kram kümmern?

„Genau", sagt Clare und schnappt zu. „Wie heißt das noch mal mit den stacheligen Haaren?" Sie gestikuliert über ihren eigenen Kopf, als würden ihre Haare einen halben Meter in die Höhe ragen.

Amelia gluckst und zeigt auf meinen Kopf. „Trollhaar", sagt Amelia kichernd.

Ich nehme an, das ist besser, als in meinem Alter als kahlköpfig bezeichnet zu werden. „Glaubst du, ich habe Trollhaar?" Ich erzwinge ein Lächeln und bin dankbar, dass ich die Stimme der kleinen Amelia gehört habe.

Amelia zuckt mit den Schultern, das Lächeln verschwindet, und mein Herz tut weh.

Ich möchte sie lachen, hören und sorglos sehen. Sie ist erst fünf Jahre alt. Sie sollte vor Neugierde übersprudeln und gesprächig sein. Diese stille Seite ist frustrierend.

Clare starrt uns an, und bevor ich Zeit habe zu begreifen, was sie tut, fahren ihre Finger durch mein Haar. Sie lässt mein Haar stachelig werden und zu Berge stehen.

Amelia kichert, grinst breit und deutet auf meinen Kopf. „Trollhaar."

„Kannst du mir einen Troll zeichnen?", fragt Clare.

Amelia nickt und greift nach dem lilafarbenen Buntstift, den sie fest umklammert, während sie auf dem weißen Papier zu malen beginnt.

Ich atme erleichtert auf und fahre mir mit der Hand durch mein ungekämmtes Haar, um das Chaos zu beseitigen, bevor unser Flugzeug landet. In New York gibt es genug Presse, die mich sofort entdeckt, wenn ich aus dem Flugzeug steige, und ich brauche keine lächerlichen Bilder von mir mit Trollhaaren in der Zeitung und in den sozialen Medien.

Wie es scheint, muss ich eine Pressemitteilung herausgeben und eine öffentliche Ankündigung über Amelia machen, bevor ich mit Anschuldigungen überschüttet werde.

Clare schenkt mir ein tausendfaches Lächeln, aber es ist eindeutig erzwungen. Sie dreht sich um, geht auf die Stewardess zu und sagt leise etwas zu ihr.

Beide paar Augen bleiben an mir hängen, bevor sie wegschauen.

Ich bin an die Blicke und die Neugierde gewöhnt. Sie muss gemerkt haben, dass ich der Milliardär Levi

Luxenberg bin. Ich war auf den Titelseiten von Zeitschriften und wurde von Berühmtheiten interviewt. Ich bin an die Aufmerksamkeit gewöhnt. Normalerweise ignoriere ich sie.

Aber jetzt kümmere ich mich nicht nur um mich selbst. Ich habe Amelia, und ich kann meine Tochter nicht mehr geheim halten. Ich muss einfach alle bitten, unsere Privatsphäre zu respektieren.

Sobald Clare wieder auf ihrem Platz sitzt, behalte ich die Stewardess im Auge und vergewissere mich, dass niemand Fotos von Amelia und mir im Flugzeug macht.

Dreißig Minuten später dreht sich Clare um, und schaut nach Amelia. „Wie läuft es mit der Zeichnung?"

Amelia arbeitet immer noch sehr fleißig an ihrer Trollzeichnung. Ich habe nicht viel erwartet, aber das Kind hat ein Händchen für Kunstwerke. Sie antwortet Clare nicht, aber das ist in Ordnung, denn ich weiß, dass sie es kann, und irgendwann wird sie auch sprechen, wenn sie dazu bereit ist.

Die Stewardess bringt Clare eine Mini-Flasche Wodka, die sie mit Orangensaft mischt und in der Hand hält, während sie spricht. Ich habe nicht darauf geachtet, wie viel sie vorher schon getrunken hat, aber das ist nicht der erste Drink, der ihr serviert wird.

Ich habe mich entschieden, für Amelia einen Apfelsaft zu bestellen, den sie schon ein paar Mal getrunken hat.

Clares Wangen sind rot und ihre Lippen glänzen. „Ich wünschte, wir könnten für immer in der Luft bleiben, einfach weiterfliegen."

„Warum?", fragt Amelia und blickt von ihren Buntstiften auf.

Mein Kind scheint von der beschwipsten Frau, die in der Reihe vor uns sitzt, begeistert zu sein. Toll.

„Ich will nicht nach New York. Nach einer lieblosen Ehe und nachdem ich endlich den Mut hatte, meinen narzisstischen und emotional missbrauchenden Ex zu verlassen, muss ich einen Job und eine Wohnung finden, ohne etwas in Aussicht zu haben. Ich habe sechs Jahre lang als Vorschullehrerin gearbeitet, und ich habe jede Minute davon geliebt. Aber sobald wir geheiratet hatten, zwang *er* mich, meinen Job aufzugeben. Es gefiel ihm nicht, dass ich nicht zu Hause war, wenn er nach Hause kam. Er hatte Angst, dass ich ein Leben außerhalb von ihm haben könnte. Eifersüchtiges Arschloch ..." Sie schlägt sich eine Hand vor den Mund und sieht Amelia an. „Ups, ich meinte eifersüchtiger Typ."

Völlig unbeeindruckt plappert sie weiter, nicht im Geringsten fertig mit ihren Ausführungen.

„Meine beste Freundin hat mich während der Scheidung bei sich in Chicago wohnen lassen, aber jetzt bin ich nicht mehr willkommen. Frischvermählte", sagt sie lachend. „Sehen Sie, warum ich lieber in der Luft bleibe und frei fliege?"

„Und Sie dachten, es wäre klug, Geld für ein Erste-Klasse-Flugticket auszugeben?"

„Nicht, dass es Sie etwas angehen würde, aber ich habe diese Flugmeilen von meinem Ex gestohlen."

Ich schenkte ihr ein schiefes Lächeln. „Schön für Sie."

Amelia starrt verwirrt zu Clare hoch. Ich kann mir vorstellen, dass das meiste davon über den Kopf des Kindes gegangen ist.

„Was sind Ihre Pläne, wenn Sie in New York landen?", frage ich.

Sie nippt am Orangensaft mit Wodka aus einem durchsichtigen Plastikbecher. „Ich weiß es nicht. In den letzten acht Monaten war ich im Überlebensmodus. Mein Ex hat mich bei der Scheidung ausbluten lassen. Wahrscheinlich werde ich Burger braten oder so etwas ähnliches und in einem Pappkarton schlafen."

Amelia übergab die Trollzeichnung an Clare.

„Ist das für mich?", fragt Clare mit großen Augen. Amelia nickt. „Warum gibst du es nicht deinem Vater? Ich wette, er würde es sich gerne an den Kühlschrank hängen."

„Ich habe keinen Vater", flüstert Amelia und starrt zu Clare hoch.

Bei ihrer Bemerkung krampft sich mein Magen zusammen. „Ich bin ihr Vater", sage ich und räuspere mich.

Clare starrt mich an, als ob sie mir nicht glauben würde. „Das Kind glaubt offensichtlich nicht, dass Sie es sind. Vielleicht sollte ich mich zu ihr setzen."

„Wie bitte?" Ich bin entsetzt über ihren Vorschlag.

„Möchtest du, dass ich mich zu dir setze, Schätzchen?", fragt Clare Amelia.

Amelia blickt von mir zu Clare. Das Kind weiß nicht, was los ist, und die Frau, die eine Reihe vor uns sitzt, auch nicht.

Amelia löst ihren Sicherheitsgurt und schlängelt sich an mir vorbei, um in den Gang zu kommen. Ich halte sie an der Taille fest, denn ich will nicht, dass sie wie eine Verrückte im Flugzeug herumrennt. Jetzt ist weder die Zeit noch der Ort, an dem sie frei herumlaufen kann.

„Sir, ich muss Sie bitten, Ihre Hände von dem kleinen Mädchen zu nehmen", sagt die Stewardess und tauscht einen kurzen Blick mit Clare.

„Verdammt noch mal, ich bin ihr Vater!"

„Sie müssen sich beruhigen, Sir", sagt die Flugbegleiterin.

Amelia huscht von mir weg, nachdem ich die Stewardess angefaucht habe. Sie klettert auf den Schoß von Clare, was die Sache nicht gerade erleichtert.

„Sie ist meine Tochter", sage ich.

Die Stewardess beugt sich auf Amelias Höhe hinunter. „Ist dieser Mann dein Vater?", fragt sie das kleine Mädchen.

Amelias blickt mit großen Augen von mir zurück zur Stewardess. Alle sind still.

Scheiße.

„Amelia, komm zurück auf deinen Platz", zische ich und versuche, meine Stimme nicht zu erheben, aber mein Kiefer ist angespannt und meine Hände sind zu Fäusten geballt.

Ich mache Amelia keinen Vorwurf. Es sind die Stewardess und die neugierige Blondine, die beschlossen haben, sich in die Angelegenheiten anderer Leute einzumischen.

Amelia antwortet mir nicht, warum sollte sie auch? Wir kennen uns doch kaum. Versteht sie nicht, dass sie, wenn sie mich verlässt, wieder in eine Pflegefamilie kommt? Sie musste in einer Notunterkunft bei einer Familie untergebracht werden, bis ich ankam. Will sie dorthin zurück?

„Sir, setzen Sie sich auf Ihren Platz", sagt die Stewardess.

„Behandeln Sie so Ihre Passagiere der ersten Klasse? Sie entführen ihre Kinder?"

„Sie haben recht, Sir. Ich bitte um Entschuldigung. Wie wäre es, wenn Sie uns Fotos von Ihrer Tochter auf Ihrem Handy zeigen? Dann können wir das ganze Missverständnis aufklären, bevor wir die Behörden einschalten müssen."

Amelia ist seit weniger als einem Tag in meiner Obhut. Ich habe keine Bilder von ihr auf meinem Handy.

„Das kann ich nicht tun", sage ich.

Auch von der Sozialarbeiterin gibt es keine E-Mails zu Amelia. Alles wurde per Telefon oder von meiner Assistentin erledigt.

„Das habe ich mir gedacht", sagt die Stewardess.

„Sie haben keine Ahnung, wovon Sie reden." Ich stehe auf, um die Situation zu erklären, ohne dass Amelia das Ganze mitbekommt.

„Sir, Sie müssen sich hinsetzen. Wir werden bald landen."

Grummelnd lasse ich mich in meinen Sitz zurückfallen. Ich schwöre, dass ich nie wieder kommerziell fliegen werde.

Der junge Mann, der auf Platz 1A saß, klettert in die Reihe neben mir und tauscht den Platz mit Amelia, während Clare sie anschnallt.

Ich sollte derjenige sein, der sie anschnallt und auf sie aufpasst. Sie ist *meine* Tochter.

Als wir landen, verkündet die Flugbesatzung, dass niemand von seinen Sitzen aufstehen darf, weil es ein Problem gegeben hat und die Behörden ins Flugzeug geholt werden müssen.

Scheiße.

Kann diese Woche noch schlimmer werden?

———

Die Behörden werden ins Flugzeug gebracht und fordern mich auf, aufzustehen und mitzukommen.

„Nur, wenn meine Tochter mitkommt", sage ich.

„Amelia ist nicht seine Tochter", sagt Clare trotzig.

„Ist sie *Ihre* Tochter, Madame?", fragt der Beamte.

„Nein."

Wenigstens versucht Clare nicht, Amelia zu entführen.

Ich nehme den Rucksack vom Boden und öffne das Gepäckfach. Ich helfe Amelia aus ihrem Sitz, schnalle sie ab und hebe sie in meine Arme. Mit einem Arm halte ich meine Tochter an meiner Hüfte fest, während ich mit der anderen Hand das Gepäck hinter mir trage.

Ich lasse niemanden zwischen meine Tochter und mich kommen.

„Wir werden das klären, sobald wir drinnen sind", sagt der Beamte.

Clare folgt uns, ob sie nun eingeladen ist oder nicht, sie hat sich selbst eine Einladung ausgesprochen.

„Muss sie denn mitkommen?" Ich zeige mit dem Daumen hinter mir auf die Blondine.

„Ja, sie muss ihre Aussage machen, während wir ermitteln."

„Was gibt es da zu untersuchen? Ich bin nach Chicago geflogen, um meine Tochter abzuholen. Wollen Sie wissen, wo ihre Mutter ist? Sie ist tot."

Clare keucht. „Haben Sie sie getötet?"

„Was zum Teufel?" Ich drehe mich auf den Fersen um. „Nein, ich habe sie nicht umgebracht, Sie Psychopath. Sie ist bei einem Autounfall gestorben."

Amelia bricht in Tränen aus und windet sich in meinen Armen. An ihrer Stelle würde ich auch vor mir weglaufen wollen.

Ich lasse nicht los, mein Griff ist fest, ohne dem kleinen Mädchen weh zu tun. „Ich weiß, mein kleines Mädchen. Deine Mutter vermisst dich auch", sage ich und versuche, sie zu trösten.

Ihre Tränen verwandeln sich in hysterisches Schluchzen, und sie gibt nach, indem sie ihren Kummer an meinem Hals und meiner Brust auslässt.

Clare scheint einen Moment lang keine Worte zu finden. „Ihr Verlust tut mir leid", sagt sie schließlich und klopft mir unbeholfen auf die Schulter.

Ich betrachte ihre Hand auf mir. „Nehmen Sie ihre Hand von meiner Schulter. Wir sind keine Freunde. Sie sind nur eine Frau aus dem Flugzeug, die zu viel getrunken hat und wilde Anschuldigungen macht."

Der Beamte räuspert sich, als wir sein Büro betreten. „Da ich Sie aus dem Flugzeug geholt habe, muss ich leider einen Bericht verfassen und eine Untersuchung einleiten. Wenn wir ruhig bleiben, wird alles glattgehen, und Sie alle können bald wieder gehen.

———

Sie ist nicht gerade kurz und schnell. Und die Ruhe zu bewahren, ist auch nicht einfach.

Ein Beamter nimmt die Aussage von Clare auf, während Amelia mit mir in einem separaten Raum festgehalten wird. Es gibt keine Fenster nach draußen, nur einen Einwegspiegel.

Ich bin kein Terrorist.

Ich habe meine Tochter nicht gekidnappt.

Das ist absurd.

Nachdem der Beamte bestätigt hat, dass Amelia rechtmäßig bei mir ist, wird mir gesagt, dass ich gehen kann. Er bringt meinen Rucksack und mein Handgepäck in den Raum, es wurde offenbar ohne meine Erlaubnis durchsucht.

Ich schließe die Fächer wieder. „Nicht einmal eine Entschuldigung." Ich bin angewidert von ihrer Behandlung und den haltlosen Anschuldigungen.

„Sie können eine Beschwerde einreichen bei ...“

„Oh, das habe ich vor, zusammen mit einer Klage gegen euch“, sage ich. Ich lasse den Rucksack über meine Schulter gleiten und hebe Amelia in meine Arme. „Es ist Zeit, nach Hause zu gehen, Kind.“

Ich hebe den Teleskopgriff und ziehe das Handgepäck hinter mir her.

Amelia ist wieder schweigsam. Wie hätte ich nach meinem Ausbruch vorhin am Flughafen etwas anderes erwarten können? Ich hatte mich so verdammt angestrengt, mich zusammenzureißen, aber plötzlich ist es schwer, wenn einem ein Kind aufgedrängt wird. Ich spreche nicht von dem Gewicht, wenn man sie trägt.

Wir werden aus den hinteren Räumen in den Hauptbereich des Flughafens begleitet. Wir haben kein zusätzliches Gepäck, also hole ich mein Handy aus der Tasche und rufe meinen Fahrer Douglas an, um ihm mitzuteilen, dass wir bereit sind.

Wahrscheinlich wartet er auf dem nächstgelegenen Parkplatz, um uns abzuholen. Er hatte den Auftrag, einen speziellen Kindersitz für ein fünfjähriges Mädchen zu kaufen. Da Douglas selbst Kinder hat, weiß er sicher, welche Art von Kindersitz er kaufen muss, während ich ratlos bin. Es gibt zu viele davon, um herauszufinden, welcher der richtige ist.

Ich lege den Anruf auf, stecke mein Handy in die Tasche und sehe Clare, die auf denselben Ausgang zusteuert.

„Sie schon wieder", schimpfe ich.

Ihre Augen sind hell, sie haben die Farbe von Meerschaum, ein bläuliches Grün. „Es tut mir leid", sagt Clare, auch wenn es nicht hilft.

„Es ist zu spät für Ihre Entschuldigung." Ich ziehe meinen Mantel aus und wickle ihn um Amelia, während ich sie nach draußen trage. Das ist das Beste, was ich in dieser kurzen Zeit tun kann. Das Wetter in Chicago ist für Anfang Oktober sehr warm, sodass ich nicht daran gedacht habe, eine Jacke mitzunehmen. Aber jetzt ist es spät in der Nacht, und die Luft passt zu meiner Stimmung - kühl.

Ich setze den Rucksack wieder auf und schmiege Amelia an meine Brust. Zwischen unserer Körperwärme und dem Blazer ist sie wenigstens warm genug, um nicht zu zittern. Zum Glück ist es noch nicht mitten im Winter.

Clare geht mit mir nach draußen. „Hören Sie, es tut mir wirklich leid, was da vorhin passiert ist."

„Ich habe verstanden. Sie haben sich um *meine* Tochter gekümmert."

„Ja", sagt Clare. „Sie schien sich bei Ihnen nicht wohlzufühlen. Es ist mir nie in den Sinn gekommen, dass es an dem liegen könnte, was passiert ist ..." Sie drückte sich um die Worte herum, denn ich hielt Amelia in meinen Armen. „Es tut mir so leid, Sir. Wenn ich irgendetwas tun kann, um es wiedergutzumachen. Ich schwöre, ich habe nur ihr Bestes gewollt. Man hört von Kindern, die entführt oder verschleppt werden, und ich wollte nur helfen."

„Entschuldigung nicht akzeptiert. Sie haben versucht, mich verhaften zu lassen, *Flugzeugmädchen*. Was habe ich getan, um Ihre haltlosen Anschuldigungen zu rechtfertigen?"

Clare seufzt schwer. „Nichts. Ich bin die Schuldige. Es ist meine Schuld."

„Ja, es ist Ihre Schuld", sage ich und starre sie an. „Ich dachte, wow, diese Frau weiß wirklich, wie man mit Kindern umgeht. Schande über mich, dass ich auf Ihre „Ich Arme, ich werde obdachlos"- Rede hereingefallen bin."

„Meine was?"

„Sie werden in einem Pappkarton leben und Burger braten", wiederhole ich.

Manchmal höre ich etwas zu gut zu.

Sie zuckt zusammen, als ich ihre Worte wiederhole. „Nochmals, es tut mir leid. Wenn ich irgendetwas tun kann, um es wiedergutzumachen, egal was …"

Amelia zappelt in meinen Armen und greift nach Clare.

„Nein, Schätzchen. Du musst bei deinem Vater bleiben", sagt Clare.

Amelia lehnt sich zurück, drückt sich an mich und versucht zu verstehen, was passiert ist. Es war ein anstrengender Tag. Sie will runter, und ich wäre damit einverstanden, wenn ich wüsste, dass das Kind nicht vor ein Auto laufen würde.

Ich habe im Moment Vertrauensprobleme mit Clare und Amelia.

Amelia streckt schon wieder ihre Arme nach Clare aus. Das Kind zieht diese Fremde mir vor, obwohl sie mich auch nicht wirklich kennt.

„Haben Sie wirklich keine Bleibe?", frage ich mit angespannter Miene.

Warum frage ich? Warum erwäge ich, ihr ein Dach über dem Kopf anzubieten? Die Frau verursacht nur Ärger. Ich sollte weggehen und sie nie wieder sehen. Das wäre für alle Beteiligten besser.

„Ich schaffe das schon. Ich kann bei meiner Freundin auf der Couch schlafen. Ich meine, vorausgesetzt, ihr russischer Mafia-Verlobter hat nichts dagegen, dass ich bei ihr übernachte."

Ich huste bei ihren Worten. „Das ist nicht Ihr Ernst." Je länger ich mit Clare spreche, desto mehr scheint sich Amelia zu beruhigen. Mein kleines Mädchen legt ihren Kopf auf meine Brust und beobachtet die Blondine immerzu, ohne den Blick von ihr abzuwenden.

Ja, Kleine, ich auch nicht. Sie ist umwerfend und sexy, aber sie irritiert mich gleichzeitig. Ganz zu schweigen von dem Altersunterschied. Ich schätze, sie ist kaum über dreißig, und ich bin gerade vierzig geworden.

Das ist frustrierend.

„Ich wünschte, das wäre ein Scherz. Aber er ist heiß, und vielleicht hat er einen Bruder, der verfügbar ist", sagt Clare mit einem Grinsen.

Ich bete, dass sie scherzt, aber etwas sagt mir das Gegenteil.

„Auf keinen Fall." Ich halte einen Moment inne, und zögere, die Worte auszusprechen. „Ich brauche ein Kindermädchen für Amelia. Sie können bei uns bleiben." Sie hatte im Flugzeug erwähnt, dass sie sechs Jahre lang in einer Vorschule gearbeitet hat.

„Wie bitte?" Mit großen Augen legt sie den Kopf schief und starrt mich an, als hätte ich den Verstand verloren. Ich glaube, das habe ich vielleicht, nachdem was heute passiert ist. Es ist spät, ich habe nicht genug geschlafen, und dass ich mich mit einem Kind herumschlagen muss, hat mir zu schaffen gemacht.

Suche ich so verzweifelt nach einem Kindermädchen, dass ich einem neugierigen Flugzeugmädchen einen Job bei mir angeboten habe?

„Sie bekommen Unterkunft und Verpflegung. Es wird eine Probezeit geben. Wenn Sie keinen Mist bauen, stelle ich Sie vielleicht fest ein."

Amelia schaut zu mir auf, ihre langen, dunklen Wimpern fallen zu. Sie scheint sich in meinen Armen zu entspannen, als wäre ihr gerade die Last der Welt von der Brust genommen worden.

Meine auch.

Vorausgesetzt, dass Clare Ja sagt.

KAPITEL ZWEI

CLARE

„Sie haben vor mich einzustellen, nachdem was da drinnen passiert ist?", frage ich und gestikuliere in Richtung Flughafen. Ich habe großen Mist gebaut und meine Nase in fremde Angelegenheiten gesteckt, wo sie nicht hingehört.

Ein geräumiger, schwarzer Luxus-SUV hält vor dem Herrn. Ich habe seinen Namen nicht verstanden. Er hat ihn mir nicht gesagt, und ich war zu sehr damit beschäftigt, ihn zu verfolgen, als ihn danach zu fragen.

Er hält mich hin, und ich glaube wirklich, dass er mir sagen wird, es sei ein schlechter Scherz und ich solle mich verziehen.

„Ich will es nicht, aber ich glaube, Amelia braucht Sie."

Ich schmunzle über seine Bemerkung. Ich bin sicherlich kein Weichei. „Und die Bezahlung?"

„Unterkunft und Verpflegung während der Probezeit", sagt er schroff.

Ich wette, er kann sich mehr leisten, wenn man bedenkt, dass er einen schicken Wagen und einen Fahrer hat, aber vielleicht hat er jemanden bestellt, der ihn abholt. Vielleicht hat er nicht immer jemanden, der ihn herumchauffiert?

Ich kann jetzt nirgendwo hin, aber ich könnte mir eine andere Arbeit suchen, während ich unter seinem Dach lebe. Wenigstens gibt es ein Bett zum Schlafen und Essen im Kühlschrank. Außerdem wird mein ungnädiger Ex-Mann, Zander, nicht wissen, wo ich bin. Er wird nie erraten, dass ich bei einem Fremden wohne. Was bedeutet, dass ich in Sicherheit bin.

„Ich nehme es an."

Sein Fahrer öffnete die Hintertür und hilft Amelia auf den Kindersitz. Er sieht aus, als hätte er mehr Übung darin als der hübsche Troll. Nicht, dass er wie ein Troll aussieht. Trolle sind nicht schön anzusehen und bringen das Herz nicht zum Schwärmen.

Ich dachte wirklich, er sei ein Bösewicht, der ein kleines Mädchen entführt. Ich hänge zu viel mit Sadie herum und höre mir ihre verrückten Geschichten an, nachdem sie mir geschworen hat, es geheim zu halten. Ja, als ob einer von uns beiden ein Geheimnis bewahren könnte.

Ich öffne die Vordertür, um mich nach vorn zu setzen, aber er schüttelt den Kopf. „Rücksitz", sagt er und ich setzte mich zu Amelia nach hinten.

Zum Glück habe ich nur mein Handgepäck dabei, sonst wäre es schwierig gewesen, meinen Koffer nach fast drei Stunden mit den Beamten am Flughafen wiederzubekommen.

„Wohin?", fragt der Fahrer und sieht mich an.

„Sie kommt mit zu uns nach Hause", sagt der Troll schroff.

Ich schnalle mich an und beuge mich vor. „Hey, ich habe ihren Namen nicht verstanden."

Er räuspert sich. „Gut."

„Was?" Ich verstehe das nicht. „Wie soll ich Sie nennen?", frage ich. Warum ist er so verdammt schwierig? Genießt er das als eine Art Rache für das, was ich getan habe, und die Art, wie ich ihn behandelt habe? Ich schwöre, es war nur, weil ich mich um

Amelia gekümmert habe. Der Mann war eindeutig in Schwierigkeiten. Ich habe nur nicht bemerkt, dass er sie da herausgeholt hat.

„Der Herr arbeitet für mich", sagt er.

Ich schnaufe leise vor mich hin. „Ich nenne Sie nicht, Sir."

Meine Wangen brennen bei dem Gedanken, warum ich ihn so nennen sollte, ihn auf Knien anflehen, dass er mich seine Gürtelschnalle öffnen lässt, und - nein, ich erlaube mir nicht, mich mit solch unanständigen Gedanken zu beschäftigen.

Er ist tabu und mir ein Dorn im Auge. Es besteht keine Chance, dass ich mit dem Vater des kleinen Mädchens schlafe, für das ich Kindermädchen bin, na ja, eine kleine Chance. Sag niemals nie.

Er ist heiß.

Mürrisch.

Aber absolut begehrenswert.

Ich bewege mich unbehaglich auf meinem Sitz.

„Sein Name ist Levi", sagt der Fahrer.

„Ich sollte Sie feuern, Douglas", grunzt Levi.

„Aber das werden Sie nicht tun. Wir sind doch wie eine Familie."

„Führen Sie mich nicht in Versuchung", murmelt er.

Ich atme schwer aus und bin zum ersten Mal seit dem Einstieg in den Flieger ruhig. Amelia rutscht auf ihrem Kindersitz hin und her und zeigt mir ihr glitzerndes Einhorn, als hätte ich sie in den vergangenen Stunden nicht mit dem Stofftier kuscheln sehen.

„Hat dein Freund einen Namen?", frage ich und tippe auf die Nase des Einhorns.

Amelia blickt zu mir hoch. „Flugzeugmädchen", sagt sie.

Levi legt den Kopf zurück und beobachtet unsere Interaktion. Macht er sich Sorgen, dass ich nicht weiß, wie ich auf sein Kind aufpassen muss? Ich habe mein ganzes Leben lang mit Kindern zu tun gehabt. Ich habe in einer Vorschule gearbeitet, bevor ich geheiratet habe. Ich könnte die Leiterin anrufen und fragen, ob es freie Stellen gibt. Aber die Bezahlung war nie besonders gut, und mit dem Mindestlohn eine Wohnung zu finden, wird sehr schwer werden.

„Das stimmt", sage ich und lächle beruhigend. „Ich bin Clare."

„Amelia", sagt das kleine Mädchen und deutet auf sich selbst.

Levis Telefon summt. „Was ist los, Nancy?"

Die Tatsache, dass er sich mit einer Frau unterhält, hat mich zum Lauschen gebracht, obwohl es in dem Fahrzeug keinen Zentimeter Privatsphäre gibt.

Ist Nancy seine Freundin?

Ehefrau?

Ich habe nicht auf seinen Finger geschaut, um zu sehen, ob er verheiratet ist, aber wenn er in einer festen Beziehung ist, hätte sie dann nicht wenigstens am Flughafen auftauchen müssen, um die beiden zu Hause zu begrüßen?

Ich hoffe um seinetwillen, dass er es mit Nancy nicht so ernst meint.

„Ich weiß, dass ich spät dran bin, und ich habe meine Sprachnachrichten nicht abgehört. Es gab ein Problem auf dem Flughafen." Er hält inne, und ich warte darauf, dass er dem Anrufer etwas sagt. „Ich habe jemanden gefunden, der vorübergehend mit Amelia hilft. Keinen Dank an Sie."

Autsch. Er hat schlechte Laune, aber ich bin sicher, dass ich nicht dazu beigetragen habe. Bin ich schuld daran? Ja, wahrscheinlich. Das ist sehr schade. Ich habe schon alles verpatzt, viel schlimmer kann es nicht werden.

Während ich Nancys Seite des Gesprächs nicht hören kann, bekomme ich von Levi eine Menge zu hören. „Ich schaffe es weder morgen noch diese Woche ins Büro. Ich muss ein Auge auf Amelia haben und mich um sie kümmern. Mailen Sie mir die Details, und wenn mein Anwalt Sie kontaktiert, sagen Sie ihm, dass er mich auf meinem Handy erreichen kann.

Jurist?

Hat er vor, mich für den Vorfall am Flughafen zu verklagen?

Ich bin sicher, wir können uns arrangieren. Ich könnte auf Amelia aufpassen, um die Peinlichkeit und Demütigung wiedergutzumachen, die ich ihm zugefügt habe. Wie auch immer, ich habe bereits angeboten, das für Kost und Logis zu tun.

Er legt energisch auf.

„Sie sind aber in einer Stimmung", sagt Douglas. Er hatte keine Angst, seine Meinung zu sagen. Das gefiel mir.

„*Sie* hat mich in eine solche Lage gebracht ", sagt er und zeigt mit dem Daumen in unsere Richtung. Ich kann nur vermuten, dass er damit mich und nicht seine kleine Prinzessin meint. Amelia ist wirklich perfekt, anbetungswürdig und süß. Das Mädchen scheint eine Tortur hinter sich zu haben, wie ich mitbekommen habe, aber sie ist unverwüstlich.

„Warum nehmen Sie sie dann mit nach Hause?", fragt Douglas. Obwohl er versucht, seine Stimme leise zu halten, ist sie nicht leise genug, damit ich ihr Gespräch nicht mitbekomme. Wenn sie schlau wären, würden sie das Radio laut aufdrehen.

„Ich brauche ein Kindermädchen, und es ist klar, dass Flugzeugmädchen gut mit Amelia umgehen kann. Es hat sich herausgestellt, dass sie Vorschullehrerin war. Sie weiß, wie man mit Kindern umgeht."

„Trauen Sie sich mehr zu", sagt Douglas. „Es sind kaum vierundzwanzig Stunden mit dem Kind vergangen. Sie beide werden sich aneinander gewöhnen. Sie braucht nur etwas Zeit, um sich an die neue Situation zu gewöhnen."

Er murrt und greift zum Funkgerät, um den Rest des Gesprächs zu überhören.

„Ich glaube, dein Papa mag mich nicht besonders", sage ich und klopfe auf das funkelnde Horn des Einhorns.

„Er ist nicht mein Papa", sagt Amelia. Sie stößt einen lauten Seufzer aus und presst die Lippen zusammen.

Die Bewegung bringt sie zum Kichern, und sie tut es noch einmal.

Levis Telefon klingelt wieder, obwohl ich nicht hören kann, mit wem er diesmal spricht, ist klar, dass er wichtig und beschäftigt ist. Er hat es noch nicht einmal nach Hause geschafft, und er hatte schon zwei Anrufe. Wie viele Leute werden ihn heute Abend noch anrufen?

„Du siehst aus wie eine Prinzessin", sage ich, lächle Amelia herzlich an und zupfe an ihrem rosa Röckchen.

Ihre Augen sind groß, und die Fingernägel von einer ihrer Hände graben sich in das funkelnde Einhorn. Mit der anderen umklammert sie meine Hand.

Ich weiß nicht, was ich von ihrem Gesichtsausdruck halten soll. Sie hat vor Kurzem ihre Mutter verloren. Versteht das kleine Mädchen, dass sie nicht mehr zurückkommen wird?

„Weißt du, was gut zu diesem Röckchen passen würde?"

Amelia starrt mich ausdruckslos an und wartet auf eine Antwort von mir.

„Eine Krone."

Levi legt den Hörer auf. „Prinzessin und Flugzeugmädchen", ruft er und wirft einen Blick über die Schulter auf uns. „Als Erstes muss meine kleine Prinzessin einen Schlafanzug anziehen."

„Nein!", schreit Amelia und verzieht das Gesicht.

„Auch Prinzessinnen tragen Pyjamas im Bett. Wir müssen nur einen Schlafanzug für dich finden, der einer Königin angemessen ist", sage ich.

Amelias Schultern entspannen sich, und sie stupst mich mit ihrem Finger in den Arm.

„Was ist los?", frage ich und versuche, ruhig zu bleiben. Das Kind ist hartnäckig, aber es war ein langer Tag, und sie muss herumlaufen und sich etwas bewegen. In einem Flugzeug zu sitzen und danach im hinteren Korridor unter Polizeibewachung mit ihrem Vater festgehalten zu werden, ist nicht gut für sie.

Wiederum meine Schuld.

„Hunger."

„Papa, hast du etwas zu essen dabei?", frage ich.

„Nennen Sie mich nicht so", schimpft Levi.

„Okay, Griesgram." Ich ernte ein weiteres Kichern von seinem kleinen Mädchen. Offenbar ist sie mit mir einer Meinung.

„Das ist auch nicht besser", murmelt er. „Sie können mich Sir nennen."

„Sir Grummelt viel?" Ich scherze.

Er öffnet den Rucksack zu seinen Füßen und reicht mir eine Packung Obstsnacks. Es ist nicht die gesündeste Wahl, aber sie streckt ihre Hand aus und schnippt mit den Fingern wie ein Krokodil und verlangt die süße Leckerei.

Ich reiße das Folienpaket auf und gebe es ihr.

Hungrig kaut sie auf dem Obstsnack herum. Ich habe nicht gesehen, ob sie während des Fluges etwas gegessen hat, aber in der ersten Klasse gab es einen Mahlzeitenservice. Das Mädchen kann sich glücklich schätzen, in der ersten Klasse fliegen zu dürfen. Als ich so alt war wie sie, hatte ich noch nie ein Flugzeug betreten.

Der Rest der Fahrt verläuft recht ruhig. Amelia macht es sich mit ihrem Snack gemütlich, und der Fahrer hält vor einem schmiedeeisernem Tor. Er kurbelt das Fenster herunter, tippt den Code für das Grundstück ein, und das Tor öffnet sich langsam.

„Wow, schick", sage ich, nicht in der Lage, meinen Mund zu halten.

Die hoch aufragenden Hecken machen es unmöglich, das Grundstück einzusehen.

Douglas fährt uns zum Haupteingang, und ich bin mir sicher, dass mir der Mund offen steht. Der gemauerte Weg führt um den Eingang herum und ist mit einer Überdachung versehen, um alle trocken zu halten, wenn es regnen sollte.

Der Größe des Hauses nach zu urteilen, muss es hinten eine angebaute Garage geben. Ich bin sicher, dass sie mehr als zwei oder drei Fahrzeuge aufnehmen kann.

Lebt er hier allein? Das Haus ist zu groß für eine Person. Es könnte eine Familie oder vier Personen beherbergen.

Levi öffnet die Autotür, steigt aus und streckt sich.

Ich folge ihm und steige aus dem Geländewagen. Die Pflastersteine sind perfekt ausgerichtet, und die Einfahrt ist glatt und makellos. Sie verblasst im Vergleich zum Rest des Hauses und des Grundstücks.

Das dreistöckige Gebäude dehnt sich nach hinten aus und könnte leicht drei Häuser groß sein, wenn nicht mehr. Die cremefarbene Fassade reflektiert die Sonne und lässt sie in einem sanften Gelb erstrahlen, während sich das Gebäude über uns erhebt. Die weißen Zierleisten glitzern im Tageslicht. Die bodentiefen Fenster im ersten Stock sind wunderschön und bringen viel Licht ins Haus.

„Du wohnst hier?" Ich räuspere mich, mein Mund ist trocken.

Levi kommt herum und hilft Amelia, sich aus dem Kindersitz loszuschnallen. Ihre Augenlider sind schwer und träge. Das Kind hat sich endlich beruhigt und ist kurz davor einzuschlafen, als wir ankommen.

Sie ist nicht annähernd so beeindruckt von dem Haus wie ich. Was für ein Haus hatte ihre Mutter, dass sie nicht beeindruckt ist? Vielleicht ist es auch die Tatsache, dass sie erst fünf ist.

„Meine Festung der Einsamkeit".

Ich schwöre, ich reiße meinen Mund vor Erstaunen auf.

„Das ist ein Scherz. Superman? Vergiss es", sagt Levi und schaut uns beide an, um eine Bestätigung zu bekommen.

„Ich kenne Superman", sage ich. Ich bin nicht von gestern, ich kenne diese Comicfiguren. Na ja, die, die ihre eigene Film- und Fernsehserie haben.

Das kleine Mädchen scheint durch, unser Geplapper aufzuwachen. „Wirklich?" Amelia öffnet ihre Augen, und reibt sich den Schlaf raus. „Darf ich ihn kennenlernen? Nein, warte. Ich möchte Supergirl kennenlernen."

Wie soll ich diesem Kind erklären, dass Supergirl und Superman nicht real sind?

Ich möchte ihr nicht das Herz brechen. Sie ist so süß und unschuldig. Ich gehe zum Kofferraum, Douglas öffnet den Deckel und holt mein Gepäck heraus. Ich habe nicht viel mitgenommen, nur einen Koffer mit einem Haufen schmutziger Wäsche.

Ich greife nach meinem Gepäck, und Levi schimpft mit mir. „Lassen Sie Douglas ihre Tasche in ihr Zimmer tragen."

„Ich schaffe das schon", sage ich.

Douglas schnappt sich den zweiten Koffer, trägt Levis Tasche zur Haustür und stellt sie im Foyer ab.

„Sind Sie immer so schwierig?"

„Ich bin gern unabhängig.

Er kichert leise, und ich warte darauf, dass er einen abfälligen Kommentar abgibt, aber er tut es nicht. Stattdessen kommt er durch die Vordertür herein und trägt Amelia, die sich in seinem Griff windet.

Ich folge ihm und schleppe meinen schweren Koffer aus dem Auto, die Treppe hinauf ins Foyer. Das Haus ist großartig und prächtig. Ein königlicher Palast.

„Sind Sie ein Prinz oder so etwas? Denn das würde diesen Ort erklären und dass Ihre Tochter eine Prinzessin ist." Mir ist klar, dass Amelia keine echte Prinzessin ist, aber das Haus ist einfach überwältigend.

„Hören Sie auf, sich einzuschmeicheln. Sie haben bereits Zimmer und Verpflegung, *Flugzeugmädchen*." Er setzt Amelia ab, und sie eilt von ihm weg und rennt mit ausgebreiteten Armen wie ein Flugzeug den Flur entlang. „Ach, du Scheiße", murmelt er.

„Sie haben die antiken Vasen und teuren Kunstwerke nicht aus diesem Stockwerk entfernt?" Ich sollte mir auf die Zunge beißen und ihm danken, dass er mir diese Chance gibt. Ich darf eine Woche lang wie eine Prinzessin leben, bis er merkt, dass ich wertlos bin und mich auf die Straße setzt.

Das ist unvermeidlich.

„Sie ist fünf. Ich musste das Haus nicht babysicher machen", sagt er und hält mit angespanntem Kiefer inne. Er eilt Amelia durch den Flur hinterher, um zu sehen, in welche Schwierigkeiten sie hineingestürzt ist.

Ich lasse meinen schweren Koffer an der Haustür stehen. Ich hätte das Angebot von Douglas annehmen sollen, mein Gepäck auf mein Zimmer zu tragen. Erstens weiß ich nicht, welches Zimmer meines ist, aber er könnte wissen, wo das Gästezimmer ist. Ganz zu schweigen davon, dass der Koffer schwer ist. Und ich glaube nicht, dass es Levi gefallen würde, wenn mein billiger Koffer den Marmorboden verschmutzen würde.

Douglas fährt den Wagen weg, und ich schließe die Haustür und verriegele sie.

Heiliger Strohsack. Ist dieser Ort riesig.

Von außen war es grandios, und innen wirkt es nicht kleiner.

So leben also die Reichen. Verdammt, das muss schön sein. Ich bin neidisch, aber immerhin darf ich eine Woche hier verbringen.

„Hey, gibt es hier einen Whirlpool?", rufe ich.

Ich schaue mich im leeren Foyer um. Sind wir nur zu dritt, oder hat Levi Mitarbeiter, die sich um jede seiner Launen kümmern?

„Sie werden sich nicht nackt an meinem Pool ausziehen", sagt Levi und trägt Amelia zurück in den Eingang des Hauses. Ihre Arme sind ausgestreckt, als ob sie fliegen würde, und er lässt sie durch die Luft fliegen.

Das Kind lächelt und kichert, und Levi sieht viel leichter aus. Fröhlicher.

„Supergirl!", ruft Amelia.

„Folge uns nach oben, *Flugzeugmädchen*", sagt Levi. Der Name klingt fast liebenswert, aber ich glaube nicht, dass er es so meint.

Ich schnappe mir meinen rosa Koffer und verkneife mir ein Stöhnen, als ich ihn die Treppe hinaufschleppe. Der zweite Stock ist wenigstens mit Teppich ausgelegt, also rolle ich den Koffer, den Rest des Weges, bis er mich zu meinem Zimmer führt.

„Ihr Zimmer ist gleich neben dem von Amelia", sagt Levi. Er öffnet mir die Zimmertür. Das Bett ist gemacht, und vor dem Fenster hängen gelbe Spitzenvorhänge. Sie halten das Sonnenlicht nicht besonders gut ab. Ich werde im Morgengrauen wach sein. Wunderbar.

Ich stelle meinen Koffer an der Innenseite der Tür ab und folge Levi nach nebenan, um einen Blick in Amelias Zimmer zu werfen.

Er öffnet die Tür und legt das kleine Mädchen auf das Bett.

„Bett", sagt sie, obwohl ich dachte, dass sie sich hinlegt und unter die Decke kriecht, liege ich völlig falsch.

Sie beginnt, auf der großen Matratze zu hüpfen. Das Bett ist riesig für ein so kleines Mädchen, aber ich nehme an, er wusste nicht, dass er ein Kind im Haus haben wird.

Levi lässt den Rucksack zu seinen Füßen fallen, bückt sich, öffnet den Reißverschluss und holt einen Pyjama heraus. Der Baumwollstoff ist rosa und mit gelben Enten übersät. Der Schlafanzug ist niedlich, aber nicht für Prinzessinnen, falls es das ist, worauf Amelia hinaus will.

Amelia springt in die Luft und fällt kichernd auf das Bett.

„Prinzessin! Prinzessin!", kreischt sie, und ich fange sie auf, bevor ihre Füße auf der Matratze landen können.

„Ich glaube, Sie müssen der kleinen Prinzessin ein Trampolin besorgen", sage ich.

„Nein, sie sind zu gefährlich", sagt Levi.

„Und auf das Bett zu springen, ist nicht gefährlich?"

„Ich habe nicht gesagt, dass sie auf das Bett springen darf", schnauzt er. Ich schwöre, ich höre ihn knurren. Er ist wütend. Ich habe ihn wieder einmal verärgert. Wie oft kann ich das an einem Tag noch machen?

„Wie wäre es, wenn wir ein Bad nehmen und dann eine Geschichte lesen?", schlage ich vor und helfe ihr, auf meinen Rücken zu klettern, um sie zu tragen.

Das Kind ist schwer, und es ist ein Kampf, aber ich tue alles, um dieses kleine Mädchen glücklich zu machen. Ihr Vater hingegen kann mich jederzeit am Arsch lecken, wenn er möchte.

„Gib sie her", sagt Levi und bückt sich. „Gönn deiner Mo-Nanny eine Pause."

War es ein Ausrutscher, wollte er mich wirklich und Mami nennen? Meine Wangen brennen, und ich helfe Amelia, von mir herunterzuklettern. Sofort schmiegt sie sich an seinen Rücken, ihre Arme eng um seinen Hals, während er sie ins Bad trägt.

Ich stehe unbeholfen in ihrem Schlafzimmer.

„Kommst du, *Flugzeugmädchen*?", ruft mir Levi vom Flur aus zu.

Ich schnappe mir den Schlafanzug und verlasse das Schlafzimmer des kleinen Mädchens und folge seiner Stimme in den Flur. Ich gehe ins Badezimmer, während Levi Amelia wieder auf den Boden stellt. Wie der Rest des Hauses ist auch das Badezimmer viel zu groß.

Es gibt eine gläserne Duschkabine und eine freistehende Badewanne.

„Baden oder Duschen?", fragt er Amelia.

„Raus!", fordert sie und deutet auf ihn, sie in Ruhe zu lassen.

„Wenn du deine Privatsphäre haben willst, musst du duschen", sagt er. „Ich gehe nicht das Risiko ein, dass du in der Wanne ertrinkst."

Amelia rümpft die Nase über ihn und streckt ihm die Zunge heraus.

„Ich kann ihr helfen", sage ich.

„Keine Jungs erlaubt." Amelia zeigt auf Levi und dann auf die Tür.

„Sind Sie sicher, dass Sie das können?", fragt Levi mit hochgezogenen Augenbrauen. Er sieht besorgt aus.

„Ich verspreche, dass sie in guten Händen ist."

„Schließen Sie die Badezimmertür nicht ab", fordert er, während er sich langsam zurückzieht, aber er verlässt den Raum nicht ganz. Sein Blick ist unsicher, als würde er versuchen zu entscheiden, ob er mir seine Tochter anvertrauen soll.

„Spring unter die Dusche", sage ich zu Amelia und schiebe die Glastür auf, um ihr einen Hauch von

Privatsphäre zu geben, während Levi mit vor der Brust verschränkten Armen im Türrahmen steht. Er hat sich nicht weiter zurückgezogen, und ich bezweifle, dass er das tun wird.

Amelia schlüpft aus ihren Kleidern, der pinkfarbene Rock wird als letztes ausgezogen. Sobald ich die schmutzigen Sachen habe, übergebe ich sie an Levi, der sich darum kümmern soll. Ich stelle die Duschbrause ein und richte sie auf die Wand, während ich sie einschalte und warte, bis die Temperatur steigt, bevor ich sie in die Mitte der Dusche drehe.

Ich schiebe die Tür zu. Das Glas ist mattiert, sodass das kleine Mädchen ungestört ist und wir beide sicher sein können, dass sie nicht gestürzt ist oder sich verletzt hat.

Sie wirbelt unter der Brause herum und muss kichern, wenn sie auf dem Duschwasser herumtrampelt.

„Du solltest darauf achten, dass sie sich tatsächlich mit Shampoo und Seife wäscht."

Ich gebe ihr noch eine Minute, bevor ich sie ansehe. „Amelia, soll ich dir die Haare waschen?", frage ich.

„Ja, Mami singt immer das Seifenblasenlied."

„Das Seifenblasenlied?", frage ich und schaue Levi Hilfe suchend an.

Er zuckt mit den Schultern und schüttelt den Kopf, weil er nicht weiß, was das Blasenlied ist und wie es gehen soll.

„Kannst du es für mich singen, Amelia?", frage ich und schiebe die Glastür auf. Ich lehne mich in die Dusche, um das Shampoo zu holen, und mein Hemd wird nass. Das kann nicht vermieden werden, ohne den Duschkopf von Amelia wegzuschieben.

„Nein, du singst es, Dummerchen." Amelia legt ihren Kopf zurück, und ich schäume meine Hand mit Shampoo ein und fahre damit durch ihre langen blonden Locken.

„Hast du eine Spülung?", rufe ich Levi zu.

„Ähm, nein", sagt er. „Aber ich kann Douglas anrufen und ihn bitten, eine Flasche zu holen."

„Das wird heute Abend nicht funktionieren", sage ich mit einem schweren Seufzer. „Ich glaube, ich habe eine kleine Flasche in meinem Koffer. Können Sie sie holen?"

„Ja, sicher."

Wir sind ein gutes Team. Ich spüle das Shampoo aus Amelias Haar, und sie neigt den Kopf nach hinten, um sicherzustellen, dass sie keine Seife in ihre Augen bekommt. „Während dein Papa sich um die Spülung kümmert, kannst du deinen Körper einseifen. Ich reiche ihr ein Stück Seife, das ihr sofort aus der Hand rutscht.

Amelia kichert und bückt sich, um die Seife aufzuheben, die über den Boden rutscht. „Bitte sei vorsichtig", warne ich sie. Wenn du fällst und dich verletzt, wird Levi mir die Schuld geben.

Sie jagt der Seife hinterher, und sie gleitet über die Duschfliesen zu ihren Füßen, bis sie sich auf das Wasser setzt, das das Abflussloch abdeckt und die Dusche in ein Bad verwandelt.

Ich kann mir nicht vorstellen, dass Levi erfreut sein wird, wenn das Wasser aus der Dusche sickert. „Komm schon, steh auf wie ein großes Mädchen. Es sei denn, du willst, dass ich dir ein Bad einlasse?"

Sie steht auf und wirft mir die Seife zu, obwohl ich mir offen gesagt nicht sicher bin, ob sie ihr nicht auch einfach aus den Händen gleitet.

„Levi?"

Wie lange benötigt er, um die Spülung aus meinem Gepäck zu holen?

Amelia seift sich schließlich ein und wäscht sich, während er ins Bad zurückkehrt. Seine Wangen sind rot, und ich schwöre, er sieht aus, als hätte man ihn bei etwas erwischt, das er nicht hätte machen sollen, aber ich bin mir nicht sicher, was.

„Ich äh ...“

„Haben Sie sich verlaufen?“, scherze ich und nehme ihm die Spülung aus der Hand.

Er fährt sich mit den Fingern durch die Haare und dreht mir den Rücken zu, aber er steht immer noch im Türrahmen. „Sie vertrauen mir wirklich nicht?“

Ich verstehe schon. Ich bin eine Fremde, und Amelia ist sein Kind, aber es ist klar, dass sie sich nicht wohl dabei fühlt, wenn er sie badet. Das heißt, jemand muss ihr helfen, bis sie es selbst kann.

Ich öffne den Deckel der Flasche mit der Haarspülung und reibe meine Hände aneinander, bevor ich mit den Fingern durch Amelias langes Haar fahre. Ich möchte nicht, dass sie Knoten hat und das Bürsten ihrer Haare zu einer lästigen Pflicht wird. Ich erinnere mich daran, wie meine Mutter an meinen Haaren zog, als ich als Kind versuchte, meine Haare zu bürsten, und an die Tränen, die darauf folgten.

Amelia beschließt, mich zu bespritzen, warum auch nicht? Es ist ja nicht so, dass ich trocken bin. Die Kleine sorgt dafür, dass mein Hemd durchnässt ist, wenn ich ihr die Haare ausspüle.

Sie kichert und zeigt auf mein Hemd, und jetzt kann sie meinen lilafarbenen Spitzen-BH sehen, der zufällig nur wenig der Fantasie überlässt. Meine Brustwarzen zeigen sich durch den Stoff.

Ein solcher Mist.

Ich ziehe mich zurück, steige zu Amelia in die Dusche und stelle das Wasser ab, da sie fertig ist. Ich wickle ein Handtuch um sie und stelle mich mit dem Rücken zur Tür, um Levi keine Gelegenheit zu geben, sie zu sehen.

Aber es gibt nur ein Handtuch.

„Hey, können Sie uns noch ein Handtuch geben?", frage ich.

„Für Amelia?"

„Eigentlich nicht, eher für mich. Ihre Tochter dachte, es wäre lustig, mich zu bespritzen." Ich werfe einen Blick über die Schulter zu ihm.

Er schüttelt den Kopf. „Tut mir leid, wir haben nichts mehr. Waschtag."

„Sie sind ein schrecklicher Lügner", rufe ich ihm über die Schulter zu und schließe die Badezimmertür mit dem Absatz meines Schuhes.

Er steht im Türrahmen, und die Tür rastet nicht ein, aber sie schließt sich fast vollständig.

Ich helfe Amelia, ihren Schlafanzug anzuziehen, nachdem sie trocken ist. Das Handtuch ist völlig durchnässt. Es gibt nicht einmal eine kleine Ecke, die ich zum Trocknen meines Hemdes benutzen kann.

Ich nehme das nasse Handtuch und bedecke damit meine Brüste, indem ich es zusammenknülle. Es ist feucht, aber nicht annähernd so nass wie mein Hemd.

Amelia reißt die Badezimmertür auf. Während Levi auf sein Handy konzentriert ist, knallt seine Tochter wie ein Rammbock gegen ihn. Zum Glück sind es nur seine Beine, und er stützt sich mit einer Hand an der Wand ab.

„Ich rufe dich zurück." Levi beendet das Gespräch und schiebt sein Handy in die Hosentasche. „Ich kann das nehmen", bietet er an und streckt seine Hand nach dem feuchten Handtuch aus.

„Ich hab's schon. Ich muss meine Sachen ohnehin in die Waschmaschine werfen. Ich bin sicher, Sie haben hier eine Waschmaschine."

„Die Wäscherei ist am Ende des Flurs. Vorletzte Tür auf der linken Seite."

Er räuspert sich und öffnet den Mund, aber die Worte kommen nicht raus.

„Was?", frage ich und werfe einen Blick nach unten, um sicherzustellen, dass das Handtuch meine Brüste bedeckt. Er hat die Show nicht verdient.

„Die Kleidung in Ihrem Koffer war schmutzig?"

Ich nicke. „Warum?" Ich bin gerade aus dem Urlaub zurückgekommen. Na ja, eigentlich nicht aus dem Urlaub, aber ich habe während der Scheidung bei einem Freund gewohnt. Wie kommt er darauf, dass ich saubere Kleidung im Gepäck habe?

Seine Zunge fährt seitlich aus dem Mund, und er atmet schwer aus. Sein Gesicht ist rot. „Nur so." Er schüttelt den Kopf und hebt Amelia in seine Arme. „Komm schon, Zeit für eine Geschichte."

„Kein Bett!", protestiert Amelia, die zu wissen scheint, was auf sie zukommt.

Ich gehe in mein Schlafzimmer, die Tür steht offen, und mit ihr steht mein Koffer offen. Er hat den Deckel geschlossen, aber das war's auch schon. Ich schließe den Koffer und schleppe ihn durch den Flur in die Waschküche.

Ich öffne die Tür zur Waschküche, werfe das feuchte Handtuch in einen leeren Mülleimer, öffne den Reißverschluss meines Koffers und sehe meinen rosa Vibrator.

Ich knirsche durch die Zähne zwischen meinen Lippen. Ich schätze, er hat das gesehen, und das hat ihn aus der Fassung gebracht. Ich zucke mit den Schultern und verstaue ihn im Seitenfach meines Gepäcks. Ich hebe den Deckel der Waschmaschine an, werfe meine Wäsche hinein und starte eine Ladung Wäsche, wobei ich meine Unterwäsche für die nächste Wäsche aufhebe.

Ich ziehe mein durchnässtes Hemd über den Kopf, öffne den Trockner und werfe es hinein. Ich trage nur noch meinen BH, aber ich habe nicht vor, den Raum zu verlassen, bevor mein Hemd trocken ist.

Es gibt keinen Stuhl im Zimmer, und nach ein paar Minuten nehme ich ein Buch aus meiner Tasche und stütze mich auf die Waschmaschine, um mich zu setzen.

Die pikante Szene des Romans reißt mich mit und lässt mich die vergangenen acht Monate für einen Moment vergessen. Hungrig blättere ich die Seiten um, lese eine nach der anderen und verschlinge den Roman, als wäre er ein Dessert. Er ist mit Sicherheit genauso süß und köstlich.

Das Rumpeln der Waschmaschine bietet sich als gigantischer Vibrator an, und ich versuche, nicht zu kichern, als meine Hüften im Gleichschritt zucken. Ich schließe die Augen, und das erste Bild, das mir in den Sinn kommt, ist Levi.

Er beugt sich zwischen meine Beine, spreizt sie und bettelt darum, mich zu schmecken, während er eine Spur zu meinem erhitzten Zentrum küsst.

Mein Inneres pocht, und mein Kopf sinkt nach hinten und schnappt nach Luft.

Bin ich im Delirium? Ist es schon so lange her, dass ich keinen guten Sex mehr hatte, dass ich Waschmaschinen und Fantasien über meinen neuen Chef, Herrn Grummelt viel, benutze, um zu kommen?

Das Rumpeln der Waschmaschine dröhnt unter meinem Gewicht, und es fühlt sich sehr gut an. Die Maschine wird lauter, als sie aus dem Gleichgewicht gerät, und Levi stößt die Tür auf, was meine fröhliche Stimmung und meinen bevorstehenden Orgasmus unterbricht.

Verdammt!

„Runter von der Maschine, bevor Sie sie zerstören."

KAPITEL DREI

Levi

Ich kann nicht glauben, dass ich Clare dabei erwischt habe, wie sie auf meiner Waschmaschine saß. Das Gerät ist erstklassig und funkelnagelneu.

Muss sie denn alles ruinieren?

Ihre Hand hebt sich und sie gibt mir eine Ohrfeige, während sie von der Maschine herunterrutscht.

Ich knurre sie an und packe ihr Handgelenk, bevor sie es zurückziehen und mich erneut ohrfeigen kann. „Ist das der Dank dafür, dass ich Sie in meinem Haus wohnen lasse?"

„Sie haben mir unterstellt, ich sei fett", schießt Clare zurück.

„Was?" Ich starre sie ausdruckslos an. „Wann zum Teufel habe ich das getan?" Ich bin sicher, dass ich nichts angedeutet habe. Das Mädchen ist nicht fett. Sie ist kurvenreich und hat einen üppigen Körper, den ich am liebsten bis ins kleinste Detail beherrschen würde - verdammt, ich darf diese stürmischen Gedanken nicht haben.

Sie ist das Kindermädchen, sie ist ein Jahrzehnt jünger als ich und, was noch wichtiger ist, sie ist eine große Nervensäge, seit wir uns im Flugzeug getroffen haben.

„Sie haben mir gesagt, ich würde die Waschmaschine zerstören. Daher das Fett."

Sie schlurft mit den Füßen und hält sich ihr Buch vor die Brust, aber es ist mittig und verdeckt weder ihre frechen Brüste noch verdeckt es sie vor mir.

Mit ihr zu schlafen, kommt nicht infrage. Nicht einmal, wenn wir die letzten beiden Menschen auf diesem Planeten wären und uns fortpflanzen müssten, um zu überleben, würde ich mit ihr schlafen.

Nö.

Mein Schwanz sagt etwas anderes, als ich auf ihre vollen Titten starre, die durch ihren Spitzen-BH hervorlugen. Ich war schon immer eher ein Titten- als ein Arsch-Mann.

Der dunkelviolette Stoff ist dünn und durchsichtig. Er erfüllt kaum seinen Zweck, außer mich zu verhöhnen. Ich möchte ihr den Stoff von der Haut reißen und ihre Brüste befreien, einen Mundvoll nehmen, schmecken und saugen.

Wenn ich ehrlich wäre, würde ich ihr sagen, dass sie nicht fett ist, dass sie kurvig und üppig ist und dass ich am liebsten jeden Zentimeter ihrer Haut lecken und schmecken würde, bevor ich sie hart ficke.

Aber das ist zu ehrlich, und wir haben keine romantische Beziehung. Wir sind gar nichts. Sie ist das Kindermädchen meines Kindes.

„Wer sich auf die Waschmaschine setzt, zerstört sie. Welches Buch lesen Sie?", frage ich und versuche verzweifelt, das Thema zu wechseln.

„Das geht Sie nichts an", sagt sie und hält das Buch fest an ihre Brust gedrückt.

„Ein unanständiges Buch", vermute ich, weil sie sich sträubt, mir den Einband zu zeigen und sich daran klammert, als hinge ihr Leben davon ab.

„Bücher sind nicht unanständig. Männer sind unanständig", erwidert Clare.

„Das sind Frauen auch", sage ich.

Sie schnaubt leise vor sich hin. „Ich weiß nicht, was Sie meinen." Sie kommt näher an mich heran, und streckt ihre Hand aus. Ich schwöre, wenn sie mit ihrer Hand meinen Schwanz berührt, werde ich explodieren.

Ihre Finger greifen in meine Hosentasche und holen ihre knallrote Bikinihose heraus. „Wirklich? Sie sind doch nicht der Unanständige hier, der mein schmutziges Höschen klaut?"

„Ich weiß nicht, wie es dazu gekommen ist", sage ich lachend.

„Richtig. Es muss in Ihre Tasche gefallen sein, als Sie nach meiner Spülung gesucht haben, *Höschen-Dieb*." Sie dreht sich um. Ihr Rücken presst sich gegen meine Brust.

Ich trete einen Schritt zurück, um sicherzugehen, dass sie nicht spürt, wie mein Ständer in sie eindringt. Das ist eindeutig biologisch. Sie ist eine Frau. Ich bin ein Mann.

Sie hat tolle Titten. Ich schiebe es auf ihre Brüste.

Und dieses Höschen, ich schwöre, dass ich es nicht gestohlen habe. Ich habe es vielleicht angefasst und ein wenig zu genau untersucht, aber ich schwöre, dass ich es nicht in meine Tasche gesteckt habe.

Das ist Scheiße.

Ich kann mich nicht erinnern, es in meine Tasche gesteckt zu haben, aber sie hatte mich aus dem Bad gerufen, und ich habe es vielleicht versehentlich mitgenommen, als ich mich vergewissern wollte, dass Sie meine Hilfe brauchen.

Oh.

Ich bin ein Höschen-Dieb!

Das Flugzeugmädchen wird es mir nie verzeihen.

Clare beugt sich vor, öffnet den Trockner und holt ihr Hemd heraus. Mit dem Rücken zu mir lässt sie ihre Arme in den Stoff gleiten und dreht sich herum, wobei der Anblick nicht mehr ganz so sexy ist.

Ich unterdrücke einen Seufzer der Enttäuschung.

Was zum Teufel ist los mit mir? Diese Frau ist eine Bedrohung. Ich fahre mir mit der Hand durchs Haar und trete einen Schritt zurück. Ich brauche frische Luft, und eine eiskalte Dusche. Seitdem ich ihr Gepäck geöffnet und durch ihre Höschen, BHs und den rosa Vibrator gewühlt habe, tut mein Schwanz weh.

Ich stürme aus dem Zimmer und lasse sie ihre Wäsche fertig waschen. Hoffentlich macht sie nicht meine verdammte Waschmaschine kaputt. Es ist ja nicht so, dass ich mir keine neue leisten könnte, aber darum geht es nicht. Sie sollte Respekt vor meinem Eigentum und meinen Sachen haben.

Ich achte darauf, die schlafende Amelia nicht zu wecken, als ich in mein Schlafzimmer trete und die Tür schließe. Ich gehe in mein privates Badezimmer, ziehe mich aus und drehe das Wasser auf heiß.

Eine kalte Dusche wird heute Abend nicht helfen. Ich werde mich nur mit Träumen von Clare quälen, die ich nicht brauche.

Ich möchte diese aufgestaute Frustration loswerden und weitermachen.

Ich stehe unter dem lauwarmen Wasser und drehe meinen Nacken hin und her, damit sich die Verspannungen lösen können.

Ich stelle das Wasser heißer.

Mein Körper steht in Flammen, und die einzige Möglichkeit, das Verlangen in mir zu stillen, ist, der Hitze zu entsprechen. Ich stehe unter der Gischt, das Wasser prasselt auf mich herab. Mit einer Hand streiche ich über meinen Schaft, mit der anderen lehne ich mich an die kalte Kachelwand. Die extreme Hitze und Kälte ist wie Eis auf einem wütenden Feuer. Dampf prasselt auf mich herab.

Ich will nicht an Clare denken oder an ihre herrlichen Titten, die in dem lila Spitzen-BH steckten.

Scheiße.

Das ist das Einzige, woran ich denken kann, während ich meinen Schaft streichle und mir vorstelle, wie sie meinen Schwanz in ihren Mund nimmt. Meine Finger wickeln sich in um ihr Haar und ficken ihre schmollenden Lippen.

Ich lasse den Orgasmus über mich ergehen, während die Dusche die Spuren verdeckt. Ich bin in der Dusche fertig, stelle das Wasser ab, bevor es kalt wird, und nehme mir ein flauschiges weißes Handtuch, um mich abzutrocknen.

Ja, ich hatte jede Menge Handtücher im Flurschrank und in meinem Bad. Aber ich wollte ihr keins geben.

Ich war ein Arschloch.

Rache ist eine Schlampe. So ist das doch, oder?

Ich wickle das Handtuch um meine Taille und gehe in mein Schlafzimmer, um mir eine saubere Boxershorts zu holen, die ich vor dem Schlafengehen anziehen kann.

Ich denke an nichts anderes als an sie, mit ihren blaugrünen Augen und ihrem langen blonden Haar. Man könnte sie leicht mit Amelias Mutter verwechseln. Ich kann gar nicht glauben, dass ich sie in meiner Übermüdung und emotionalen Erschöpfung fast mit „Mami" angesprochen hätte.

Was zum Teufel ist los mit mir?

Wie hat sie es geschafft, mir innerhalb von ein paar Stunden unter die Haut zu gehen? Die zufällig in die längste Woche meines Lebens fällt?

Zuerst ist Amelia in mein Leben getreten, und jetzt auch noch Clare. Nein, das muss aufhören. Ich werde es nicht weitergehen lassen. Sie ist nur ein Hirngespinst. Das Mädchen ist zu jung. Was ich fühle, ist nicht real. Ich kenne sie nicht. Sie ist eine Frau, die einen Job brauchte, und sie kann offensichtlich gut mit Amelia umgehen.

Eine Woche.

Ich schaffe sie aus meinem Haus und sehe sie nie wieder.

Ich muss nur ein anderes Kindermädchen einstellen, eines, das noch besser ist. Das sollte nicht allzu schwer sein, nachdem ich meine Assistentin die Kindermädchen, die einen Milliardärs-Ehemann an Land ziehen wollen, aussortieren ließ.

Es muss jemanden geben, der qualifiziert ist und gut mit Amelia umgehen kann. Clare kann nicht die einzige Frau da draußen sein.

Ich würde ihr gerne die nächsten Tage aus dem Weg gehen, aber ich kann ihr meine Tochter nicht ganz anvertrauen. Aber ich kann es mir nicht leisten, eine Woche freizunehmen, wenn ich mit meiner Assistentin die Reisevorbereitungen für meine Europareise durchgehen muss.

Es kann nicht verschoben werden, aber ich reise erst in einer Woche ab. Das lässt mir nicht viel Zeit, um mich um meine Situation mit Clare zu kümmern, oder mit der Situation von Amelia, was das betrifft. Auch wenn ich das Kindermädchen entlasse, kann ich eine Fünfjährige nicht zu meinen Meetings in den Hotels mitnehmen, die ich kaufen möchte.

Meine Assistentin wird mir nicht anbieten, auf Amelia aufzupassen. Außerdem werde ich Amelia nicht eine Woche lang allein lassen, nachdem ich sie gerade erst kennengelernt und nach Hause gebracht habe. Sie benötigt Stabilität.

Wird ein neues Kindermädchen ihr bei der Eingewöhnung helfen? Wahrscheinlich nicht, aber Clare muss sich in der kommenden Woche beweisen.

Und ich muss auch meinen Schwanz in den Griff bekommen.

Ich kann mir keine reißerischen Gedanken über die sexy Blondine machen, die im Zimmer gegenüber von mir schläft. Und an den Vibrator, den sie in ihrem Koffer auf ihren Sachen liegen hatte.

Der dunkelrosa Schaft und der Umfang dieses Fickers. Es ist unmöglich, dass ein Stück Plastik sie zum Orgasmus bringt.

Meine Wangen brennen bei der Vorstellung, wie sie ihn zwischen ihre Beine steckt. Ihre Hände streicheln ihren Körper, spielen mit ihren Brüsten und wandern zu ihrer rosa Muschi.

Worüber fantasiert sie?

Ich bin nicht so dumm zu glauben, dass ich es bin. Ich habe das Mädchen gerade erst kennengelernt.

Ich fahre mir mit der Hand durch mein ungekämmtes, nasses Haar und lasse mich auf die kühle Matratze fallen. Das hilft nicht, meinen tobenden Schwanz zu beruhigen, der beschlossen hat, für Runde zwei aufzuwachen.

Nicht heute Abend, Kumpel.

Ich kann sie nicht in meinen Kopf eindringen lassen.

———

Am nächsten Morgen wache ich auf, als die Sonne aufgeht. Ich dusche und ziehe mich an, bevor ich mein Zimmer verlasse. Ich ziehe meine Arbeitskleidung an, auch wenn ich nicht vorhabe, ins Büro zu gehen. Das heißt aber nicht, dass das Büro nicht zu mir kommen könnte.

Meine Assistentin hat bereits per SMS angekündigt, dass sie heute Nachmittag mit den benötigten Unterlagen vorbeikommen wird, und es würde mich nicht wundern, wenn noch ein halbes Dutzend anderer Mitarbeiter vor meiner Tür auftauchen.

Vor allem angesichts der Gerüchte, die über Amelia kursieren.

Warum sollten sie auch nicht, bei dem Mist, den meine Assistentin Nancy gebaut hat? Wie viele Milliardäre gibt es in New York City? Die Kontaktnummer war zum Glück nicht meine Handynummer, sondern mein direkter Anschluss in der Firma.

Will Nancy, dass ich ihren Arsch feuere? Denn das ist verdammt verlockend. Aber die bessere Strafe wäre, sie mit den geldgierigen Damen zu konfrontieren, die als Kindermädchen für meine Tochter anstehen.

Die Geier kommen, um Amelia zu sehen. Es würde mich nicht überraschen, wenn die Medien und Nachrichtenfahrzeuge vor dem Tor aufgereiht sind.

Ein weiterer Grund, in der nächsten Woche nirgendwo hinzugehen. Und dann privat nach Europa zu fliegen. Ich möchte nicht, dass mein Gesicht oder das meiner Tochter überall im Fernsehen zu sehen ist.

Ich möchte sie beschützen.

Ich gehe aus dem Schlafzimmer und schließe die Tür hinter mir. Ich habe heute Morgen noch nicht einmal auf mein Telefon geschaut, was ungewöhnlich ist. Das ist normalerweise das Erste, was ich tue, wenn ich aufwache, nach meinem Handy greifen.

Aber ich bin nicht an den zahlreichen SMS und verpassten Anrufen interessiert. Es wird Sprachnachrichten von zahllosen Menschen geben, mit denen ich zu tun habe und die versuchen, sich einen Weg in mein Leben zu bahnen, um Insiderinformationen zu bekommen. Wahrscheinlich, damit sie versuchen können, es an die Medienbastarde zu verkaufen, die das Leben eines jeden ruinieren wollen, sobald sich die Chance auf einen saftigen Zahltag bietet.

Ja, ich hatte schon viel zu oft mit diesem Blödsinn zu tun. Das war auch einer der Gründe, warum Katelyn und ich nicht zusammengeblieben sind. Sie konnte mit dem Druck, ständig im Rampenlicht zu stehen, nicht umgehen.

Ich habe ihr nie einen Vorwurf gemacht, als sie mit mir Schluss gemacht hat, aber ich wusste nicht, dass sie schwanger war. Wusste sie es bereits, als sie unsere Beziehung beendete?

Zum Teufel war das überhaupt das, was wir hatten?

Die meisten Nächte verbrachten wir mit Sex bei ihr oder bei mir. Wir gingen selten aus. Sie hasste den Medienzirkus, wenn es ums Ausgehen ging.

Das gehört dazu, wenn man berühmt ist. Nicht, dass ich berühmt wäre, ich bin nur wohlhabend. Beides schließt sich nicht gegenseitig aus, aber ich war in genug Magazinen als „Der begehrteste Junggeselle" abgebildet, dass sich manche Mädchen dabei unwohl fühlen.

Normalerweise stört mich das nicht, aber jetzt, wo ich eine Tochter habe, möchte ich sie vor der unnötigen Beobachtung durch die Medien schützen. Sie ist kein wildes Tier, das man fotografieren kann.

Ich werfe einen Blick auf Amelia, die mit offenen Augen im Bett liegt. Sie ist ruhig, obwohl ich es hasse, sie zu wecken, bin ich mir nicht sicher, ob sie mich suchen würde. Das Haus ist groß, und sie kennt mich noch nicht sehr gut.

Ich ziehe die Tür zu, in der Hoffnung, dass sie noch ein wenig schlafen kann, aber sie setzt sich im Bett auf. „Nein!", schreit sie mich an und verkündet, dass sie wach und bereit ist, ihren Tag zu beginnen.

Amelia klettert aus dem Bett, das viel zu groß für sie ist, lässt sich mit beiden Füßen auf den Boden plumpsen und huscht zu mir herüber.

„Wie wäre es, wenn wir nachsehen, ob dein Kindermädchen wach ist?", sage ich. Wenn ich sie als Kindermädchen bezeichne, schafft das wenigstens die nötige Distanz zwischen uns.

Amelia nickt aufgeregt mit dem Kopf und nimmt meine Hand, als wir zur Tür gehen. Ich klopfe fest. Ich möchte nicht einfach hereinspazieren, wenn sie in ihrer Unterwäsche schlafen sollte.

Na ja, vielleicht doch. Sie sollte eigentlich nicht so schlafen, da meine Tochter im Zimmer nebenan ist und sie sich um sie kümmern soll.

„Was?" Clares mürrisches, schlaftrunkenes Stöhnen dringt durch die Tür.

Mein Schwanz zuckt bei ihrer Stimme und stellt sich vor, wie sie neben mir im Bett liegt.

Nein.

Das wird nicht passieren, keine Chance. Wir sind eine tickende Zeitbombe. Es ist schon gefährlich, in ihrer Nähe zu sein.

„Komm rein", brummt sie, als ich nicht schnell genug reagiere.

Ich drücke die Klinke herunter und bin erleichtert, dass die Tür nicht verschlossen ist.

Clare setzt sich im Bett auf. Ihr Tank-Top schmiegt sich an ihre Brüste, ihre Brustwarzen sind durch den dünnen blauen Stoff deutlich zu sehen.

Ich versuche, sie nicht anzustarren, aber es ist verdammt schwer, meine Augen von ihr abzuwenden. „Amelia ist wach. Ich muss arbeiten." Ich schiebe meine Tochter in Clares Zimmer.

Amelia stürmt zum Bett und klettert auf die große Matratze.

„Oh nein, das tust du nicht", sagt Clare und schnappt sich Amelia, bevor sie auf das Bett springen kann.

Ich schließe die Tür und lasse die beiden allein, damit sie sich um das Frühstück kümmern und Amelia für den Tag anziehen kann. Als ich die hintere Treppe hinuntergehe, hole ich mein Handy aus der Tasche.

Ich scrolle durch die rund ein Dutzend verpassten Anrufe und SMS.

Die meisten sind mir egal, aber Connor, mein jüngerer Bruder, hat eine Nachricht hinterlassen. Ich reibe mir den Kiefer. Ich hätte ihm von Amelia erzählen sollen, bevor er die Nachricht durch die Gerüchteküche erfährt.

Ich mache mir nicht die Mühe, auf die Nachricht zu drücken. Ich bin sicher, dass er mich ausschimpft und mir seine Meinung sagt.

Ich gehe in die Küche, schalte das Licht ein und hole Kaffeebohnen, um eine frische Kanne zu kochen, während ich Connor zurückrufe. Ich habe neben der Espressomaschine auch eine einfache Kaffeemaschine. Heute Morgen will ich Kaffee, schwarz. Alles andere wäre zu süß.

„Hey, Arschgesicht", sagt Connor, als er den Anruf entgegennimmt.

„Ist auch schön, mit dir zu reden", brumme ich. Ich fülle Wasser in die Kaffeemaschine und starte den Brühvorgang. Es kann gar nicht schnell genug gehen.

„Wolltest du mir sagen, dass du eine Tochter hast, oder sollte ich es von den Mädchen im Büro erfahren, die davon schwärmen?"

„Scheiße", murmle ich und fahre mir mit der Hand über die Augen. „Hat sich das schon so schnell herumgesprochen?" Die Frage ist eher an mich selbst gerichtet, aber Connor nimmt sie als sein Stichwort, um zu antworten.

„Wie kann man erwarten, dass es nicht so ist, wenn man das Wort ‚Milliardär' in die Anzeige für das Kindermädchen schreibt?"

Er hat recht. „Nicht mein Werk", sage ich. Aber das spielt keine Rolle mehr. Es ist zu spät, denn der Schaden wurde bereits angerichtet.

„Und wann lerne ich deinen kleinen Höllenhund kennen?", fragt Connor.

„Ihr Name ist Amelia, und ich bin mir nicht sicher. Ich habe nächste Woche eine Reise nach Europa geplant, also ist das Timing im Moment ein Problem."

Connor lacht, aber er klingt nicht amüsiert. Es ist eher ein verärgertes Kichern. „Du hast nicht einmal Zeit für die Familie. Verdammt, das tut weh."

Aber ich glaube nicht, dass es das tut. Connor und ich haben uns seit Vaters Tod nicht mehr so gut verstanden.

„Hast du Mutter angerufen und ihr die Neuigkeiten erzählt?", fragt Connor.

„Scheiße", murmle ich. „Ich hatte gerade so viel Zeit, um nach Chicago zu fliegen, und das Kind abzuholen. Weißt du, ihre Mutter, Katelyn, ist gestorben", sage ich schroff.

„Scheiße, nein, habe ich nicht. Katelyn war ihre Mutter? Ist das nicht das Mädchen, dem du einen Antrag machen wolltest?"

Die Kaffeemaschine piepst, gerade rechtzeitig, damit ich mich mit Koffein vollstopfen kann. Ich möchte dieses Gespräch beenden, bevor es noch schwerer zu verdauen ist. „Es war das Mädchen, das ich heiraten wollte", sage ich. Ich habe den Ring nie gekauft. Ich bin zu Tiffany's gegangen und habe den Laden durchstöbert, aber ich wusste, dass Katelyn im Grunde nicht Ja sagen würde.

Ich nehme einen Becher aus dem Schrank und schenke mir eine dampfende Tasse ein.

Ein bitterer Kelch für einen bitteren alten Mann.

Das ist alles, was ich verdiene.

Ich nehme einen Schluck, der Kaffee verbrennt mir den Gaumen. Ich ziehe eine Grimasse und schlucke die Flüssigkeit hinunter, während sie den ganzen Weg nach unten brennt.

„Verdammt, und wenn du Katelyn geheiratet hättest ..."
Seine Worte reißen ab. Ich bin mir nicht sicher, worauf
er mit diesem Gespräch hinaus will.

Mir ist bewusst, dass mir Amelia in den vergangenen
fünf Jahren vorenthalten wurde, und ich bin nicht im
Geringsten glücklich darüber.

„Wie kommst du eigentlich mit dem Kind und der
Arbeit zurecht? Konntest du ein Kindermädchen
einstellen? Ich wette, die sind alle hinter deinem
großen Gehaltsscheck her." Er kichert über seine
Bemerkung.

Ich bin alles andere als amüsiert. „Ich habe jemanden
auf einer vorübergehenden Basis gefunden." Ich werde
nicht näher darauf eingehen, wie Clare und ich uns
kennengelernt haben. Das geht ihn überhaupt
nichts an.

„Gut. Gut", sagt er, und es herrscht eine lange Zeit des
Schweigens. „Bist du heute im Büro?"

„Nein", sage ich und reibe mir den Nacken. Seit wann
ist Connor jemals aufgetaucht oder hat es ihn
interessiert, ob ich im Büro war? Er leitet das New
Yorker Hotel. Wir sind in der gleichen Stadt, aber wir
sehen uns kaum.

Wir ziehen es beide vor, uns an Weihnachten zu
besuchen und uns an unseren Geburtstagen

anzurufen, es sei denn, es geht um die Arbeit, dann ruft er an und bittet um Geld, weil sein Hotel ein Upgrade braucht.

„Ich arbeite die Woche über von zu Hause aus. Ich möchte sicherstellen, dass Amelia sich eingewöhnt und wohlfühlt, bevor ich ins Büro zurückkehre. Sie hat viel durchgemacht, und es gibt genug Veränderungen um sie herum, sodass ich sicherstellen muss, dass sie sich nicht zurückzieht.

Da sie den Tod ihrer Mutter miterlebt hat, würde es mich nicht überraschen, wenn das Kind bleibende seelische Narben davongetragen hat.

Ein weiterer Grund, die Kinderpsychiaterin anzurufen und einen Termin für diese Woche zu vereinbaren. Vielleicht kann sie zu uns nach Hause kommen und mit Amelia arbeiten. Ich bin sicher, wenn ich ihr genug Geld zahle, wäre sie dazu bereit.

„Das ergibt Sinn. Ich würde gerne vorbeikommen, das Kind und das Kindermädchen, das du eingestellt hast, kennenlernen", sagt Connor, „und natürlich dich sehen, *Großer Bruder*."

„Du scherst dich einen Dreck um mich."

„Wahr. Wahr." Connor redet nicht um den heißen Brei herum. „Ich bin neugierig auf das Kind, und da ich ihr

Onkel bin, wäre es schön, wenn wir uns näher kommen würden?"

„Wirklich? Du machst das nicht nur, weil du ein neugieriger Mistkerl bist?", frage ich.

Er lacht. „Ja, in der Tat, das bin ich. Ich dachte, ich könnte vorbeikommen, den vernarrten Onkel spielen und dem Kind ein paar Geschenke bringen. Dein Haus ist weiß Gott nicht kinderfreundlich."

„Ich habe vor, Douglas einkaufen zu schicken", sage ich. Ich wollte dem Kind einen dieser Kataloge in die Hand drücken und sie aussuchen lassen, was sie möchte. Dann schicke ich meinen Fahrer auf eine Einkaufstour, um heute alles zu besorgen. Natürlich ist es schwierig, einen dieser Kataloge zu finden. Es ist nicht so, dass ich das Zeug zu Hause herumliegen habe.

„Du weißt, dass es dafür Internet gibt, *Dinosaurier*", sagt Connor.

„Das wird zu lange dauern."

„Schon mal was von zweitägigem Versand gehört?"

Ich trinke den Rest meines Kaffees aus. „Ich lege jetzt auf. Ich muss arbeiten."

„Als ob ich das nicht wüsste?" Connor gluckst. „Ich werde heute Nachmittag vorbeikommen. Wirst du mit dem Kind zu Hause sein?"

„Ja, schick mir eine SMS, wenn du auf dem Weg bist." Ich beende das Telefonat mit Connor und atme erleichtert auf. Mir war nicht bewusst, wie angespannt und stressig der Umgang mit meinem jüngeren Bruder ist. Mutter hat mehr Zeit damit verbracht, ihm aus der Patsche zu helfen, als dem Kind eine Lektion im Erwachsenwerden zu erteilen.

Auf dem Flur hört man leise Schritte und ein lautes Kichern.

„Ihr könnt hereinkommen", sage ich. Es hört sich an, als ob sie gerade vor der Küche stehen. Wie viel von dem Gespräch haben sie mitbekommen?

„Entschuldigung, wir wollten nicht stören", sagt Clare, während sie eine kichernde Amelia auf dem Arm trägt. Sie stellt die Füße der Kleinen wieder auf den Boden.

„Hoch!", quiekt Amelia und streckt ihre Arme wieder in die Luft.

Clare lacht und hebt meine Tochter auf ihre Arme, als würde sie ein Flugzeug herumfliegen lassen. Ich merke, dass sie das tut, um Amelia zu unterhalten, aber es ist nicht leicht für sie. Ich würde ihr meine Hilfe anbieten, aber ich habe zu tun.

„Im Kühlschrank und in der Speisekammer gibt es eine große Menge an Essen. Findet etwas Gesundes für Amelia. Wenn Sie etwas wollen, da ist eine Liste am Kühlschrank. Tragen Sie es dort ein."

„Danke", sagt Clare mit leiser Stimme.

Ich versuche, sie nicht anzustarren. Sie trägt immer noch ihren Schlafanzug, genau wie Amelia.

„Ich werde Douglas bitten, ein paar Spielsachen für Amelia zu besorgen, zusammen mit Kleidung. Sie sollte oben im Rucksack noch ein Outfit haben, das sie heute anziehen kann."

„Okay." Clare spricht heute Morgen leiser, ruhiger und weniger aufbrausend als gestern.

Ich bin mir nicht sicher, warum. Vielleicht fühlt sie sich in meinem Haus nicht in ihrem Element.

Gut.

Ich halte die Frau auf Trab. Ich möchte nicht, dass sie mir vor Amelia das Maul stopft.

„Ich werde in meinem Büro sein. Wenn Sie etwas brauchen, es ist die erste Tür links." Ich zeige in die Richtung, in die ich gehe.

„Danke. Wir kommen schon klar."

Ich gieße mir eine zweite Tasse Kaffee ein und nehme sie mit in mein Arbeitszimmer. Ich habe diesen Ort seit einer gefühlten Ewigkeit nicht mehr benutzt. Normalerweise nehme ich meine Arbeit nicht mit nach Hause. Stattdessen verbringe ich die Nächte im Büro, wenn ich über Dokumenten und Verträgen brüten muss.

Ich schicke Douglas eine SMS, um Kleidung für Amelia zu besorgen, zusammen mit den Größenangaben von ihrem letzten Outfit, das hauptsächlich aus T-Shirt und Leggings besteht. Bei dem Rüschen-Röckchen fehlte die Größenangabe. Vielleicht war es handgefertigt.

Ist das der Grund, warum Amelia sich nicht von ihm trennen wollte?

Ich habe ihm auch gesagt, dass sie Supergirl und alles, was mit Prinzessinnen zu tun hat, mag.

Welches Kind tut das nicht? schreibt er zurück.

Er hat ein gutes Argument. Ich überlasse ihm die Wahl der Kleidung, und er schlägt vor, eines meiner alten Tablets zu nehmen und Amelia über eine App ein paar Spielsachen aussuchen zu lassen. Ich kann ihm eine SMS schicken, was ihr gefällt, und er kann alles abholen, was im Laden und auf Lager ist.

Wenn das nicht schon genug Ablenkung ist, muss ich Amelia auch noch im Kindergarten anmelden. Das bedeutet, dass ich mich über die Privatschulen in der Stadt informieren und diejenige finden muss, die den besten Lehrplan anbietet.

Zusätzlich zu meinem normalen Arbeitspensum, das im Moment überwältigend ist, habe ich eine Menge zu tun.

Ich nehme einen Schluck Kaffee, der zusätzliche Schock hilft mir, mich zu konzentrieren und eine Aufgabe nach der anderen zu erledigen.

Nach einer Stunde erhalte ich eine SMS von meiner Assistentin, dass sie gerade vor dem Haus vorfährt. Sie hat zwar ihren eigenen Code, um das Haus zu betreten, aber die Haustür ist manuell verschlossen, und niemand außer Douglas hat einen Ersatzschlüssel.

Douglas ist meine rechte Hand, er ist nicht nur mein Fahrer. Ich würde dem Mann mein Leben anvertrauen.

Ich verlasse das Büro, gehe zur Haustür und reiße sie auf. Nancy trägt einen Stapel von Ordnern und Akten.

Ich schließe die Tür hinter ihr und verriegele den Riegel. „Hier", sage ich und nehme ihr die Akten ab, bevor sie sie auf meinen Boden fallen lässt.

„Danke." Sie blickt sich um. Es ist nicht das erste Mal, dass sie hier ist. Vor ein paar Monaten musste ich notoperiert werden, nachdem mein Blinddarm fast geplatzt war, und sie kam mit einem „Gute Besserung"-Korb und einem Dutzend Aktenordnern, die erledigt werden mussten, während ich mich erholte.

Ihr flüchtiger Blick verrät mir, dass sie nach Amelia sucht, oder vielleicht nach dem Kindermädchen.

„Wie geht es Ihnen?", fragt Nancy.

Ich habe mit ihr zusammengearbeitet, als mein Vater noch lebte und Luxenberg-Enterprises leitete. Auch damals war sie meine Assistentin. Sie ist scharfsinnig.

„Gut", antworte ich barsch. Mehr bekommt sie von mir nicht zu hören.

„Und das neue Kindermädchen? Ich habe Ihnen keinen Namen mitgeteilt. Aber ich habe drei Akten von Frauen mitgebracht, die qualifiziert sind, sich um Ihre Tochter zu kümmern."

Ich stoße einen Seufzer aus und gebe Nancy ein Zeichen, zu mir ins Büro zu kommen. Ich lasse die Tür offen, setze mich hinter meinen Schreibtisch und lege die Akten auf die Holzplatte aus Mahagoni.

Sie setzt sich mir gegenüber. „Der oberste Stapel der Akten sind Lebensläufe, die ich überprüft habe. Ich meine, ich habe ihre Referenzen nicht abgefragt, aber sie sehen wie solide Kandidaten aus", sagt Nancy.

„Sind sie verheiratet?"

„Ich weiß es nicht."

Ich werfe die Akten in den Mülleimer, ohne sie überhaupt anzusehen. „Solange sie nicht glücklich verheiratet sind, bin ich nicht interessiert."

Sie zieht die Stirn in Falten. „Sie wissen schon, dass wir diese Frage einem Kandidaten nicht stellen dürfen?"

Ich bin mir der Besonderheiten bei der Einstellung bewusst, aber ich brauche nicht noch eine Versuchung unter meinem Dach. Clare verursacht schon genug Ärger.

Ich könnte mir vorstellen, ein männliches Kindermädchen einzustellen, aber ich fühle mich nicht wohl dabei, einen Mann in die Nähe meiner fünfjährigen Tochter zu lassen.

„Finden Sie es heraus. Schnüffeln Sie ein wenig ", sage ich.

Nancy stößt einen schweren Seufzer aus und steht auf. „Sie wissen schon, dass das nicht zu meiner Aufgabenbeschreibung gehört."

„Wollen Sie eine Gehaltserhöhung?" Ich starre sie an. Ist das ihre Art, mir zu sagen, dass sie unterschätzt wird und überarbeitet ist?

„Nein, ich glaube, Sie wissen nur nicht, wie viel Zeit es mich gekostet hat, Tausende Lebensläufe zu durchforsten. Ich habe Ihnen die drei besten Kandidaten herausgesucht."

„Und Sie würden ihnen Ihr eigenes Kind anvertrauen?", frage ich.

„Wenn ich Kinder hätte, würde ich es tun", sagt Nancy. Sie ist glücklich verheiratet, aber kinderlos.

„Ich werde die Bewerber in Betracht ziehen", sage ich und werfe einen Blick auf den metallenen Papierkorb. Wenigstens ist darin nichts mehr zu finden. Ich habe zwar kein Personal, das sich ständig um mein Haus kümmert, aber ich habe eine Frau, die zweimal pro Woche putzen und aufräumen kommt. Sie gehört schon seit Jahren zur Familie.

„Danke."

„Gibt es sonst noch etwas?" Ich brauche sie, um mich auf dem Laufenden zu halten, da ich nicht im Büro bin. Wenn etwas passiert, brauche ich sie als meine Augen und Ohren.

„Ich habe Ihre Reiseroute für Europa zusammengestellt, Sir. Aber ich habe noch ein paar Fragen."

Ich nicke und warte darauf, dass sie fortfährt.

„Werden nur Sie reisen, Sir? Oder haben Sie vor, Ihre Tochter mitzunehmen? Ich weiß, dass Sie sich noch nicht endgültig für ein Kindermädchen entschieden haben, deshalb war ich mir nicht sicher, was Sie tun wollen."

Ich seufze, streiche mir über den Kiefer und denke über ihre Worte nach. „Die Situation mit Europa ist mir in den letzten Tagen oft durch den Kopf gegangen. Jetzt möchte ich, dass Sie für alle Hotelübernachtungen ein Nachbarzimmer buchen. Sorgen Sie dafür, dass das Auto, das uns abholt, einen Kindersitz für meine Tochter hat. Die Reservierungen für die Restaurants sollten alle drei Personen umfassen."

„Sir?"

„Ich werde Amelia und die Person, die ich als Kindermädchen einstelle, mitnehmen. Im Moment arbeite ich probeweise mit Clare zusammen, aber ich bin mir nicht sicher, ob sie für eine feste Stelle geeignet ist. Und ich werde meine Tochter nicht mit einem brandneuen Kindermädchen und einer Fremden zurücklassen, während ich im Ausland bin.

„Verstanden. Ich werde diese Änderungen vornehmen, Sir, und wenn ich darf ...“

Ich erwarte nichts anderes von Nancy. Sie war immer zuvorkommend und ehrlich, manchmal brutal und auf den Punkt.

„Ja?“

„Haben Sie ihrer Mutter von dem Kind erzählt?“

Ich lehne mich in meinem Stuhl zurück. Es ist dieselbe Frage, die Connor mir gestellt hat. Ich weiß, dass es etwas ist, dem ich mich stellen muss. Aber es ist auch kein Moment, auf den ich mich freue.

Die Frau hat mich jahrelang gedrängt, zu heiraten, Kinder zu bekommen und eine richtige Familie zu gründen.

Wie wird sie die Neuigkeit aufnehmen, wenn ich Amelia mitbringe, um sie kennenzulernen, und sie ist fünf Jahre alt? Ich kann mir schon die bissigen Kommentare vorstellen, wie ich sie davon abgehalten habe, ihre Enkelin kennenzulernen, und wie ich nicht wissen konnte, dass Katelyn schwanger war. Zweifelsohne wird sie mir die Schuld geben.

Vielleicht hat sie ja recht. Vielleicht ist es meine Schuld. Hätte ich mich bei Katelyn mehr dafür eingesetzt, damit es funktioniert, und wäre ich auf ihre Forderungen eingegangen, hätte ich vielleicht von Amelia gewusst.

„Ich habe noch nicht zum Telefon gegriffen und sie angerufen. Mein Bruder hat das Gleiche gesagt", murmle ich.

„Der einzige Grund, warum ich es erwähne, abgesehen davon, dass sie auf anderem Wege davon erfahren hat, ist, dass sie vielleicht helfen kann, während Sie weg sind."

Mein Kiefer krampft sich zusammen. „Meine Mutter kümmert sich nicht um Amelia."

„So schlimm kann sie nicht sein. Ich meine, sie hat Sie doch großgezogen", sagt Nancy.

„Genau", murmle ich. „Ich möchte nicht, dass meine kleine Amelia sich so entwickelt." Ich gestikuliere vor mir selbst.

Nancy steht auf, schlurft mit den Füßen und starrt mich an. „Denken Sie einfach darüber nach."

Ich begleite sie aus meinem Büro zur Eingangstür und nach draußen.

Ich schaue auf meine Uhr. Es ist kaum zehn Uhr morgens, und ich habe noch so viel zu tun, bevor der Tag zu Ende geht. Die Liste der qualifizierten Kindermädchen, die Nancy abgegeben hat, wird einen weiteren Tag warten müssen.

Clare biegt um die Ecke und knallt mir direkt gegen die Brust. „Langsam", sage ich und bewahre sie vor einem Sturz.

Ihre Augen sind groß und ihr Blick ist verzweifelt. Sie ist angezogen, anders als vorhin, als sie noch ihren Pyjama trug. Sie trägt ein geblümtes Oberteil und blaue Jeansshorts, die kaum ihren Hintern bedecken. Sie sind zerrissen und zerfetzt; ich kann nur vermuten, dass es am Stil liegt und sie sie so gekauft hat, aber ich kann mir nicht einmal vorstellen, warum.

„Ich kann nicht ..." Ihr Atem geht schnell und unregelmäßig.

„Langsam. Was ist denn los?", frage ich. Ich schaue hinter sie und sehe keine Spur von meiner Tochter. „Wo ist Amelia?"

KAPITEL VIER

CLARE

„Ich kann sie nicht finden."

Ich dachte, es würde Spaß machen, ein nettes kleines Spiel, um sich die Zeit zu vertreiben. Aber Amelia beschloss, das Versteckspiel ein wenig zu ernst zu nehmen.

Levi starrt mich ungläubig an. „Was soll das heißen, Sie können meine Tochter nicht finden?"

Ich atme scharf ein. Ich habe das verdient. Es ist alles meine Schuld. Ein Spiel mit einem Kind zu spielen, das man kaum kennt, in einem Haus, in dem man sich leicht verirren kann, ohne es zu versuchen, ist Wahnsinn.

Ich bin ein Idiot, und er wird mich feuern.

„Amelia und ich haben uns überlegt, was wir machen sollen. Draußen sieht es nach Regen aus, also habe ich vorgeschlagen, dass wir im Haus Verstecken spielen."

„Ich verstehe", sagt er und streicht sich über den Kiefer. Die Bartstoppeln sind heiß, und die Silberflecken, die in das dunkle Braun eingestreut sind, lassen mich in Ohnmacht fallen. Seine durchdringenden blauen Augen sind auf mich gerichtet.

„Wir spielen schon seit Stunden, seit wir uns nach dem Frühstück angezogen haben, und ich kann sie immer noch nicht finden."

„Das ist ein großes Haus", sagt Levi ein wenig zu ruhig.

„Wie kann es sein, dass Sie jetzt nicht in Panik geraten?", frage ich. Mein Magen hat sich zu einem riesigen Knoten verknotet.

„Die Türen sind verschlossen. Es gibt überall auf dem Grundstück Kameras, und sie kann nicht durch das Tor entkommen sein, es sei denn, jemand hat es geöffnet." Seine Stirn zieht sich zusammen, und die Gelassenheit scheint zu verschwinden. Er beeilt sich, aus dem Fenster auf das offene Tor zu schauen. Fluchend stößt er die Haustür auf und sieht sich um.

Das Kind könnte überall sein. Ich hätte darauf hinweisen sollen, dass wir nicht nach draußen gehen würden. Aber es sah nach Regen aus. Sie hätte sich nicht allein nach draußen gewagt. Zumindest hoffe ich das.

„Ich kann nicht glauben, dass Sie sie verloren haben ", knurrt Levi.

„Es ist nicht meine Schuld. Ich habe versucht, eine Beschäftigung für drinnen zu finden. Es ist ja nicht so, als hätten Sie ein Spielzimmer oder Videospiele für sie. Es gibt nicht viel zum Spielen."

„Ihr könntet beide eure Fantasie benutzen."

Er hat recht. Ich hätte kein Versteckspiel vorschlagen sollen. Das Haus ist riesig. Ich würde es mir nie verzeihen, wenn sie durch die Vordertür und über den Hof entkommen wäre.

„Sollen wir die Polizei rufen?", frage ich mit zittriger Stimme.

„Nein. Wir wollen sie nicht erschrecken, wenn sie sich im Haus versteckt. Und ich will nicht, dass meine Mutter davon in den Fünf-Uhr-Nachrichten erfährt", murmelt Levi.

„Das ist es, was ihm Sorgen macht? Dass seine Mutter es herausfindet." Ich lache über die Absurdität seiner Andeutung.

Er grunzt und antwortet mir nicht. Ich mache ihm keine Vorwürfe; ich habe es vermasselt, und er ist wütend auf mich. „Sie übernehmen die obere Etage. Ich übernehme den dritten Stock. Wir kommen beide runter und versuchen es auf der Hauptebene. Sagen Sie ihr, Sie hätten Kekse oder Süßigkeiten. Etwas, das sie dazu bringt, sich zu zeigen."

„Sie wollen, dass ich Ihre Tochter anlüge?" Ich kann seine Andeutung nicht glauben. Ich versuche, ihr Vertrauen zu gewinnen, nicht sie zu manipulieren.

„Nein, ich möchte, dass wir Amelia finden." Er schiebt sich an mir vorbei und geht zwei Stockwerke hoch in den dritten Stock.

Ich eile hinter ihm her und durchsuche jedes Schlafzimmer, die Waschküche und das Badezimmer. Ich suche wieder hinter dem Duschvorhang und im Schrank unter dem Waschbecken.

Von Amelia gibt es keine Spur.

„Kekse! Dein Vater hat frische Kekse gebacken", rufe ich durch den Flur. Ich versuche es noch einmal in meinem Schlafzimmer und stolpere über den rosa Koffer, der leicht geöffnet ist.

Ich bin mir sicher, dass ich ihn gestern Abend zugemacht habe, aber es war schon spät, nachdem ich meine Wäsche gewaschen und weggeräumt hatte.

Ich beuge mich hinunter, und der Koffer ist viel schwerer, als er sein sollte, als ich ihn an die Wand schiebe.

Ein Kicheranfall kommt auf, und ich ziehe den Deckel zurück und entdecke ein kreischendes kleines Mädchen. Sie springt in meinem Hartschalenkoffer auf und ab und zerbricht den Koffer.

Ihre Augen werden groß, als sie die äußere Verkleidung der Schale durchbricht.

„Ich habe sie gefunden!", rufe ich und hoffe, dass Levi mich hören kann.

„Kekse?" Ihre Augen leuchten bei der Aussicht auf Kekse. „Was für welche?"

Levis schwere Schritte stapfen über den Teppich, als er mein Schlafzimmer ohne anzuklopfen betritt. Nicht, dass er seine Anwesenheit ankündigen müsste; es ist ganz offensichtlich, dass er hier ist.

„Wo warst du?" Er bekommt die Antwort, als er sieht, dass die untere Schale des Koffers beschädigt ist und Amelia immer noch im Inneren ist und mit den Füßen wackelt und ihren Sieg tanzt.

Levi hebt sie in die Luft und trägt sie die Treppe hinunter.

„Das Flugzeugmädchen sagte, du hättest Kekse gebacken", verkündet Amelia.

„Ach, hat sie das?" Levi wirft mir einen Blick über die Schulter zu, während wir zur Hauptebene hinuntergehen.

„Kekse waren Ihr Vorschlag", erinnere ich ihn. Ich werde diesem kleinen Mädchen nicht das Herz brechen, weil er keine Kekse im Haus hat.

„Ja, das waren sie."

„Welche Sorte? Schokoladenstückchen?", fragt Amelia und windet sich in seiner Umarmung.

„*Flugzeugmädchen*, können Sie backen?", fragt Levi.

Amelia streckt ihre Arme aus und will, dass er sie wie Supergirl durch die Luft fliegt. Oder vielleicht macht sie sich über mich lustig. Aber ich glaube, dass sie lieber eine Superheldin ist, die durch den Flur fliegt.

„Wenn ich ein Rezeptbuch habe. Aber ich kann wahrscheinlich etwas im Internet finden", sage ich. Seit meiner Ankunft in der Villa habe ich nicht versucht, online zu gehen. Ich war eher mit dem Höschen-Dieb und seiner bezaubernden Tochter beschäftigt. Außerdem habe ich mein Handy in der

Nachttischschublade verstaut. Die einzige Person, die mir schreibt oder mich anruft, ist mein Ex-Mann, und mit ihm will ich nicht kommunizieren.

„Sie brauchen den Internet-Passcode", sagt er.

„Das wäre sehr hilfreich." Ich folge den beiden in die Küche. Levi stellt Amelia auf den Tresen und setzt sie auf die Kante, während er sie vor dem Herunterfallen bewahrt. Er greift nach rechts in ein an der Wand befestigtes Regal mit einem halben Dutzend gebundener Kochbücher.

Er legt es auf den Tresen, schlägt es auf und findet das Rezept für Schokokekse.

„Können wir nicht einfach Keksteig verwenden?", frage ich. Ich bin keine gute Bäckerin. Ich kann einen Kuchen aus einer Schachtel backen oder Muffins, ebenfalls aus einer vorgefertigten Packung, aber die Zutaten zu mischen und alles zusammenzufügen, habe ich noch nie versucht. Selbst ohne die Hilfe eines kleinen Mädchens würde ich bestimmt eine Sauerei machen.

„Ich lagere keinen Keksteig", sagt Levi. Er zeigt auf die Speisekammer. „Das Mehl und der Kristallzucker sind da drin. Im Kühlschrank sind frische Eier."

Ich bin beeindruckt, wie gut seine Speisekammer und sein Kühlschrank bestückt sind. Für einen

Junggesellen hätte ich erwartet, dass alles leer oder abgelaufen ist.

Ich nehme auch die Tüte mit den Schokoladenstückchen, die wir für das Rezept brauchen. „Was noch?"

„Butter, brauner Zucker, Backpulver, Salz und Vanilleextrakt".

„Langsam", sage ich und greife einen Gegenstand nach dem anderen, als er sie mir wieder aufzählt. Ich kenne mich in seiner Küche nicht aus. Es dauert ein paar Sekunden länger, bis ich jede Zutat gefunden habe. Er schnappt sich die Schüsseln und mischt die Zutaten, wobei er den Anweisungen im Buch folgt. „Ich bin überrascht, dass du kochen kannst."

„Als wir Kinder waren, wollte Mama ihre eigene Bäckerei eröffnen. Sie hat Kekse, Muffins, Torten, alles, was man in einen Ofen stecken konnte gebacken. Nur wollte sie die Backwaren nie verkaufen. Sie hat sie verschenkt."

Levi schaltet den Ofen ein und lässt ihn vorheizen, während er mir zeigt, dass ich ein Backblech holen soll.

„Das ist irgendwie süß", sage ich.

In wenigen Minuten haben wir den Keksteig auf ein gefettetes Blech gestrichen und das Blech in den Ofen geschoben.

Amelia greift mit ihren Händen in den übrig gebliebenen Teig, aber Levi hält sie auf. „Du kannst ihn noch nicht essen, Schatz. Da sind rohe Eier drin. Davon könntest du krank werden."

„Ich will Schokokekse", sagt sie und windet sich, bis Levi sie auf den Boden setzt.

„Sie sind gleich fertig", sage ich. „Willst du zusehen, wie sie im Ofen backen?" Ich schalte das Ofenlicht ein, und sie starrt durch die Glastür und beobachtet die Kekse.

„Sie können gut mit ihr umgehen", sagt er.

„Ist das ein Kompliment?" Ich bin von seinen Worten überrascht. Es ist das erste Mal, dass er etwas Nettes zu mir sagt.

„Sie haben mich meinen Satz nicht beenden lassen. Sie können gut mit ihr umgehen, wenn sie nicht verloren geht."

„Autsch." Ich lege meine Hand auf meine Brust, als hätte man mich angeschossen. „Harte Worte aus dem Munde des Höschen-Diebs."

Levi blicke mit großen Augen an mir vorbei zu Amelia. Ist er besorgt, dass sie unser Gespräch belauschen könnte? „Sie sollten mich nicht so nennen, *Flugzeugmädchen*."

„Wie soll ich Sie nennen? *Mürrischer Muffel*?" frage ich.

Er strafft die Schultern. „Das ist mal etwas Neues."

„Nun, Sie sind herrisch und ständig mürrisch."

„Bin ich nicht."

„Sie sind es doch", scherze ich und merke, wie kindisch wir beide klingen. Ich verberge mein Lächeln, lege meine Hand kurz auf mein Kinn und drehe mich um, um Amelia zu beobachten. Sie steht neben dem Ofen, obwohl sie nur hineinschaut, möchte ich nicht, dass sie sich verbrennt oder verletzt.

Das Telefon des Höschen-Diebs brummt und reißt uns aus unserer kleinen Träumerei. „Mein Bruder ist auf dem Weg hierher. Amelia, du wirst Onkel Connor kennenlernen."

Sie scheint von seiner Bemerkung nicht beunruhigt zu sein.

Ich bin mir nicht sicher, ob Amelia vollständig erkennt und versteht, dass Levi ihr Vater ist. Es ist nicht meine Aufgabe, mich einzumischen.

Als die Kekse piepen, schnappt sich der Höschen-Dieb einen Topflappen und zieht das heiße Blech aus dem Ofen, während ich Amelia zurückhalte, damit sie nicht in Gefahr gerät. „Wir müssen vorsichtig sein. Der Ofen ist heiß", sage ich, um ihr beizubringen, dass sie sich nicht verbrennen soll.

Ich nehme an, dass ihre Mutter ihr die gleichen Grundsätze in der Küche beigebracht hat, bevor sie zu ihrem Vater zog. Aber wenn sie unter meiner Aufsicht verletzt wird, wird er mir das nie verzeihen.

Ich bin überrascht, dass er mir immer noch nicht die Hölle heiß macht, weil ich sie verloren habe. Wenigstens war sie in meinem Schlafzimmer. Ich schwöre, ich habe das Zimmer von innen nach außen durchsucht. Nun, bis auf mein Gepäck.

Kinder sind heimtückisch, und Amelia ist da nicht anders.

„Hören Sie zu, ich sollte Sie warnen. Connor kann ein bisschen grob sein."

„Warnen Sie Ihre Tochter oder mich?", frage ich.

„Sie, *Flugzeugmädchen*. Ich möchte, dass Sie wissen, was Sie erwartet, wenn Sie hierbleiben."

„Ich werde mit ihm fertig", sage ich und murmle: „Er kann nicht schwieriger sein als Sie."

Levi muss meine Bemerkung gehört haben, denn er dreht sich um und fixiert mich mit seinem Blick. „Connor neigt dazu, unausstehlich zu sein und denkt gerne, dass er die Kontrolle hat. Ich habe die Kontrolle. Das ist ein Unterschied."

„Sie halten sich gerne für einen Dom", sage ich ein wenig zu laut. Aber ich glaube nicht, dass Amelia das versteht, und sie schenkt mir auch keine Aufmerksamkeit. Ihr Blick ist wie gebannt auf das Tablett mit den Keksen gerichtet, die Levi zum Abkühlen auf einen Teller legt.

„Was weißt du über Doms?", fragt der Höschen-Dieb und wirft einen Blick über seine Schulter auf mich.

Will er, dass ich ihn unterrichte? Der will mich doch verarschen! „Ich weiß, dass sie gerne denken, dass sie das Sagen haben, aber in Wirklichkeit ist es das Mädchen, das die Zügel in die Hand nimmt."

„Ist das so?"

Levis Telefon summt wieder, und ich fluche leise vor mich hin. „Pass auf Amelia und die Kekse auf. Connor fährt vor."

Kaum ist Levi aus der Küche, greift Amelia nach dem Teller mit den Keksen. „Die sind heiß", sage ich. Es ist egal, dass es für sie zu früh ist, um vor dem Mittagessen Süßigkeiten zu essen.

Levi hat keine kinderfreundlichen Teller. In den Schränken gibt es nichts aus Plastik, nicht einmal Pappteller liegen herum.

Ich nehme einen kleinen Teller und lege einen einzelnen Keks darauf. „Wie wäre es, wenn wir dich an den Tisch setzen?"schlage ich vor und trage den Teller zum Tisch. Das Letzte, was ich will, ist, dass sie das Geschirr fallen lässt und sich an den Scherben verletzt.

Sie klettert auf den Holzstuhl, setzt sich auf ihre Knie und greift nach dem Keks. „Er ist heiß", erinnere ich sie und puste darauf.

Sie ahmt meine Handlungen nach, bevor sie ihn vorsichtig berührt. Als sie sich vergewissert hat, dass er nicht zu heiß ist, greifen ihre winzigen Finger nach dem Keks, und er fällt zwischen ihrem Mund, dem Tisch und dem Teller auseinander.

Amelia ist ein einziges Durcheinander, aber das Mädchen stört sich nicht daran, sie schnappt sich jeden Bissen und jeden Krümel, als ob es ein Verbrechen wäre, einen zurückzulassen.

Der Höschen-Dieb setzt sich zu uns in die Küche an den kleinen Tisch mit zwei Stühlen. Ich setze mich nicht. Ich stehe neben Amelia und behalte sie genau im Auge. Ich schnappe mir ein paar Servietten und wische die klebrige, schokoladige Sauerei auf, die sie hinterlässt.

„Hallo", sagt der Herr, der Levi begleitet.

Ich nehme an, es ist Connor, aber die beiden sehen sich überhaupt nicht ähnlich. Sind sie Halbgeschwister oder Stiefgeschwister? Es gibt nicht einmal die geringste Ähnlichkeit. Während Levi gut aussieht und mein Herz zum Klopfen bringt, hat Connor nicht den gleichen Sexappeal oder die gleiche Ausstrahlung.

Er ist etwas kleiner, und seine Schultern hängen nach vorn. Er trägt ein zerknittertes Hemd und eine Hose, die ein wenig zu eng aussieht. Ist das Absicht, oder weiß er nicht, wie er seine Kleidung aussuchen muss?

Er ist nicht nur kleiner als sein Bruder, sondern könnte auch einen kleinen Trimm vertragen. Seine Augenbrauen sind buschig, und ich schwöre, es stehen Haare aus den Ohren heraus. Es scheint, als würden seine Haare überall wachsen, nur nicht oben auf seinem Kopf - armer Kerl.

Ich schenke ihm ein freundliches Lächeln, als er mir die Hand reicht. „Sie müssen das neue Kindermädchen sein, von dem mir mein Bruder erzählt hat. Ich bin Connor, der gut aussehende Bruder", sagt er.

Ich versuche, nicht zu lachen. Ich bin froh, dass der Kerl ein gutes Selbstwertgefühl und Selbstvertrauen hat, denn Connor ist auf keinen Fall auch nur annähernd so attraktiv wie Levi. Es ist, als hätte der eine Sohn die guten Gene bekommen und der andere, nun ja, er hat es verpasst.

Nicht, dass ich Brüder vergleichen sollte. Ich habe keine Lust, mein Liebesleben auf diese Weise zu würzen. Oder dem Mangel daran, wenn ich ehrlich zu mir selbst sein soll. Am heißesten wird es mit meinem treuen Vibrator und den Liebesromanen, die ich spät in der Nacht lese.

Wenigstens ist es zuverlässig. Zum Teufel, selbst mein Ex, als wir verheiratet waren, konnte den speziellen Knopf nicht finden, der die Wände zum Wackeln bringt - was für eine Schande.

„Ich bin Clare", sage ich.

„Sie ist das Flugzeugmädchen", sagt Amelia und leckt sich die Schokolade von den Fingern, aber ihr Gesicht ist ziemlich verschmiert.

So viel zum Abräumen des Tisches. Das Kind isst mehr Schokolade als Kekse.

„Flugzeugmädchen?", fragt Connor mit einem Kichern, als ob er irgendwie Teil des Witzes wäre. „Ich mag sie", sagt Connor und zeigt mit einem Finger auf mich. „Und lass mich raten, junge Dame, du musst Amelia sein."

Das kleine Mädchen setzt sich aufrecht hin und streckt ihre schmutzige, klebrige, schokoladenverschmierte Hand aus. „Wie geht es Ihnen?", fragt sie.

Connor bricht in Gelächter aus, ziemlich amüsiert über ihr Verhalten, oder vielleicht ist es ihre Niedlichkeit. Schon jetzt könnte sie eine kleine Version von Levi sein, und sie haben sich gerade erst kennengelernt. Man stelle sich ihre Eigenheiten vor, wenn sie ein paar Monate mit ihm zusammengelebt hat.

Ich hoffe nur, dass seine Mürrischkeit nicht auf sie abfärbt.

„Amelia", sagt Levi, „das ist dein Onkel Connor. Er ist mein jüngerer Bruder."

„Und der besser aussehende Luxenberg in der Familie", fügt Connor hinzu.

Amelia verzieht das Gesicht und schüttelt den Kopf. „Nu-uh." Sie zeigt auf ihren Vater.

„Vielleicht sollten wir die Entscheidung deinem neuen Kindermädchen überlassen", sagt Connor und zwinkert mir zu. „Ich wette, sie hat einen tollen Geschmack bei Männern."

Ich bin dankbar, dass ich keinen Keks gegessen habe, sonst würde mein Magen ihn wieder hochbringen. Wie komme ich aus dieser Sache raus? Connor ist nicht im Geringsten attraktiv für mich, und Levi, nun ja, ich kann nicht zugeben, dass er heiß ist.

Er ist mein Chef, und ein mürrischer noch dazu! Ich will auf keinen Fall, dass er auch nur ahnt, dass er mir den Kopf verdrehen kann.

Nö.

Ich zucke mit den Schultern und lache. „Ich gehe nur mit Frauen aus", sage ich. „Ihr seht beide wie Männer aus. Ich kann das andere Geschlecht nicht wirklich einschätzen."

Levi schiebt sich an mir vorbei und schnappt sich Amelias schmutzigen Teller. „Verdrücke dich", flüstert er leise. Sein Körper verweilt eine Sekunde länger, als er sollte, und ich schwöre, dass er versucht, eine Reaktion von mir zu bekommen, um zu beweisen, dass er der heißere Bruder ist.

Aber er treibt die Frage oder die Grenzen zwischen uns nicht weiter.

„Wow. Mädchen, hm?" sagt Connor mit einem schiefen Grinsen. „Schon mal einen Kerl in die Runde geworfen?"

„Fragst du ernsthaft mein Kindermädchen, ob sie einen Dreier mit dir machen würde?" Levi kocht vor Wut. Ich schwöre, es kommt Dampf aus seinem Kopf. Sein Kiefer ist angespannt, und er wäscht das Geschirr von Hand mit einem Schwamm, von dem ich glaube, dass er sich jeden Moment auflösen könnte.

„Was ist ein Dreier?", fragt Amelia.

„Okay, genug über mein Liebesleben geredet." Ich ermahne beide Jungs, auf ihr Mundwerk zu achten, und zeige erst auf Connor und dann auf Levi.

„Was habe ich gesagt?", fragt Levi mit offenem Mund.

„Fang bloß nicht damit an." Ich weiß, dass er ein Händchen für Höschen-Diebstähle hat. Ich bin mir nicht sicher, was er vorhat, aber ich vertraue nicht darauf, dass er mein Herz nicht zum unpassendsten Zeitpunkt zum Rasen bringt.

Amelia klettert vom Stuhl herunter, und ich wische den klebrigen Schmutz vom Tisch und von den Händen und dem Gesicht des kleinen Mädchens.

Levis Kiefer ist angespannt, und seine Hände ballen sich zu Fäusten. „Kann ich Sie kurz unter vier Augen sprechen, Clare?"

Die Art, wie er meinen Namen ausspricht, jagt mir einen Schauer über den Rücken. „Ja, natürlich, Sir." Er zieht mich auf den Flur hinaus, aber er hat Amelia die ganze Zeit im Blick.

„Ich denke, es wäre das Beste, wenn Sie sich den Rest des Tages frei nehmen."

„Es tut mir leid. Habe ich Sie irgendwie beleidigt?" Ich weiß nicht, was ich getan habe, um Levi zu verärgern, aber es braucht nicht viel, um ihn von einem Höschen-Dieb in einen Höschen-Muffel zu verwandeln. Vielleicht sollte das sein neuer Spitzname werden.

Levis Kiefer ist angespannt. Er antwortet nicht auf meine Frage. „Sie können sich eines meiner Autos leihen und den Nachmittag mit Einkaufen verbringen."

„Einkaufen? Soll ich Ihnen Lebensmittel besorgen?" Er hat einen gut gefüllten Kühlschrank, aber vielleicht soll ich ein paar Sachen für Amelia besorgen, z. B. Spülung und so weiter.

Er verlagert sein Gewicht auf den anderen Fuß, greift in seine Gesäßtasche und holt seine Brieftasche heraus. Er öffnet die Brieftasche und reicht mir mehrere Einhundert-Dollar-Scheine.

Das ist Scheiße.

Er will wirklich, dass ich verschwinde.

Okay, für vierhundert Dollar kann ich das machen.
Keine weiteren Fragen.

„Gibt es etwas, wofür ich das Geld ausgeben soll?
Sachen für Amelia?" frage ich.

Er lehnt sich näher heran und schaut zu mir herüber.
Ich schwöre, dass er gleich Unterwäsche und einen
nicht ganz so durchsichtigen BH sagen wird. „Was
immer Sie denken, *Flugzeugmädchen.*"

Ich atme einen schweren Atemzug aus, von dem ich
gar nicht wusste, dass ich ihn angehalten hatte.

Also sind wir wieder bei diesem Thema. „Sie können
sich keinen originelleren Spitznamen für mich
ausdenken?"

„Oh, das kann ich, aber da Sie meine Angestellte sind,
möchte ich nicht, dass Sie mich wegen sexueller
Belästigung verklagen."

„Okay, *Höschen-Dieb.*" Ich schmunzle und stopfe sein
Bündel Hunderter in meine Brüste.

Er beißt für den Bruchteil einer Sekunde auf seine
Unterlippe. „Haben Sie keine Brieftasche?"

„Ja, oben", sage ich und zeige auf die Treppe.

„Na, dann holen Sie sie", schnauzt er.

Ich nicke und mache einen zaghaften Schritt, aber bevor ich mich umdrehe, kann ich nicht anders als zu fragen: „Tun Sie das, weil Sie mir in der Nähe ihres Bruders nicht trauen, oder trauen Sie ihrem Bruder in meiner Nähe nicht?"

„Ich traue mir selbst nicht über den Weg", knurrt er und macht auf dem Absatz kehrt. „Kommen Sie nicht vor dem Abendessen zurück."

„Und was ist mit Amelia?", frage ich. Muss Levi heute nicht von zu Hause aus arbeiten? Wie soll er irgendetwas schaffen, wenn ihm ein Fünfjähriger folgt und sein kleiner Bruder zu Besuch ist?

„Sie bleibt hier bei mir."

KAPITEL FÜNF

Levi

Ich bin ein Idiot, der dem Kindermädchen Geld zuwirft und ihr sagt, sie soll sich verziehen.

Aber wenn ich sie nicht aus dem Haus bringe, wird Connor nicht locker lassen, und da sie gesagt hat, dass sie mit Mädchen ausgeht, kann ich mich im Moment einfach nicht konzentrieren.

Hat sie das gesagt, weil Connor sie in eine schwierige Lage gebracht hat?

Oder mag sie tatsächlich keine Männer?

Scheiße.

Ich fahre mir mit der Hand durch die Haare und bin dankbar, als sie den Wagen aus der Garage holt und durch das Tor hinausfährt.

Eigentlich sollte ich aufatmen können, aber ich fühle nur Angst. Mir wäre es lieber, Connor wäre gegangen, aber Clare wird zurückkommen.

Sie hat keine andere Bleibe, obwohl ich ihr ein paar hundert Dollar gegeben habe, damit sie sich den Nachmittag über beschäftigen kann, reicht das nicht aus, um die Miete oder ein Hotel auf Dauer zu bezahlen.

Sie wird zurückkommen.

Ihre Kleidung und der kaputte Koffer befinden sich noch in meinem Haus. Wenn Amelia Zugang zu ihrem Koffer hatte, muss ich ihn durch einen stabileren ersetzen. Das ist das Mindeste, was ich für sie tun kann, nachdem sie sich mit meinem dummen Bruder herumschlagen musste.

Ich setze Amelia vor den Fernseher und suche einen Sender, der Zeichentrickfilme zeigt, um sie zu beschäftigen.

„Du hättest das Kindermädchen nicht wegschicken müssen. Ich hätte es in meiner Hose behalten können", sagt Connor.

„Das bezweifle ich. Du hast ihr praktisch nachgestellt. Sie kann gut mit Amelia umgehen. Ich möchte nicht, dass sie geht, weil sie sich bei dir nicht wohl fühlt."

„Ich kann nichts dafür, dass sie heiß ist. Ich finde es toll, wie du ihr Geld gegeben hast, damit sie gehen soll. Zucker Papa?"

„Sie ist das Kindermädchen meiner Tochter. Das ist alles."

„Und sie ist eine, die ich gerne knallen würde. Besteht die Chance, dass sie Single ist?"

Mein Magen krampft sich zusammen bei dem Gedanken, dass Connor sich dem Kindermädchen meiner Tochter nähert. „Du hast sie gehört. Sie trifft sich nur mit Mädchen", sage ich und räuspere mich.

Wir sollten nicht über Clare sprechen.

Nach dem Abendessen ist Amelia wählerisch, sie kann sich nicht entscheiden, entweder sie nimmt ein Bad oder es gibt keine Gute-Nacht-Geschichte.

„Ich will Clare Bär", sagt Amelia, löst sich aus meinem Griff und rennt nackt den Flur hinunter.

„Und ich möchte, dass du ein Bad nimmst."

„Kein Bad!", kreischt Amelia, schlüpft an meinen Beinen vorbei und rennt die Treppe hinunter.

Mir dreht sich der Magen um, und ich bete, dass das Kind nicht stürzt und sich verletzt. Sie rutscht auf dem Marmorboden aus, fängt sich aber wieder, als die Eingangstür quietscht.

„Clare-Bär!" Amelia läuft auf sie zu und wirft ihre Arme in die Luft.

„Du bist nackt", sagt Clare ganz sachlich.

Ich murmle auf dem Weg die Treppe hinunter. „Jemand ist aus dem Bad geflohen, bevor ich die Wanne volllaufen lassen konnte."

„Kein Bad!", schreit sie und versucht, an Clare vorbeizukommen, aber das Kindermädchen nimmt meine Tochter auf den Arm.

„Netter Versuch", sagt Clare und schlüpft aus ihren Schuhen, während sie mein kleines Monster festhält. Ich komme die Treppe herunter, nehme Amelia aus ihren Armen und trage sie zurück nach oben ins Bad.

„Sie waren lange weg", sage ich. Es ist nicht als Vorwurf gemeint, aber so wie es mir herausrutscht, klingt es wie einer. Wenn ich ehrlich bin, ärgere ich mich ein wenig darüber, dass sie nicht gleich nach dem Essen nach Hause gekommen ist.

„Sie haben mir gesagt ... wissen Sie was? Vergessen Sie es." Clare streitet nicht mit mir. Sie hält eine Hand hoch, als sie mir die Treppe hinauf folgt. „Wenn wir mit Amelias Bad fertig sind, habe ich im Kofferraum und auf dem Rücksitz Taschen, bei denen ich Hilfe gebrauchen könnte."

„Können Sie ihre Sachen nicht selbst hineintragen?", murmle ich vor mich hin.

„Ich könnte Hilfe gebrauchen. Einiges davon ist ziemlich schwer", sagt sie.

Was um alles in der Welt hat sie gekauft, das so schwer ist, dass sie es nicht tragen kann? Und wie zur Hölle will sie das schleppen, wo auch immer ihr nächstes Abenteuer sie hinführt? Ich habe sie zu meinem Haus gefahren.

„Neuer Koffer?" Ich denke, dass er nicht zu schwer für sie sein sollte.

„Nein, daran habe ich gar nicht gedacht. Ich hätte meine ersetzen sollen", sagt Clare. Sie zieht eine Grimasse, als ob sie ihre Einkäufe bereuen würde.

„Machen Sie sich keine Gedanken darüber. Sagen Sie mir, was er gekostet hat, und ich gebe Ihnen den Wiederbeschaffungswert."

„Ist das wie eine Amortisation, die sich nach dem Alter des Koffers und seiner Abnutzung richtet?"

Ich bin mir nicht sicher, ob sie beabsichtigt, bissig zu sein, aber es kommt auf jeden Fall so rüber.

Ich brauche etwas Abstand von Clare, und da sie mir die Treppe hinauf folgt und Amelia sich wieder windet und trotzig ist, brauche ich eine neue Taktik.

„Wie wäre es, wenn Sie sie bettfertig machen? Ich hole die Sachen aus dem Auto."

„Klingt nach einem Deal", sagt Clare.

Ich bringe Amelia ins Bad, schließe die Tür und überlasse die beiden sich selbst. Wenn sie Amelia duschen will, dann soll sie es tun. Ich möchte nur ein paar Minuten Ruhe und Frieden haben.

Ich gehe die Treppe hinunter, ziehe meine Schuhe an und gehe nach draußen. Die Luft ist kühl, aber draußen ist es schön. Das Auto ist unverschlossen, ich öffne den Kofferraum, in dem sich Taschen mit Büchern, Spielzeug und ein paar Anziehsachen befinden. Alles scheint für Amelia zu sein.

Douglas brachte am Abend drei volle Einkaufstüten Kleidung für Amelia, aber das ist bei weitem nicht genug, wenn man bedenkt, was für ein Durcheinander das Kind beim Essen macht. Außerdem war alles, was er gekauft hat, für das aktuelle Herbstwetter gedacht. In ein paar Monaten wird sie wahrscheinlich aus allem herausgewachsen sein.

Ich schleppe die Taschen ins Foyer und gehe zurück zum Auto, um den Rest zu holen. Auf dem Rücksitz stehen noch ein paar Kisten.

Ich hatte Clare das Geld gegeben, damit sie es für sich ausgibt. Ich hatte nicht erwartet, dass sie Amelia Spielsachen für ein ganzes Spielzimmer kaufen würde.

Nachdem ich alles hineingetragen hatte, fahre ich das Auto in die Garage und schließe das Haus ab.

Ich habe noch nicht über ein Spielzimmer für Amelia nachgedacht. Ich wollte ihr ein paar Spielsachen kaufen, mit dem sie sich beschäftigen kann, wenn sie nicht im Kindergarten ist. Das erinnerte mich daran, dass ich sie morgen als Erstes im Kindergarten anmelden muss.

Mein heutiger Tag fühlte sich verschwendet an, aber nicht unbedingt auf eine schlechte Art. Ich habe mich immer noch nicht bei meiner Mutter gemeldet, aber Connor hat Amelia getroffen. Das war ein guter erster Schritt.

Ich schleppe die Spielsachen und Bücher in eines der Zimmer im Erdgeschoss. Ich muss die Möbel umstellen, damit das Zimmer für Kinder gut geeignet ist. Aber wenigstens liegen die Taschen und Kisten mit den Spielsachen für Amelia nicht mitten im Zimmer. Ich möchte nicht, dass Clare darüber stolpert.

Ich nehme ein Kinderbuch aus der Tasche von der Buchhandlung und trage es nach oben.

Nachdem Amelia mit dem Baden fertig ist und fürs Bett angezogen ist, lese ich ihr noch eine Gute-Nacht Geschichte vor. Ihre Augen leuchten, als sie unter die Decke klettert.

Clare beobachtet uns eine Minute lang mit einem nachdenklichen Lächeln von der Tür aus, bevor sie uns beide allein lässt.

Ich schalte das Licht aus, gebe Amelia einen Gutenachtkuss und schließe die Tür zu ihrem Schlafzimmer. Clare hat das Licht in der Waschküche an.

Mein Herz flattert, als ich mich daran erinnere, was gestern Abend in der Waschküche geschah, als sie ein Paar Seidenhöschen in meiner Hosentasche entdeckte. Ich überprüfe meine Taschen, nicht, dass ein weiteres Paar auf magische Weise darin aufgetaucht.

Kein Trick.

Meine Taschen sind leer, bis auf mein Handy und mein Portemonnaie.

Sie schiebt die Handtücher in die Waschmaschine und schaltet eine Ladung Wäsche ein.

„Ich habe nicht erwartet, dass Sie all diese Sachen für Amelia kaufen", sage ich und schiebe meine Hände in die Taschen.

„Sie haben mir vierhundert Dollar gegeben, Sir. Ich konnte sie nicht einfach für unsinnige Dinge ausgeben."

„Das Geld war für Sie bestimmt", sage ich und trete einen Schritt näher.

Sie atmet scharf ein. „Sie müssen mir das nicht abkaufen, was auch immer das ist." Sie gestikuliert zwischen uns.

Ich ziehe die Stirn in Falten. „Ich kaufe Ihnen nichts ab", höhne ich. „Ich wollte nur nett sein. Sie haben nicht viel mitgebracht.

Ich dachte, Sie könnten ein paar Sachen, Toilettenartikel oder was auch immer gebrauchen."

Ein Teil von mir hatte gehofft, sie würde sich ein paar sexy Dessous kaufen, vielleicht ein Kleid, das etwas zu kurz ist, wenn sie sich bückt, damit ich ihren perfekten straffen Hintern sehen kann.

Es wird langsam unbehaglich zwischen uns. Ich sollte nicht so unzüchtige Gedanken über das Kindermädchen haben. Wie alt ist sie, siebenundzwanzig? Ich bin vierzig.

„Ich dachte, Sie wollten mich heute loswerden, wegen Connors Bemerkung über den Dreier", sagt Clare und bringt das Gespräch wieder in Gang.

Ich ziehe eine Grimasse und reibe mir die Stirn. „Es tut mir leid, dass er das zu Ihnen gesagt hat, Clare. Das war höchst unangebracht."

„Unangemessener, als wenn ich ihn anlüge, dass ich mit Mädchen ausgehe?"

Erleichterung durchströmt mich. Seit er weg ist, habe ich mich den ganzen Nachmittag gefragt, ob sie wirklich mit Mädchen ausgeht oder ob das ihre Art war, meinen Bruder höflich abzuweisen. Ich hoffte, dass es Letzteres ist, denn das bedeutet, dass meine Fantasien eines Tages wahr werden könnten.

Mein Schwanz zuckt in meiner Hose.

Runter, Junge.

Heute ist nicht der richtige Tag. Sie ist Amelias Kindermädchen. Clare arbeitet für mich. Ich werde das nicht versauen.

„Sie haben im Flugzeug erwähnt, dass Sie schon einmal verheiratet waren. Ich war mir nicht sicher, mit wem genau", sage ich und versuche, ihre Bemerkung von vorhin nicht zu einer großen Sache zu machen.

„Oh, ich mag Männer", flüstert sie und starrt mir direkt in die Seele. „Gut aussehende, dunkelhaarige, grüblerische Männer, die sagen, wie es ist und wissen, was sie wollen."

Verdammt, sie beschreibt mich.

Sie zuckt nicht einmal mit den Wimpern, als sich ihr Blick in meinen bohrt. Es ist eine Schande, dass das nicht passieren kann. Die sexuelle Spannung ist unüberwindbar, aber ich werde es nicht zu meinem eigenen Vergnügen versauen.

Amelia verdient etwas Besseres als das.

Das gilt auch für Clare.

„Schade, dass Sie nicht auf mürrische alleinerziehende Väter stehen", scherze ich, „denn das bin ich."

Sie klemmt ihre Unterlippe zwischen die Zähne, und ich trete näher. Ich sollte nicht.

Diese Waschküche hat bereits mehr Drama zwischen uns verursacht als nötig. Es ist kein sicherer Raum mehr, sondern ein Raum voller sexueller Spannung. Der kleine Raum hält uns gefangen und lässt meinen Puls schneller schlagen und mein Blut kochen.

Ich habe sie zwischen mir und der Waschmaschine.

Clare stößt einen ängstlichen Atemzug aus. Sie spitzt ihre Lippen und ihre Wangen röten sich, je länger ich in ihre blaugrünen Augen starre.

„Sir?" Clares Stimme ist rau und brüchig. Ich könnte mir vorstellen, wie sie meinen Namen im Rausch der Leidenschaft schreit.

Mein Schwanz drückt gegen meine Hose. Ich werde eine eiskalte Dusche brauchen, nachdem ich in ihrer Nähe war. Wir haben uns noch nicht einmal berührt, und ich sterbe innerlich vor Verlangen. Sie bringt mein Blut in Wallung und lässt jeden Zentimeter an mir wie einen Mann fühlen.

Ich sollte nicht so süchtig nach einer Frau sein, die ich noch nicht einmal gefickt habe.

Das können wir nicht.

Das sollten wir nicht.

Sie ist das Kindermädchen meiner Tochter! Ich kenne sie kaum.

„*Höschen-Dieb*", sagt Clare und fordert mich zu einem Gegenschlag heraus. Ich spüre es in ihrem erhitzten Blick. Sie will, dass ich sie küsse, sie schmecke und vor Leidenschaft verrückt mache. Sie ist unglaublich, und ich strecke langsam die Hand aus, meine Finger schieben eine Strähne ihres blonden Haares hinter ihr Ohr.

„Das wirst du mir nie verzeihen", sage ich und bin dankbar, dass sie mir diesen kleinen Spitznamen nicht vor Connor gegeben hat. Ein weiterer Grund, warum ich sie heute Nachmittag aus dem Haus schicken musste.

Es gibt einige Dinge, die mein jüngerer Bruder nicht wissen muss. Die Tatsache, dass ich auf das Kindermädchen stehe, ist eines davon.

Clare lächelt verschlagen und beugt sich vor, um ihre Lippen an mein Ohr zu pressen. „Wenn du ein Paar meiner Höschen willst, brauchst du nur zu fragen."

Ich öffne meinen Mund, um ihr zu sagen, dass ich nicht vorhatte, sie zu stehlen. Verdammt, ich weiß nicht, wie sie in meine Tasche gekommen sind, aber diese Worte kann ich nicht sagen.

Stattdessen beuge ich mich vor und schließe den Abstand zwischen uns. Meine Lippen pressen sich hungrig auf die ihren, hart und grob, während ich ihre Hüften gegen meine ziehe und möchte, dass sie fühlt, was sie mit mir macht.

Clare keucht. Die Sanftheit, die ihren Lippen entströmt, ist himmlisch, bis ich merke, dass sie meinen Kuss nicht erwidert.

KAPITEL SECHS

CLARE

Ich wollte seinen Kuss erwidern, obwohl er mich erschreckt hat. Wir haben ja nur geflirtet, und ich dachte, so weit würde es nie kommen.

Levi mag mich nicht. Ich wurde nur kurzzeitig als Kindermädchen für seine Tochter engagiert. Die Gefühle, die er glaubt für mich zu haben, sind nur mit der Tatsache vermischt, dass ich mich um Amelia kümmere.

Wahrscheinlich hat er irgendeine Fantasie, in der er glaubt, dass wir eine glückliche Familie sein könnten. Seine Tochter hätte eine neue Mutter, und er hätte jemanden, der sich um das Haus und sein Kind kümmert, während er den ganzen Tag arbeitet.

Nun, rate mal, *Höschen-Dieb*. Das wird nicht passieren.

Bevor er Zeit hat, mich aufzuhalten, stürme ich an ihm vorbei, gehe in mein Schlafzimmer, und verriegele abrupt die Tür.

Verhalte ich mich kindisch? Vielleicht, aber ich möchte Levi im Moment lieber aus dem Weg gehen, als mich mit dem zu beschäftigen, was gerade passiert ist.

Ich schnappe mir meine Sachen zum Wechseln und warte, bis die Luft rein ist, um in den Flur zu schleichen und ins Bad duschen zu gehen. Auf der Ablage im Bad liegt ein flauschiges weißes Handtuch, also muss ich Levi nicht fragen, wo die Handtücher sind. Ich möchte ihm heute Abend nicht noch einmal gegenübertreten.

Eine Dusche hilft weder meine Stimmung zu heben, noch löst sie die Verspannungen in meinem Nacken oder das Kribbeln in meinem ganzen Körper.

Er küsste mich.

Levi Luxenberg, der Miesepeter unter den Miesepetern, küsste mich.

Ich stöhne und steige unter die Dusche, das Wasser ist heiß und der Raum füllt sich mit Dampf. Ich hätte ein Bad nehmen sollen. Das wäre viel entspannender gewesen, als den Gedanken über meinen Chef nachzuhängen.

Nachdem ich geduscht und mich abgetrocknet habe, fällt mir beim Anziehen auf, dass ich meine Pyjamashorts im Schlafzimmer vergessen habe.

Ich fluche leise vor mich hin, ziehe mein Höschen und das Hemd, das kaum meinen Hintern bedeckt an.

Das Handtuch ist durchnässt und nicht groß genug, um es vollständig um meine kurvige Taille zu wickeln, ohne dass man meine Unterwäsche sieht. Ich husche durch den Flur, und hoffe das Levi nirgends zu sehen ist

Dampf erfüllt das Badezimmer, und ich öffne die knarrende Tür, von Levi keine Spur

Puh.

Ich verlasse das Bad und eile zur Schlafzimmertür, fasse nach der Klinke und reiße sie auf.

„Hast du etwas vergessen?" Levi steht im Flur, seinen Blick auf mich gerichtet, genauer gesagt, auf meinen Hintern.

Wenigstens habe ich an mein Höschen gedacht.

„Hau ab", rufe ich ihm zu, als ob das helfen würde. Ich husche hinein und schließe die Tür ein wenig zu laut. Ich hoffe, dass ich Amelia nicht aufwecke.

Levi wäre mit Recht wütend auf mich, und ich hätte keine andere Wahl, als zu versuchen, sie wieder zum Schlafen zu bringen.

Auf meinem Bett liegt die Pyjamahose, die ich vergessen habe, mit ins Bad zu nehmen.

Wenn er könnte, würde er mir wahrscheinlich den Slip klauen, den ich trage.

Ich ziehe die Pyjamahose an und schlüpfe unter die Decke. Ich wünsche mir, dass diese Nacht vorbei ist, und ich will Levi nie wieder sehen.

Aber morgen wird es so weit sein, und ich werde so tun müssen, als ob der Kuss und der Anblick meiner Unterwäsche nie passiert wären.

Ich werde es einfach als eine Erfahrung verbuchen, aus der ich lernen kann.

Man küsst seinen Chef nicht.

Eigentlich hat er mich geküsst.

Und ich habe das Spiel verpatzt.

Ich habe mit Sport nicht viel am Hut, und selbst ich verstehe die Analogie. Stöhnend greife ich nach meinem Buch auf dem Nachttisch. Wenigstens kann ich mich noch ein paar Minuten in Glückseligkeit vergraben, bevor ich einschlafe.

———

Am nächsten Morgen stolziert Amelia ohne Vorwarnung in mein Zimmer.

Hat sie gestern ihren Vater geweckt? Ist er deshalb an mein Zimmer gekommen, um mir zu sagen, dass sie aufgewacht ist und versorgt werden muss?

„Clare Bär", ruft Amelia und klettert auf meine Matratze. Ich habe das Gefühl, dass sie auf dem Bett herumspringen wird, und ich möchte nicht, dass sie die gute Matratze ruiniert.

Okay, es ist offen gesagt das bequemste Bett, in dem ich je gelegen habe. Der Mann weiß, was Luxus ist. Ich hätte nie erwartet, dass das Gästebett so einladend und gemütlich sein würde. Levi überrascht mich, auch wenn ich es nicht will.

Ich ziehe Amelia herunter, bevor sie durch die Luft fliegen kann, und kitzle ihren Bauch. Sie windet sich und kichert aufgeregt. „Ich will Pfannkuchen", verkündet sie.

„Ich glaube, das können wir machen", sage ich, steige aus dem Bett und sie springt mit mir herunter. Ihre Füße prallen laut auf dem Fußboden auf. Ich schwöre, das ganze Haus vibriert, aber sie landet wie ein Champion.

Amelia huscht zur Tür, und Levi steht schon im Flur, als ich die Klinke herunterdrücke. Er steht vor meiner Schlafzimmertür, als würde er darüber nachdenken, ob er zuerst eintreten oder anklopfen soll.

„Alles in Ordnung?", fragt er. Seine Augen wirken müde, und er sieht aus, als wäre er gerade aus dem Bett gesprungen. Er hat nur seine Boxershorts an, und ich schwöre, er hat Morgenlatte.

Ich versuche, nicht zu starren. Ich bin sicher, es ist nur … Ich versuche, nicht auf das sehr große Zelt hinunterzublicken, das er gerade aufbaut.

Wenn er es bemerkt, tut er so, als würde er es nicht bemerken, offensichtlich stört es ihn nicht. Vielleicht will er, dass ich es sehe!

Nun, ich möchte nicht, dass Amelia das mitbekommt oder Fragen stellt. Ich halte ihr die Augen zu, und lenke sie zur Treppe.

„Ich kann nichts sehen!", verkündet Amelia.

.   .   .

„Uns geht es gut. Alles ist gut. Wir sind wach und bereit für Pfannkuchen", sage ich. „Du solltest dich anziehen." Es ist verdammt schwer, seinen Blick zu erwidern, ohne dass mein Blick über seine gemeißelten Bauchmuskeln wandert.

Jeder Zentimeter, den ich von ihm gesehen habe, ist verdammt sexy. Wie kann es sein, dass er nicht jede Nacht eine andere Frau in sein Bett kriechen lässt?

Vielleicht tut er das normalerweise, und Amelia hat seine Routine in den letzten beiden Nächten durcheinander gebracht.

Der Gedanke, dass er irgendeinen Rock mit in sein Zimmer nehmen könnte, verursacht auf meinen Armen eine Gänsehaut.

„Ich helfe beim Frühstück, wenn ich geduscht habe und angezogen bin. Es gibt Schokoladenchips ..."

„Im Schrank, ich erinnere mich."

„Und Blaubeeren im Kühlschrank", fügt er hinzu.

„Ja, Blaubeeren und Schokoladenchips passen nicht wirklich zusammen", scherze ich. Genau wie er und ich. Ich bin die süße Blaubeere, und er ist die bittere und köstliche dunkle Schokolade, von der man weiß, dass sie schlecht für einen ist und die man nicht zum Frühstück essen sollte.

Ich nehme die Hand von Amelias Augen, als wir uns der Treppe nähern, und nehme ihre Hand, um sie ins Hauptgeschoss zu begleiten, während Levi duscht.

Ich kann nicht anders, als mir vorzustellen, wie er die Boxershorts herunterzieht und in seiner ganzen nackten Pracht unter das Wasser tritt, sein Schwanz dick und hart.

Zweifellos wird er sich von der morgendlichen Anspannung befreien, mit der er aufgewacht ist. An wen wird er denken, während er seinen Schwanz streichelt?

Ich schüttle den Gedanken sofort aus meinem Kopf.

Es war ein alberner Kuss.

Er wird nicht an mich denken, das kurvige, junge Kindermädchen, das ihm unter die Haut geht.

Ich beiße mir auf die Unterlippe. Zum Glück ist Levi nicht da und kann keine Gedanken lesen. Meine Gedanken sind heute Morgen wahnsinnig verrucht.

„Kann ich Schokoladenpfannkuchen haben?", fragt Amelia, als wir die Küche erreichen.

„Natürlich", sage ich. Ihr Vater hat die Schokoladenchips erwähnt, also verstehe ich nicht, warum er das getan hat, wenn er nicht gewollt hätte, dass sie welche bekommt.

Ich durchstöbere die Speisekammer und finde die Schokoladenchips, aber es gibt keine fertige Pfannkuchenmischung. „Ich schätze, wir machen sie selbst", murmle ich und nehme das Rezeptbuch aus dem Regal.

Ich blättere durch die Seiten und stoße auf das Rezept für Pfannkuchen und hole die nötigen Zutaten, Messgeräte und eine riesige Schüssel hervor.

Nachdem die Pfannkuchen fertig gebacken sind und auf dem Tisch stehen, kommt Levi in seinem Anzug herunter und sieht verdammt gut aus.

Besitzt der Mann keine Freizeitkleidung?

„Guten Morgen", sage ich und versuche, cool zu bleiben, nachdem ich weiß, was er unter der Dusche gemacht hat. Er sieht weder irritiert noch frustriert aus.

Es geht mich nichts an, was er in der Privatsphäre seines Badezimmers getan hat? Es ist sein Zuhause.

Warum habe ich überhaupt so unzüchtige Gedanken?

„Morgen", sagt er und nimmt sich einen Pfannkuchen vom Stapel, ohne sich einen Teller zu nehmen. Er führt den großen Pfannkuchen an seinen Mund und nimmt einen Bissen.

Ich glaube nicht, dass er versucht, sexy zu sein, aber verdammt, der Mann strahlt etwas aus, selbst wenn er sich cool verhält.

Vielleicht brauche ich eine Nacht, seinen warmen Körper, um mich auf ihn zu stürzen, und dann bin ich über diese Chefverliebtheit mit dem Brummbär hinweg. Heute Morgen verhält er sich nicht wie der Griesgram, den ich erwartet hätte.

„Ich muss heute ein paar Privatschulen aussuchen, und Amelia wird mich begleiten."

„Oh, okay", sage ich. Ich bin mir nicht sicher, was das für mich bedeutet. Will er, dass ich ihn begleite? Wäre es ihm lieber, wenn ich ganzen Tag über hier bliebe? Ich warte darauf, dass er es mir erklärt, denn die Spannung bringt mich um, und ehrlich gesagt würde es nicht gut sein, den ganzen Tag in seiner Gegenwart zu verbringen.

„Meine Assistentin hat drei Termine vereinbart. Ich möchte, dass Amelia nach dem Frühstück angezogen und startklar ist. Douglas hat ihr einen karierten

Pullover gekauft, den ich für ihr Vorstellungsgespräch für angemessen halte."

„Vorstellungsgespräch?" Ich brauche Kaffee, sofort.

Ich gehe zur Kaffeemaschine, und Levi gesellt sich zu mir, schnappt sich die Kaffeebohnen und gießt Wasser in den Tank. Ich stehe wirklich nur herum, während er mir Kaffee kocht. Obwohl ich mir sicher bin, dass er auch für sich selbst eine Tasse macht, da er eine Kanne kocht.

„Nancy hat es in letzter Minute geschafft, drei Vorstellungsgespräche bei den renommiertesten Privatschulen in der Gegend zu arrangieren. Ich möchte, dass Amelia eine glänzende Zukunft hat, und das beginnt damit, ihr die beste Ausbildung zu geben.

„Mit reichen Snobs?" Die Worte kommen über meine Lippen, bevor ich sie zurücknehmen kann. Ich wünschte wirklich, ich hätte eine dampfend heiße Tasse Kaffee, in der ich mich ertränken könnte. Stattdessen verlagere ich das Gewicht unbeholfen zwischen meinen Füßen und ziehe eine Grimasse.

„Sag mir, was du wirklich von mir hältst."

Ich bezweifle zwar, dass er es ernst meint. „Abgesehen davon, dass du in einer Villa lebst und wahrscheinlich mehr für Waschmittel ausgibst, als ich in einem Jahr verdiene."

„Was?" Er rümpft seine Nase.

„Das Zeug, das du kaufst, gibt es nicht einmal in den Geschäften."

„Es ist organisch und biologisch abbaubar. Die Verpackung ist recycelbar und gut für die Umwelt.

„Das ist Seife." Ich kann mich einfach nicht zurückhalten. „Du glaubst, du kannst dich von allem freikaufen. Nimm mich, zum Beispiel. Du hast mich gestern mit vierhundert Dollar weggeschickt, um mich loszuwerden. Weißt du, wie beleidigend das ist?"

Er zieht eine Augenbraue hoch und verschränkt die Arme vor der Brust. „Ich bin sicher, du wirst es mir sagen." Seine Zunge schiebt sich kurz seitlich aus dem Mund. Er ist verärgert über mich.

Gut.

Dann wird er vielleicht nicht mehr versuchen, mich zu küssen oder sich im Bad einen runterholen, wenn er an mich denkt. Ich ziehe innerlich eine Grimasse bei diesen Gedanken.

„Hör jetzt nicht auf", fordert Levi.

Ich schnaufe und nehme einen Becher. Der Kaffee ist noch nicht fertig. Ich brauche meinen Koffeinschub. „Glaubst du wirklich, dass eine erstklassige Ausbildung, wenn sie im Kindergarten ist, einen

Unterschied für ihre Zukunft machen wird? Sie wird mit anderen reichen Kindern zur Schule geschickt, und wird nicht merken, dass die meisten von uns nicht so leben."

„Ist es falsch von mir, ihr jede Chance auf Erfolg geben zu wollen?"

„Nein", flüstere ich und spüre seinen Zorn.

„Ich war vielleicht nicht in den ersten fünf Jahren ihres Lebens für sie da, aber ich werde verdammt noch mal dafür sorgen, dass ich in den restlichen Jahren für sie da bin. Und wenn das bedeutet, dass ich der Schule eine Million Dollar zahle, um ein neues naturwissenschaftliches Labor zu finanzieren, damit sie eingeschult wird, obwohl es keine freien Plätze gibt, dann werde ich das tun."

Ich staune, wie leicht es ihm fällt, sein Geld für seine Tochter auszugeben. „Eine Million Dollar?"

Ich habe noch nie sechsstellig verdient, geschweige denn jemanden gekannt, der siebenstellig war. „Sie sind Millionär?" Ich schimpfe, das ist unhöflich. Ich sollte gar nicht erst fragen. Ich meine, es ist offensichtlich, mit dem Haus, den schicken Autos, der Art, wie er mir Hunderter zuwirft, als wären es Zwanziger.

„Milliardär", korrigiert er mich und blickt an mir vorbei zu Amelia. „Sie ist fertig mit dem Essen. Bringen Sie meine Tochter nach oben und ziehen Sie sie an. Wir müssen in dreißig Minuten hier raus sein."

KAPITEL SIEBEN

Levi

Ich hatte nicht vor, ihr zu sagen, dass ich Milliardär bin. Clare irritiert mich unendlich. Wenn man bedenkt, dass ich nicht alles in meiner Macht Stehende dafür tun würde, um Amelia die Welt zu schenken, für was für einen Mann hält mich das Kindermädchen?

Ich bin vielleicht nicht der freundlichste oder sanfteste, aber ich habe meine Gründe, und bisher hat sich noch niemand beschwert. Zumindest nicht bei mir persönlich.

Mit Geld kann man viele Dinge kaufen, nicht nur das Schulgeld für eine Privatschule. Ohne meinen Namen hätten die Akademien, mit denen wir uns heute unterhalten, niemals in Betracht gezogen, Amelia aufzunehmen.

Das Schuljahr hat bereits begonnen, und dies ist eine ungewöhnliche Situation.

Amelia kommt die Treppe heruntergeeilt, während ich an der Haustür warte und auf meine Uhr schaue.

„Clare?", rufe ich, während ich darauf warte, dass sie ebenfalls herunterkommt.

Sie trägt immer noch ihren Schlafanzug, aber im Gegensatz zu gestern Abend hat sie das ganze Ensemble an. Das ist schade. Ich mochte es wirklich, sie in ihrem Höschen zu sehen.

Clare streckt ihren Kopf über das Geländer. Sie ist noch nicht angezogen, um mich zu begleiten. „Ja, Sir?"

Ich bin mir nicht sicher, ob sie mich lieber Sir oder Höschen-Dieb nennen soll. Mir wäre es lieber, wenn sie nicht ganz so förmlich wäre. Wenn sie mich mit diesem skandalösen Spitznamen neckt, weiß ich wenigstens, dass sie mich mag.

Sie flirtet mit mir?

Ich dachte, sie mag mich, ich war mir dessen sicher. Bis ich sie geküsst habe. Die Hitze zwischen uns war verlockend, mein Inneres schmerzte, sie an mir zu spüren.

Aber als ich mich vorbeugte, erwiderte sie den Kuss nicht.

Was war das?

Ich muss die Signale falsch verstanden haben.

Das ist auch gut so. Ich kann nicht mit jedem schlafen, den ich einstelle. Sie könnte mich verklagen, und einen Prozess kann ich mir nicht leisten. Das Problem ist nicht das Geld, sondern die Tatsache, dass Amelia Clare nicht jeden Tag sehen könnte.

Obwohl ich bezweifle, dass Clare sich einen Anwalt leisten könnte. Aber ich bin mir sicher, dass irgendein Trottel gerne umsonst arbeiten würde, weil er weiß, dass ein Mann wie ich einen Vergleich schließen würde, bevor der Fall vor Gericht kommt.

Clare ist nicht wie Avril. Ich muss meine Ängste beiseiteschieben. Diese Frau brennt darauf, meine Brieftasche oder meinen Nachnamen in die Finger zu bekommen, je nachdem, was ihr zuerst in die Hände fällt.

Ich zwinge mich zu einem Lächeln und schaue zu Clare hoch. „Sie kommen mit uns. Ziehen Sie sich dich an, ich warte im Auto auf Sie. Zwei Minuten."

„Zwei Minuten?", schreit sie. „Ich brauche mindestens fünf."

„Sie haben zwei."

Ich nehme Amelias Hand und führe sie nach draußen zu dem wartenden Fahrzeug. Douglas ist unter dem Vordach vorgefahren, der Motor läuft. Ich schnalle Amelia in ihrem Kindersitz an, während ich auf Clare warte, die hintere Tür ist offen.

Ich tippe auf meine Uhr, als Clare mit den Schuhen in der Hand aus der Haustür eilt. Sie hat ein einfaches schwarzes Kleid an, das ihre Kurven umspielt, aber keine Haut zeigt. Zu dem Kleid trägt sie eine goldene Strickjacke. Ihr Haar ist etwas unordentlich, aber sie hat eine Spange zwischen den Zähnen.

Ich bin beeindruckt, dass sie nur zwei Minuten gebraucht hat.

Sie schlüpft auf den Rücksitz, ich schließe die Tür und überlasse es ihr, sich fertig zu machen.

Ich steige vorne bei Douglas ein. Er hat bereits den Plan, der ihm von meiner Assistentin geschickt wurde.

„Ich hatte nicht erwartet, dass Sie das Kindermädchen mitbringen ", sagt Douglas und sieht mich an.

Er hat noch mehr Fragen, aber er ist vorsichtig mit dem, was er in der Gegenwart einer jungen Dame fragt. Ich meine Amelia. Ich bin mir nicht sicher, ob er in Gegenwart von Clare so vorsichtig wäre. Douglas war schon immer ziemlich direkt.

„Während des Gesprächs werde ich mich mit dem Schulleiter unterhalten. Ich bin sicher, dass Amelia unruhig sein wird, und sollte jemand von der Akademie zusehen, möchte ich nicht riskieren, dass sie nicht eingeschrieben wird. Clare kann dafür sorgen, dass sie sich von ihrer besten Seite zeigt."

„Sie vertrauen darauf, dass das Kindermädchen das Kind gut erzieht? Oh Mann, Sie sehen das falsch", sagt Douglas mit einem herzhaften Lachen.

„Was?" Ich blicke ihn an.

„Kinder benehmen sich normalerweise bei ihren Eltern oder Autoritätspersonen gut. Nicht bei dem Kindermädchen."

Ich werfe einen Blick über meine Schulter. „Clare wird sie im Zaum halten, wenn sie weiter beschäftigt werden will", sage ich und stelle sicher, dass das Kindermädchen meine Drohung hört.

„Grummel", murmelt Clare leise vor sich hin.

„Was war das?" Ich drehe mich auf dem Beifahrersitz herum und begegne ihrem Blick. Wenn ich am Steuer säße, hätte ich das Fahrzeug angehalten, um die

Wirkung zu verstärken. Aber das würde uns nicht helfen, pünktlich zu unserem Termin zu kommen.

„Ich werde mein Bestes tun", sagt sie und zwingt sich zu einem Lächeln.

„Gebt mehr als euer Bestes." Ich drehe mich wieder um und schaue nach vorn. Ich will nicht zugeben, dass ich wegen Amelia nervös bin. Meine Assistentin hat mir erklärt, dass Amelia eine Aufnahmeprüfung für alle drei Akademien ablegen muss. Selbst Geld kann nicht für einen Platz garantieren, wenn sie zu weit zurückliegt. Ich könnte notfalls einen Nachhilfelehrer engagieren, aber wenn sie die Prüfung nicht besteht, wird sie erst im nächsten Herbst aufgenommen.

Sie ist fünf Jahre alt.

Welche Art von Prüfung muss sie machen?

Wird von ihr erwartet, dass sie lesen kann? Schreiben? In den Linien malen?

Ich weiß nicht, wozu das Kind fähig ist. Katelyn war für ihre Vorschulerziehung verantwortlich. Ich bin mir sicher, dass sie in eine Art Früherziehungsprogramm geschickt wurde, aber vielleicht hat man sich nur darauf konzentriert, ihr Buchstaben und Zahlen beizubringen.

Ich bete, dass sie genügend weiß. Ich hätte mich gestern mit ihr zusammensetzen und an den Lernkarten arbeiten sollen, während Connor zu Besuch war. Aber ich wusste bis gestern Abend nicht, was alles von ihr verlangt werden würde.

Als wir an der ersten Schule ankommen, führt uns einer der Beamten durch die Akademie und bringt Amelia in ein kleines Büro. Ich bitte Clare, auf dem Flur zu warten, während sie die Prüfung durchführen.

Sie willigt ein, ohne ein Wort der Besorgnis.

Ich folge der Schulleiterin in ihr Büro, um offen über Amelia zu sprechen.

„Wie Ihre Assistentin und ich am Telefon besprochen haben, Mr. Luxenberg, hängt alles von Amelias Testergebnissen ab. Wir müssen sicher sein, dass sie mit unserem Lehrplan zurechtkommt." Die Frau schiebt sich die Brille auf die Nase, da sie immer wieder herunterzurutschen scheint.

„Ich verstehe das, und wenn ich ihr einen Nachhilfelehrer besorgen muss, bin ich gerne bereit, das zu tun, damit sie die beste Ausbildung erhält, die möglich ist.

„Wenn ich ganz offen sein darf: Es ist höchst ungewöhnlich, dass ein Kind erst nach Beginn des Schuljahres eingeschrieben wird.

Hatte Nancy die Situation nicht erklärt? „Amelias Mutter, Katelyn, ist erst vor ein paar Tagen gestorben. Sie lebten in Chicago. Diese ganze Situation hat keiner von uns erwartet."

„Können Sie mir etwas über die Schule sagen, die Ihre Tochter besucht hat? Wir haben noch keine Unterlagen über ihre vorherige Unterbringung erhalten."

„Es ist erst ein paar Wochen her. Es ist ja nicht so, als gäbe es Abschriften für den ersten Teil eines Semesters in ihrem ersten Jahr."

Sie seufzt, als sie ihren Fehler bemerkt. „War sie auf einer Privatschule in Chicago?"

„Das glaube ich nicht, aber ich kenne die Situation nicht."

„Sind Sie unwissend? Wie können Sie nichts von der Einschreibung Ihrer Tochter an einer Schule wissen, wenn Sie aktiv am Leben Ihrer Tochter teilhaben?"

„Ihre Mutter hat mir nie von Amelia erzählt."

„Und warum ist das so?", fragt sie. Ich weiß, dass sie über mich urteilt und denkt, dass ich nicht würdig bin, weil ich nicht wusste, dass meine Tochter existiert.

„Ich nehme an, wegen meines Reichtums und dem damit verbundenen Ruhm. Katelyn hat es nicht genossen, im Rampenlicht zu stehen und wollte das auch nicht für unsere Tochter.

„Um ehrlich zu sein, Mr. Luxenberg, bin ich mir nicht sicher, ob unsere Schule die richtige für Ihre Tochter ist. Wir mögen Eltern, die sich für die Bildung und die Erziehung einsetzen, und wir können die richtigen Werte vermitteln, die unsere Schüler unserer Meinung nach für den Erfolg würdig machen."

„Wollen Sie mir ernsthaft erzählen, dass mein Kind nicht gut genug für Ihre Schule ist, weil ich bis letzte Woche nicht wusste, dass sie existiert?" Ich stehe auf, der Stuhl knarrt auf dem Boden, als er unter mir wegrutscht. „Wissen Sie was, vergessen Sie es. Amelia ist zu gut für Ihre versnobte Akademie."

Ich renne zur Tür.

Clare sitzt im Flur und hat Amelia neben sich sitzen.

„Wir gehen. Jetzt!" Ich schnappe mir Amelias Hand und ziehe sie praktisch vom Stuhl.

Clare zieht die Stirn in Falten, aber sie folgt mir. Ich öffne die Tür, und wir verlassen schweigend das Gebäude.

Erst als Amelia auf dem Rücksitz angeschnallt ist und Clare neben ihr Platz nimmt, spricht sie. „Was sollte das?"

„Nichts", sage ich verärgert. „Amelia wird nicht auf diese Schule gehen."

„Okay." Clare stellt keine weiteren Fragen, und ich bin erleichtert, denn die Akademie hat nicht gepasst.

Die nächste auch nicht, was mich beunruhigt, denn wir haben nur noch eine Schule vor uns.

„Darf ich einen Vorschlag machen?", sagt Clare, ihre Stimme ist sanft und ruhig.

„Da bin ich mir nicht sicher, ob ich es hören will."

Diese überheblichen Schulleiter haben mir die Laune verhagelt. Ich dachte, sie wären dankbar für die Möglichkeit, ein neues Wissenschaftslabor zu bauen oder ein weiteres Gebäude an eines der Klassenzimmer anzubauen. Eine Spende in Millionenhöhe kann viel bewirken, aber wenn alle Eltern bereits massiv spenden, scheint das nicht viel zu sein.

Vielleicht liegt es aber auch nur an mir und hat nichts mit dem Geld zu tun.

Ich bin nicht Herr Sonnenschein, aber ich kann ein Vorstellungsgespräch für mein Kind führen.

„Wie wäre es, wenn wir gemeinsam zu dem Gespräch gehen?"

„Was, wie ein Paar?" Ich spotte über ihren Vorschlag.

Wir sind kein Paar.

Sie kann nicht einmal meinen Kuss erwidern. Nicht, dass sie es hätte tun sollen. Ich bin gestern Abend zu weit gegangen, als ich meine Lippen auf ihre gepresst habe. Sie zu wollen, ist nichts weiter als eine schmutzige Fantasie. Ich bin sicher, das liegt daran, dass sie das Kindermädchen ist. Sie ist wie eine verbotene Frucht; ich will, was ich nicht haben kann. Oder besser gesagt, nicht haben sollte.

„Nein, Sie als ihr Vater und ich als ihr Kindermädchen. Ich werde Sie davor bewahren, dass Sie die letzten beiden Vorstellungsgespräche vergeigen."

„Sprache!", schimpfe ich, denn ich will nicht, dass meine Tochter neue Schimpfwörter lernt, schon gar nicht kurz vor ihrer Prüfung.

„Es tut mir leid", sagt Clare, und ihre Wangen röten sich. Ist sie peinlich berührt oder wütend auf mich? Ich habe es ihr in den vergangenen Tagen, seit wir uns kennen, nicht leicht gemacht.

Ich reibe mir die Stirn und denke über ihren Vorschlag nach, als Douglas vor der Schule vorfährt. „Das ist die letzte für heute", sagt er. „Clare hat recht. Manchmal kann eine sanfte Berührung helfen."

„Und Sie denken, die hier ist sanft?" Ich tippe mit dem Daumen auf den Rücksitz. Clare ist alles andere als sanft.

Die Frau hat mich vom ersten Moment an genervt. Soll ich ihr wirklich vertrauen, dass das Gespräch ein Erfolg wird? Das setzt aber voraus, dass Amelia die Prüfung besteht. Keine der beiden Schulen hat uns mitgeteilt, ob sie eine realistische Kandidatin für die Aufnahme ist. Ich bin rausgestürmt, bevor die Ergebnisse vorlagen.

„Ich glaube, sie hat einen weichen Kern", sagt Douglas. „Sie haben gesagt, dass Sie bereits zwei Vorstellungsgespräche vermasselt haben. Das ist die letzte Schule, es sei denn, Sie haben vor, Ihr Kind jeden Morgen mit dem Jet in den Kindergarten zu fliegen."

„Das kommt mir nicht in den Sinn", sage ich.

Clare schnallt Amelia ab und wir steigen aus dem Auto aus. Ich hoffe, Douglas hat recht und Clare vermasselt meiner Tochter nicht die Chance, auf eine Privatschule zu gehen.

Amelia geht vor uns her, während Clare an meiner Seite ist. Ich ergreife ihr Handgelenk und ziehe sie an mich. „Vermassle das nicht", flüstere ich ihr warnend ins Ohr.

Clare wirft einen neugierigen Blick zu mir. „Ich habe die letzten beiden Interviews nicht vermasselt."

Hält sie sich für so erhaben und mächtig?

Wir erhalten eine Führung durch die Schule und das Gelände. Jede Schule, die wir gesehen haben, ist ähnlich aufgebaut, mit Klettergerüsten, Computerraum, Wissenschaftslabor, Klassenzimmern und so weiter. Ich habe nicht das Gefühl, dass sich eine Privatschule wesentlich von einer anderen unterscheidet.

Vielleicht ist das auch besser so, denn ich habe Amelia bei zwei der drei Einrichtungen auf die Liste setzen lassen.

„Willkommen, Herr und Frau Luxenberg", sagt der Herr und hält uns die Hand hin. „Ich bin der Schulleiter, Martin Walker."

„Miss Raine", sagt Clare und reicht ihm die Hand. „Wir sind nicht - ich bin das Kindermädchen", sagt sie mit einem nervösen Lachen.

Flirtet sie mit ihm?

Mein Magen flattert, und meine Hände ballen sich zu Fäusten.

„Oh, das ist höchst ungewöhnlich. Normalerweise lernen wir das Kindermädchen nicht kennen", sagt Martin.

Ich erzwinge ein Lächeln. „Sie war in den letzten Tagen eine echte Bereicherung."

Amelia ist mit einem der Mitarbeiter unterwegs, um einen weiteren Test für den Tag zu schreiben. Schade, dass sie nicht eine Prüfung machen und sie mitnehmen konnte, aber ich nehme an, sie hat für die Abschlussprüfung viel geübt.

„Erzählen Sie mir von Amelia", sagt der Schulleiter.

Ich ergreife das Wort, aber Clare übernimmt die Kontrolle über das Thema. „Sie ist sehr aufgeweckt und wissbegierig. Ich bin erst seit ein paar Tagen mit Amelia zusammen, aber sie liebt es zu lesen. Jeden Abend kuschelt sie sich vor dem Schlafengehen mit einem Buch in ihr Bett. Und sie verbringt eine ganze Stunde lesend mit ihrem Vater."

„Das ist gut", sagt Martin mit einem Nicken. „Was ist mit dem kürzlichen Verlust ihrer Mutter? Es tut mir leid, wenn ich so direkt bin, aber wir müssen wissen, ob wir es mit Verhaltensproblemen zu tun haben."

Meine Wangen brennen, und ich bin wütend. Ich öffne meinen Mund, aber Clare kommt mir wieder zuvor.

„Sie können sich sicher vorstellen, wie schwierig diese Situation für ein so junges Mädchen ist. Entwurzelt und in eine neue Stadt gebracht zu werden. Ich würde sagen, in Anbetracht der Umstände hat sie sich erstaunlich gut geschlagen. Ich bin sicher, dass sie trauert, und das wird sie auch noch eine Weile tun, da sie ihre Mutter verloren hat, aber Amelia hat keine Anzeichen von Verhaltensauffälligkeiten gezeigt, die Anlass zur Sorge geben könnten."

„Ich kann Ihnen versichern, Mr. Walker, dass ich einen Termin mit einem Kinderpsychiater vereinbart habe, der meine Tochter im Laufe dieser Woche untersuchen wird.

„Als Vorsichtsmaßnahme", fügt Clare hinzu. „Die eigene Mutter unter solch unglücklichen Umständen zu verlieren und dies mitzuerleben, kann traumatisch sein. Ihr Vater möchte dem zuvorkommen, bevor es zu Verhaltensauffälligkeiten kommt."

„Gut. Gut." Er nickt. „Ich sehe mal nach, ob Amelia mit ihrer Prüfung fertig ist. Würden Sie beide hier warten." Martin verlässt das Büro, schließt die Tür und lässt uns beide allein.

„Das lief gut", sagt Clare und schenkt mir ein gewinnendes Lächeln.

„Hat er?" Ich kann es nicht sagen. Ich fühle mich abgestumpft, nachdem mir die letzten beiden Interviews um die Ohren geflogen sind.

Sie lächelt über das ganze Gesicht. „Jetzt müssen wir nur noch abwarten, ob Amelia bereit ist, sich diesen eingebildeten ..."

Ich schaue sie an, als sich die Tür zum Büro öffnet und sie ihren Mund schließt. Ich schwöre, wenn diese Frau Amelias letzte Chance, sich an einer Privatschule einzuschreiben, ruiniert, werde ich das Feuer der Hölle auf sie herabregnen lassen.

„Wunderbare Neuigkeiten", sagt Mr. Walker, und ich bin erleichtert, dass er Clares Bemerkung nicht zufällig mitbekommen hat, als er den Raum betrat. „Amelia hat sich fantastisch geschlagen und ist bereit für die Immatrikulation."

„Großartig. Da ist noch eine Sache. Ich werde sie nächste Woche für eine Reise nach Europa von der Schule nehmen. Ich muss beruflich verreisen, und in Anbetracht der jüngsten Umstände können Sie sicher verstehen, warum ich sie nicht in der Obhut von jemand anderem lassen möchte."

„Sogar die von ihren Kindermädchen?", sagt Mr. Walker und legt die Stirn in Falten.

Bin ich zu weit gegangen? Vielleicht hätte ich noch eine Woche warten sollen, bevor ich die Interviews ansetze. Jetzt ist es zu spät.

„Clare wird uns auf dieser Reise begleiten. Wie ich schon sagte, denke ich, dass es im Interesse von Amelias geistiger Gesundheit ist."

Er ist ruhig und nachdenklich. „Ich bin nicht glücklich darüber, und wir können sie diese Woche nicht einschulen, um sie nächste Woche aus der Schule zu nehmen. Wenn Sie möchten, können wir sie online einschreiben, und Ihr Kindermädchen, Miss Clare, könnte ihr bei den Aufgaben helfen, bis sie wieder im Land ist"

„Das klingt perfekt", sagt Clare und bietet mir ihre Hand an, bevor ich mich einmischen und die Vorbereitungen vermasseln kann.

Clare und Amelia gehen nach draußen, während ich noch einige Papiere und einen Scheck für Amelias Einschreibung ausfülle. Sobald ich fertig bin, setze ich mich zu den beiden.

Amelia hat das Klettergerüst entdeckt und hängt kopfüber am Klettergerüst.

„Komm, es ist Zeit, nach Hause zu gehen." Ich nehme Amelia vom Spielplatz, und sie streikt. Ich bin noch nicht bereit für das Wasserwerk.

„Ich wette, du hast Hunger", sagt Clare. „Ich habe ein paar Snacks im Auto."

Amelias Augen leuchten auf, und sie ergreift Clares Hand, während die beiden zu unserem wartenden Fahrzeug gehen. Douglas steht draußen, mit dem Rücken an das Fahrzeug gelehnt, sein Handy in der Hand. Er legt sein Telefon weg, als er uns näherkommen sieht.

„Gute Neuigkeiten?", fragt er, aber ich bin mir sicher, dass Clares strahlendes Lächeln genug darüber aussagt, dass es gut gelaufen ist.

Wir steigen ins Auto, und Clare tippt mir auf die Schulter, als wir wieder auf der Straße sind.

Ich schaue zu ihr nach hinten. „Ja?"

„Was war das mit Europa?", fragt sie.

Es ist mir einfach spontan herausgerutscht, als ich versucht habe, die Katastrophe, die um mich herum passiert ist, zu beheben.

„Bitte sagen Sie mir, dass Sie einen Pass haben", sage ich.

„Ich schon. Er ist in meiner Tasche bei Ihnen zu Hause."

Ich atme erleichtert auf. Normalerweise dauert die Beantragung eines Reisepasses, auch wenn sie beschleunigt wird, ein paar Wochen.

„Sie nehmen mich wirklich mit nach Europa?"

Ich schreibe meiner Assistentin, dass sie Clare und Amelia in die Flugdaten aufnehmen soll. Ich hatte meiner Assistentin zwar gesagt, sie solle im Hotel nebeneinander liegende Zimmer buchen, aber ich möchte sichergehen, dass Amelia auf dem Flug berücksichtigt wird.

Zum Glück hat Amelia auch einen Reisepass. Katelyn hat sie vor zwei Jahren auf eine exotische Reise nach Australien mitgenommen, und der Stempel in ihrem Reisepass zeugt von ihrem gemeinsamen Abenteuer.

Ich bezweifle, dass Amelia sich daran erinnert, aber ich bin dankbar, dass beide Frauen Pässe haben, und ich die Reise nicht verschieben muss.

„Paris, wenn alles nach Plan läuft", sage ich. „Ich sollte Sie warnen, dass wir nur geschäftlich unterwegs sind, nicht zum Vergnügen."

Douglas sieht mich an und fragt sich wahrscheinlich, was zum Teufel ich hier tue.

„Natürlich", sagt Clare. „Sie haben mir nie erzählt, was Sie beruflich machen."

Ich nehme an, das habe ich nicht. „Ich leite Luxenberg-Enterprises", sage ich.

„Die Hotelkette?", quiekt sie.

Ich werfe einen Blick über meine Schulter zu ihr zurück. „Ja. Warum?"

„Ihnen gehört das Luxenberg Hotel. Auch das in New York?"

„Das ist richtig." Worauf will sie hinaus?

„Ach du meine Güte. Connor, Ihr Bruder, das ist derselbe Connor, der im Luxenberg in der Stadt arbeitet. Ist das wahr?" Ihr Mund bleibt offen stehen.

Ich sehe das Problem nicht. Weiß sie von ihm?

„Ja, er hat das Management für dieses spezielle Hotel." Ich lasse den Teil weg, in dem ich sage, dass ich ihn nicht in die Nähe des Restes der Marke lasse. Mir wäre es lieber, er würde in einer kleinen Provinzstadt leben und dieses Hotel leiten, nicht eines unserer größten Hotels im Land.

Sie keucht und holt ihr Handy heraus.

„Wem schreiben Sie eine SMS?" Ich greife nach ihrem Telefon, aber sie will es mir vorenthalten. Ich schwöre, wenn sie vorhat, einem Reporter zu erzählen, dass sie mein Kindermädchen ist, werde ich sie schneller feuern, als sie aus einem fahrenden Auto springen kann. Denn genau das wird sie tun wollen.

Laufen.

Verstecken.

Versuche, meinem Zorn zu entkommen.

„Ihr Bruder hat meine beste Freundin gefeuert und ihr gegenüber unangemessene sexuelle Bemerkungen gemacht."

Ich starre Clare an. Das ist das erste Mal, dass ich davon höre. „Hat Sie keinen Bericht bei der Personalabteilung eingereicht", sage ich. Wenn die Frau das getan hätte, wäre jedes Detail, das mit sexueller Belästigung zu tun hat, untersucht und unter den Vorgesetzten diskutiert worden, mich eingeschlossen.

„Wie hätte sie das tun sollen, nachdem er sie gefeuert hat? Er sagte ihr, sie könne ihren Job behalten, wenn sie ihm einen bläst."

„Was ist ein Blasen?", fragt Amelia.

„Scheiße", knurre ich Clare und Amelia an.

„Das ist kein schönes Wort", sagt Clare mit einem schwachen Lächeln, vielleicht hat sie ihren Fehler eingesehen und versucht, ihn zu korrigieren, bevor der Schaden noch größer wird.

Ich korrigiere Clare nicht, dass es ein wirklich schönes Wort sein kann, wenn es zwischen einwilligenden Erwachsenen richtig verwendet wird.

Aber sie hat recht. Ich will nicht, dass mein Kind dieses Wort benutzt, wenn es in den Kindergarten geht. Erster Tag, suspendiert. Ja, das wird gut ankommen, wenn sie ins Büro des Direktors gerufen wird.

„Ich bringe ihn um", murmle ich etwas zu laut. „Gib mir den Namen des Mädchens, das die Anschuldigungen macht."

„Auf keinen Fall", sagt Clare und steckt ihr Handy in ihre Handtasche.

„Lass mich mit ihr reden", schnauze ich. Warum kann mich Clare so leicht frustrieren und irritieren? Ich versuche, etwas Gutes zu tun. Ich möchte mir die Geschichte dieser Frau anhören und ihr helfen. Wenn sie zu Unrecht gefeuert wurde, dann könnte ich ihr eine andere Stelle anbieten, eine andere Position, weit weg von meinem abscheulichen Bruder.

Connor wird aber immer ein Problem sein, egal, wie man es anpackt. Aber ich kann ihn nicht feuern. Der Mann hat keine Möglichkeit, woanders zu arbeiten, und er gehört zur Familie.

Auch wenn ich denke, dass seine Arbeitsethik und Moral scheiße sind. Jedes Mal, wenn ich im Hotel auftauche, informiert mich das Personal, dass er nie da ist. Es scheint, als würde er nicht mehr als ein paar Stunden pro Woche auf der Arbeit verbringen. Er kommt nur wegen des Gehaltsschecks.

Aber wenn es stimmt, was Clare sagt, und ihre Freundin sexuell belästigt wurde, dann kann ich das nicht einfach so stehen lassen. Wenn er es mit diesem einen Mädchen getan hat, wie viele andere hat er dann eingeschüchtert oder, schlimmer noch, sich ihnen aufgedrängt?

Mir dreht sich der Magen um angesichts der schrecklichen Szenarien, die mir durch den Kopf gehen.

„Geben Sie mir ihre Nummer." Das ist keine Frage. Ich werde die Informationen aus Clare herausbekommen, so oder so.

„Nein." Sie verschränkt die Arme vor der Brust. Ihr Telefon ist außerhalb meiner Reichweite, und wenn ich es nicht in die Finger bekomme, es nicht entsperren und nicht herausfinden kann, wer der Kontakt ist, werde ich nicht viel Glück haben.

„Warum nicht? Warum wollen Sie ihr nicht helfen?" frage ich. „Ich dachte, Sie sind ihre Freundin."

Douglas hält vor dem Haus und tippt den Code ein, um auf das Grundstück zu fahren. Er war die ganze Zeit über still. Ein kluger Mann.

In dem Moment, in dem er den Wagen anhält, öffne ich die Tür. Ich warte nicht darauf, dass er vorbeikommt und mir die Tür öffnet.

Ich öffne Clare die Tür, während sie Amelia aus dem Kindersitz hilft.

„Ich nenne Ihnen nicht ihren Namen, aber ich werde ihr sagen, dass Sie mit ihr sprechen möchten. Wenn sie einverstanden ist, werde ich ein Treffen arrangieren."

„Wenn?", frage ich auf ihren Vorschlag hin. „Sie sind nicht ihr Anwalt, Clare. Sie müssen sie nicht beschützen. Sie ist eine erwachsene Frau."

„Eine erwachsene Frau, die wahrscheinlich ihre Ruhe haben will. Außerdem, erinnern Sie sich an den Tag, an dem ich Ihnen gesagt habe, dass ich auf der Couch meiner Freundin bleiben kann, die mit der Bratva zusammenlebt?"

Ich räuspere mich, weil ich nicht weiß, wohin dieses Gespräch führen soll. Ich öffne die Haustür und lasse Amelia ins Haus. Sie muss das nicht hören, aber ich kann sie nicht einfach ins Spielzimmer schicken, um sie zu beschäftigen. Das Zimmer ist noch nicht eingerichtet, und bereit für sie

Ich bin zwar immer noch nicht bereit für ein Kind, aber sie ist da, und das ist real.

Das ist mein Leben.

Und ich möchte nicht in die Nähe der Bratva gehen, sie sind die russische Mafia. Sie sind gerissen, grausam, rücksichtslos und werden jeden töten, der ihnen in die Quere kommt.

Deshalb wollte ich Clare unbedingt in mein Haus holen, um sie zu schützen. Sie war eine Nervensäge, als ich sie kennenlernte, und ist es immer noch, aber sie hat es nicht verdient, mit Männern zusammen zu sein, die unschuldige Menschen abschlachten und deren Köpfe wahrscheinlich wie Trophäen an die Wand hängen.

„Wo soll das hinführen?" Ich knirsche mit den Zähnen und schließe die Tür hinter uns.

Douglas geht und lässt uns viel Privatsphäre, aber Amelia schaut uns beide an.

„Amelia, geh da rein. Clare hat dir gestern ein paar neue Spielsachen gekauft." Ich zeige auf das Zimmer, in dem ich alle Geschenke verstaut habe. Es sind so viele, dass es für das Kind wie Weihnachten sein wird. Obwohl ich ihre Überraschung gerne sehen würde, ist es mir lieber, wenn sie nicht miterlebt, wie wir beide uns streiten.

Amelia hüpft in das Zimmer, das als Spielzimmer dienen wird, nachdem ich die Möbel umgestellt und die Wände gestrichen habe. Ganz zu schweigen vom Auspacken der Spielsachen. Ich bin mir nicht sicher, ob Amelia in der Lage sein wird, sie alle zu öffnen, aber es gab zumindest ein Stofftier, das nicht in Plastik und Pappe verpackt war.

Clare schlurft mit den Füßen und verschränkt die Arme vor der Brust. „Also, was war das mit der Bratva?", flüstere ich wütend, packe Clare am Arm und ziehe sie näher zu mir. Ich will nicht, dass Amelia ein Wort unseres Gesprächs mitbekommt.

Das Kindermädchen starrt mich an, ohne den Blick abzuwenden. „Meine Freundin", sagt sie, wobei sie darauf achtet, weder den Namen noch die Identität der Frau preiszugeben, „lebt mit der Bratva. Ihr Freund ist eine Bratva. Nun ja, praktisch gesehen, ihr Verlobter. Sie sind verlobt."

„Ich will nicht, dass du in die Nähe der Bratva kommst", warne ich.

„Oder was?"

„Ich werde dich feuern", knurre ich. „Wenn deine Freundin oder einer ihrer Kumpels in Sichtweite meiner Tochter kommt, wirst du den Tag bereuen, an dem du mich kennengelernt hast."

„Das ist eine große Drohung", sagt Clare.

Ich erwarte fast, dass sie murmelt, dass sie es bereits bereut, mich getroffen zu haben, aber ich bin dankbar, dass das Gespräch nicht in diese Richtung geht.

„Und das meine ich ernst", sage ich und lasse meinen Griff um sie los. Ich balle meine Hände zu Fäusten. „Diese Männer sind Monster, und ich will meine Tochter nicht in ihrer Nähe haben."

„Ich verspreche Ihnen, dass sie in Sicherheit sein wird."

„Überlassen Sie mir das Urteil darüber", sage ich. Wenn sie glaubt, dass es sicher ist, mit jemandem befreundet zu sein, der mit der Bratva zu tun hat, irrt sie sich.

Völlig falsch.

KAPITEL ACHT

CLARE

Ich würde Levis hitzigem Blick gerne ausweichen, aber das ist unmöglich. Wir haben uns beide darauf geeinigt, die Diskussion über meine Freundin Sadie zu unterbrechen. Nicht, dass ich ihm ihren Namen genannt habe.

Ich stelle auch sicher, dass ich die Textnachrichten lösche, die sie mir geschickt hat, als sie mich vor einigen Monaten gebeten hat, mich mit ihr auf einen Drink zu treffen.

Es ist nicht so, dass ich Levi nicht zutraue, meine Grenzen zu respektieren und mein Telefon in Ruhe zu lassen, aber, ich kenne ihn noch nicht so gut.

Nachdem ich mit einem Mann verheiratet war, der sich mein Telefon schnappte und meinen Passcode eingab, der mein Geburtstag war, um meine Texte und Fotos ohne meine Erlaubnis anzusehen, fällt es mir schwer, Menschen zu vertrauen.

Ich möchte Levi vertrauen, aber wir hatten von Anfang an eine schwierige Beziehung. Das war mein Fehler. Ich habe den Namen Flugzeugmädchen zu Recht verdient, und ich bin froh, dass es nicht etwas Härteres war. Ich hätte seinen Zorn verdient, aber stattdessen hat er mich in sein Haus gelassen.

Ich kann mir immer noch nicht erklären, wie ich hierhergekommen bin, um für einen Milliardär und sein wunderbares kleines Mädchen zu arbeiten.

Wir sind erst ein paar Tage hier, und es fühlt sich seltsam an wie zu Hause.

Am nächsten Nachmittag hilft Amelia, die Farbe für das Spielzimmer auszusuchen. Levi und Douglas räumen die Möbel um, ein Teil davon kommt in ein anderes Zimmer. Ich decke das, was übrig ist, mit Tüchern ab, bevor wir die Farbe aufmachen.

Ewiges Blütenblatt. Das war die Farbe, die Amelia für das Spielzimmer ausgesucht hatte, ein leuchtendes Rosa.

Ich dachte, Levi würde einen Anfall bekommen und darauf bestehen, dass jede andere Farbe als Rosa akzeptabel wäre. Stattdessen kaufte er eine Dose, einen Satz Pinsel und Rollen.

Ich habe kein schäbiges altes T-Shirt, also leiht mir Levi eines von sich. Es hat ein paar Löcher in den Ärmeln. Es ist weich, offensichtlich geliebt und riecht unverwechselbar nach ihm. Das maskuline Aroma kitzelt meine Nase, und ich versuche, nicht zu viel davon einzuatmen, aber mein Körper reagiert auf den Duft wie eine läufige Löwin.

Warum muss ich von meinem Chef, dem Griesgram aller Griesgrame, angemacht werden? Mr. Höschen-Dieb persönlich.

Was würde ich nicht alles für einen freien Abend mit Freunden geben. Allerdings hat er klargestellt, dass Sadie tabu ist. Er weiß nur von ihr, weil ich ihm erzählt habe, dass sie bei der Bratva lebt.

Vielleicht war es nicht ganz zufällig. Er war launisch und mürrisch.

Wie wäre es, wenn ich von ihm umgeben wäre und er mich beschützen würde?

Ich seufze. Das ist nichts, worüber ich nachdenken sollte. Er ist mein Chef.

„Was ist es?", fragt Levi. Er muss mich seufzen gehört haben, denn ich habe nichts gesagt. Ich streiche weiter mit der Walze an der Wand und versuche, das Zimmer schnell fertig zu bekommen. Es ist nicht so, dass ich nicht gerne male, aber der Geruch ist stark, und ich bezweifle, dass das gut für Amelia ist.

„Nichts", sage ich abweisend. Ich sage ihm nicht, was mir durch den Kopf geht, wie er Gefühle und Sehnsüchte weckt, die schon Jahre in mir geschlafen haben.

„Was ist nichts", sagt er. Sein Pinsel klatscht mir auf den Hintern.

„Hey, jetzt!" schreie ich.

Levi gluckst. „Was? Mögen Sie keine Farbe auf ihren Wangen?"

Mir läuft das Wasser im Mund zusammen. Sein Kind ist im Zimmer! „Levi!" Ich keuche und reiße meine Augen auf.

Amelia ist ahnungslos. Sie malt weiter mit ihrem Pinsel an der Wand herum, die Striche wild und durcheinander. Er hat ihr allerdings nicht viel Farbe gegeben, also tropft es wenigstens nicht. Wir müssen den Bereich, den sie malt, mit der Rolle abdecken.

„Entspannen Sie sich", sagt er und tritt näher.

Unwillkürlich erschaudere ich und hoffe, dass er nicht weiß, welche Wirkung er auf mich hat.

„Sie haben mein T-Shirt befleckt", sage ich und tue so, als wäre ich beleidigt.

„*Mein T-Shirt*", knurrt er und tritt näher.

Ich kann ihn praktisch schmecken. Seine Lippen sind ganz nah an meinen. Eigentlich ist es sein T-Shirt, aber ich trage es. „Jetzt gehört es mir", sage ich mit einem überheblichen Grinsen.

Er schüttelt den Kopf, packt mich und versohlt mir den Hintern, wobei seine Hand in der nassen Farbe landet. „Du bist eine Göre. Weißt du das?"

Ich lache, überrascht von dem Schlag auf meinen Po. Das habe ich von ihm nicht erwartet. Der Pinsel war eine Sache, aber seine Hand jagt ein Kribbeln durch meinen ganzen Körper.

„Was hast du denn erwartet?" Ich zucke mit den Schultern, als wäre es mir egal. Ich versuche das Lächeln zu unterdrücken, schaue weg, und drehe ihm den Rücken zu. Aber ich kann das Grinsen nicht wegwischen, auch wenn ich versuche, an etwas anderes zu denken.

„Ich erwarte, dass das Kindermädchen mir gehorcht." Er zieht mich an sich.

Ich keuche auf, als sein Schwanz gegen mich stößt. Ich greife nach hinten und brauche den Beweis, dass das, was ich fühle, nicht der Pinselstiel ist und tatsächlich das, was ich denke.

„Frau", stöhnt er und versucht, sich zu beherrschen. „Ich schwöre, wenn du weitermachst ..."

„Du wirst was?" Ich drehe mich zu ihm um und schaue in seinen finsteren, erhitzten Blick. Ich warte auf seine Drohung.

Er blickt auf meinen Mund hinunter, sein Blick ist ernst, aber er beugt sich nicht vor.

Er küsst mich nicht so, wie ich es will. Vielleicht sollte ich mich zu ihm beugen und ihm zeigen, was ich will.

Doch als ich mich auf die Zehenspitzen stellen will, zieht er sich zurück und geht weg.

„Ich mache das fertig. Amelia soll sich duschen und für das Abendessen fertig machen."

„Bist du sicher? Ich kann weiterhin helfen."

„Du hast genug getan", knurrt er mich an.

Warum ist er so verdammt mürrisch?

Ohne ein weiteres Wort lasse ich die Farbrolle elegant auf das Tablett fallen, nehme Amelias Pinsel und lege ihn zu meinem, bevor wir uns auf den Weg zur Treppe machen.

Ich trage Amelia die Treppe hinauf, damit sie keine Farbspuren auf dem Boden, dem Geländer oder den Wänden hinterlässt. Wenigstens bin ich vorsichtig.

Sie zieht sich im Badezimmer aus, und ich lasse die Dusche laufen und warte, bis die Temperatur steigt, bevor sie in die Kabine geht.

Ich helfe ihr, die Farbe abzuschrubben und benutze extra viel Seife, um das leuchtende Rosa aus ihren Haaren, von ihrer Haut und von allen möglichen Stellen zu entfernen.

Dafür, dass Amelia einen so kleinen Pinsel benutzt hat, scheint sie mehr Farbe auf ihrer Haut zu haben, als sie in ihrem Becher hatte.

„Das hat Spaß gemacht." Amelia strahlt mich mit dem breitesten Grinsen an, das ich je gesehen habe.

Es sollte mich nicht überraschen, dass sie Spaß am Malen hatte. Das Kind liebt wahrscheinlich alles, bei dem es schmutzig wird. Nachdem sie sauber ist, schicke ich sie in ihr Zimmer, damit sie spielen kann, während ich unter die Dusche springe und mir die Farbe vom Körper schrubbe.

Es dauert länger. Die Farbe ist, nachdem Amelia zuerst unter der Dusche war, noch mehr getrocknet. Ich schrubbe die Reste ab, das meiste davon an meinen Händen, ein wenig am unteren Ende meiner Haare. Das T-Shirt, das Levi mir geliehen hat, ist kaputt, aber das ist seine Schuld. Wenigstens haben meine Jeansshorts den Ansturm der Farbe irgendwie überstanden, da sein T-Shirt die Hose bedeckt hat.

Ich dusche zu Ende und stelle das Wasser ab. Ich öffne die Glastür und ärgere mich, dass keine sauberen Handtücher im Bad sind. Ich habe das letzte Handtuch für Amelia benutzt.

„Levi!", rufe ich, aber er kommt nicht.

Er ist mit Malen beschäftigt, oder ignoriert er mich. Welcher Käfer ist ihm heute in den Arsch gekrochen?

Ich streiche mir die überschüssige Feuchtigkeit aus dem Haar, bevor ich die Badezimmertür aufstoße. Ich mache mich auf den Weg in die Waschküche, als ich Levis Schritte auf der Treppe höre.

Das ist Scheiße.

Ich eile in die Waschküche, schließe die Tür und atme erleichtert aus.

Jetzt habe ich zwar Handtücher, aber meine Kleider sind immer noch im Bad.

Ich glaube, ich habe großes Pech.

Ich öffne den Trockner und hole ein Handtuch heraus, als die Waschküchentür auffliegt. Ich trete sie mit dem Fuß wieder zu.

„Clare, was zum Teufel ist hier los?"

„Ich brauche ein Handtuch", sage ich und ziehe eines aus der sauberen Wäsche. Hastig wickle ich es um mich herum. Wenn ich 18 Kilogramm leichter wäre, würde es vielleicht um meinen Körper passen. Ich schwöre, der Mann hat nur Handtücher gekauft, die für seine kleine Prinzessin geeignet sind.

Nicht, dass er vorige Woche schon wusste, dass er Vater ist.

Ich schnappe mir ein zweites Handtuch und bedecke damit meinen Bauch, denn ich vermute, dass er immer noch auf der anderen Seite der Tür steht.

Als ich mich abgedeckt, aber nicht ganz angezogen habe, öffne ich die Tür zur Waschküche. Levi steht auf der gegenüberliegenden Seite. Er ist immer noch mit Farbe bedeckt, aber er trägt kein T-Shirt.

„Ich wollte das gerade in die Wäsche werfen", sagt er und knüllt sein T-Shirt zusammen. „Ich sollte auch die Klamotten holen, die du hattest. Sind sie noch im Bad?"

Bevor ich antworten kann, dreht er sich um und geht ins Bad, wobei er meine und Amelias schmutzige Kleidung mitnimmt, die auf dem Boden liegt.

Auf dem Haufen liegt mein Slip, derselbe rote Satinschlüpfer, den er noch vor wenigen Tagen in seine Tasche gesteckt hatte.

Die Verlegenheit brennt mir auf den Wangen. Es ist ja nicht so, dass er nicht weiß, dass ich einen Slip und einen BH trage, aber wenn er meine Unterwäsche sieht, fühle ich mich höchst unwohl.

„Wirf mein Höschen und meinen BH nicht zu den Farbsachen", sage ich und überlege es mir dann anders. Ich ziehe meine Unterwäsche aus dem Haufen.

„Ich weiß, wie man Wäsche wäscht."

„Natürlich, du bist der Höschen-Dieb."

Er stöhnt und tritt näher, dringt in meinen persönlichen Bereich ein, während er die Tür blockiert. Ich trage zwei Handtücher, damit mein Körper nicht entblößt wird, und er ist halb entkleidet.

Ich ziehe meine Unterlippe zwischen die Zähne.

Ich werde mich nicht von meinem Chef anmachen lassen.

Ich singe das stumme Mantra in meinem Kopf. Funktioniert es? Nein, aber zumindest lenkt es mich ab.

Levi starrt mich an, länger als er sollte, bevor er sich zu mir beugt und seine Lippen mein Ohr berühren.

Unwillkürlich schließe ich die Augen und versuche, nicht zu erschaudern. „Mir gefällt das Rot. Ich hoffe, du hast die für mich getragen."

Levi dreht sich um und nimmt die schmutzigen Klamotten mit in die Waschküche, und ich stehe sprachlos da, meine Beine zittern. Warum hat er die Fähigkeit, mir das Gefühl zu geben, wieder eine Jungfrau zu sein?

In den nächsten vier Tagen sehe ich Levi nicht. Diese Tage fühlen sich lang und unerträglich an, es gibt kein Flirten, kein Hinterfragen von allem, was einer von uns sagt.

Er hat sich in seinem Büro vergraben und ist für Amelia und mich nicht mehr erreichbar.

Habe ich etwas falsch gemacht?

Hat es etwas damit zu tun, was ich gesagt habe? Oder vielleicht nicht gesagt habe?

Ich glaube, dass er mich mag, sonst würde er nicht mit mir flirten. Aber ich bin nicht gut im Flirten, und ich gehe nicht immer darauf ein. Vielleicht hat er beschlossen, es nicht mehr zu tun und will die Beziehung nur noch rein professionell halten.

Ich würde es ihm nicht verübeln, es ist wahrscheinlich das Beste, auch wenn es nicht unbedingt das ist, was ich will.

Ich will ihn.

Ich sehne mich nach ihm, seinem Körper, seine Berührung, seinem Geruch, der mich umgibt. Nachdem ich den Nachmittag damit verbracht hatte, in seinem T-Shirt zu malen, konnte ich ihn selbst nach meiner Dusche noch riechen.

Es ist schon über eine Woche her, seit wir uns das erste Mal getroffen haben. Genau acht Tage, und er hat mich noch nicht gefeuert oder rausgeschmissen. Ich betrachte das als einen Fortschritt.

Levi hat sich auch nicht dazu geäußert, ob er noch daran interessiert ist, ein anderes Kindermädchen einzustellen, oder ob ich die Probezeit hinter mir habe. Ich nehme an, das muss warten, bis wir von unserer Europareise zurück sind.

Mein Handy klingelt, und ich greife danach, weil ich eine Nachricht von Levi erwarte, der sich nach uns erkundigt.

Das ist mein Ex-Mann, Zander.

Es gibt keine Nachricht, nur ein Foto mit Klebeband.

„Was zum Teufel soll das?", murmle ich vor mich hin. Etwas stimmt mit diesem Mann wirklich nicht. Ich bin froh, dass ich endlich von ihm weggekommen bin. Ich kann immer noch nicht glauben, dass ich sechs Jahre dafür gebraucht habe. Das ist Zeit, die ich nie wieder zurückbekomme.

Wenn Levi bei der Arbeit ist, erkundigt er sich per SMS, wie es Amelia geht, ob sie zu den Mahlzeiten genügend isst und ob es ihr gut geht. Das ist süß, und es ist klar, dass er sich um seine Tochter sorgt.

Er ist noch bei der Arbeit. Im Haus ist es sehr ruhig.

Amelia spielt unten im neuen Spielzimmer, während ich ihre Sachen für die Reise packe. Ich öffne seine Schlafzimmertür. Es ist, als würde ich das Siegel der heiligen Truhe brechen. Ich sollte nicht in sein Schlafzimmer gehen.

Er wies mich jedoch per SMS an, dies zu tun.

Ich rolle seinen Koffer aus dem Schlafzimmer und schleppe ihn in Amelias Zimmer. Ich lege ihn auf den

Boden, öffne den Reißverschluss und mache den Deckel auf. Es ist noch ziemlich viel Platz, und der Koffer hat eine Trennwand, wobei eine Seite komplett leer ist.

Der ganze Koffer riecht nach Levi, berauschend, mit einer Note aus Holz und Leder. Alles riecht hundertprozentig nach Alphamännchen.

Ich sauge den Duft in mich auf, mein Körper kribbelt und brennt.

Die Abwesenheit von Levi hat meine Begierde nach ihm nicht im Geringsten geschmälert.

Ich öffne Amelias Kommode und hole die neuen Kleider heraus, die Douglas gekauft hat. Ich bin erstaunt, wie gut ihr alles passt. Ich falte einige Kleidungsstücke zusammen und packe ihr Einhorn mit ein, bevor ich den Koffer verschließe.

Er bat mich, ihm eine SMS zu schicken, wenn alles fertig ist, das tue ich auch.

Gut, er schreibt zurück. *Geh in die Garage. Öffne die Hintertür des Pickups. Da ist eine Überraschung für dich.*

Ich weiß nicht, was für eine Überraschung das sein könnte.

Ich stecke mein Handy in die Gesäßtasche meiner Jeans und gehe die Treppe hinunter. Levi ist noch ein paar Stunden auf Arbeit beschäftigt. Douglas wird uns abholen und wir fahren zum Büro, um Levi für unseren Flug nach Paris abzuholen.

Ich freue mich darauf, nach Europa zu reisen. Ich war noch nie dort. Vor allem, wenn wir mit einem Privatjet fliegen. Ich eile zur Garage. Er hat mehrere Autos, aber nur einen Pickup, was es leicht macht, das richtige Fahrzeug zu finden.

Ich öffne die Hintertür, und drinnen steht ein nagelneuer, rosa Hartschalenkoffer. Er hat die gleiche Größe wie der, den Amelia zerdrückt hat.

Ich nehme den Koffer, trage ihn ins Haus und schleppe ihn die Treppe hinauf.

„Danke", schreibe ich ihm zurück, bevor ich meine Sachen für unsere Reise packe. Ich überlege, ob ich meinen Vibrator mitnehmen soll oder nicht. Wann habe ich schon mal die Gelegenheit, ihn zu benutzen? Wenn ich mir ein Zimmer mit Amelia teile, kommt das nicht in Frage. Aber ich könnte ihn mit ins Bad nehmen. Er soll ja wasserdicht sein.

Ich stecke das Gerät in meine Handtasche.

Hoffentlich hat das Hotel einen anständigen Ventilator im Bad, um den Lärm in Schach zu halten. Ich schließe den Reißverschluss meines Gepäcks und trage meine Tasche und den Koffer zur Eingangstür, beides liegt bereit, wenn Douglas eintrifft.

„Clare-Bär", ruft Amelia und hüpft aus dem Spielzimmer. Sie trägt einen rosa Umhang mit einem passenden Tüllrock.

„Hey." Ich bücke mich, um sie in eine Umarmung zu ziehen.

„Ratet mal, wer meine Lieblingscomicfigur ist. Supergirl!", verkündet sie und streckt ihre Arme zum Fliegen aus. „Würdest du mich bitte herumfliegen lassen?"

Wenigstens nennt sie mich nicht mehr Flugzeugmädchen. Ich bin mir sicher, dass ihr Vater sich während unserer gemeinsamen Reise einen abgefahrenen Spitznamen für mich ausdenken wird.

Mein Telefon summt, und ich lasse sie kurz herumfliegen, bevor ich sie wieder auf den Boden stelle. Ich greife in meine Gesäßtasche. Es ist Levi mit einer weiteren SMS.

Ich habe unsere Pässe. Bringe deinen Pass mit.

Ich überprüfe meine Handtasche, um sicherzugehen, dass ich meinen Pass dabeihabe.

Erledigt, ich schreibe eine SMS.

Tablet für Schularbeiten?

So ein Mist. Ich eile zu dem behelfsmäßigen Büro, in dem Amelia ihre Schulaufgaben gemacht hat. Ich nehme das iPad vom Tisch, zusammen mit der Bluetooth-Tastatur und den Kopfhörern. Ich stecke beides in meine Handtasche.

Erledigt.

Du hättest es vergessen.

Ich antworte nicht auf seine SMS. Es ist eine Anschuldigung, und ich habe es nicht vergessen, weil er mich daran erinnert hat. Amelia verbringt den Vormittag in der Vorschule, und ab Mittag hat sie für den Rest des Tages frei.

Innerhalb der nächsten Stunde steht Douglas vor der Tür. Levi schickt mir eine SMS, um mich wissen zu lassen, dass er angekommen ist.

Douglas lädt unser Gepäck in den Kofferraum, während ich Amelia auf dem Rücksitz anschnalle und mich neben sie setze.

„Haben Sie alles, Ma'am?"

„Ich hoffe es", sage ich.

„Pässe?"

„Ich habe meinen. Levi erwähnte, dass er Amelias und seinen bei sich hat."

Douglas fährt uns in die Stadt, zum Hotel, in dem Levi arbeitet. Ich habe das Hotel gesehen, das ihm in New York gehört, aber ich weiß nicht, wo Luxenberg-Enterprises selbst liegt.

Das Gebäude ist hoch und ragt zwischen anderen Wolkenkratzern hervor. Gehört ihnen das gesamte Gebäude oder nur eine Handvoll Stockwerke?

Wir warten draußen in der Parkzone, als Levi auf den Vordersitz klettert.

„Haben Sie Ihre Pässe, Sir?", fragt Douglas, der sich vergewissert, dass wir für unseren Flug bereit sind.

Levi tippt auf seine innere Jackentasche. „Amelias und meinen." Er wirft einen Blick über seine Schulter auf mich.

„Mein Pass ist in meiner Handtasche. Ich habe es doppelt und dreifach überprüft."

„Gut."

Douglas bringt uns zum nächstgelegenen Flugplatz, wo sich Levis Privatflugzeug befindet.

Es ist bereits aufgetankt und wartet auf uns.

Douglas schnappt sich unsere Taschen und trägt sie zum Flugzeug. Er vergewissert sich, dass wir alles haben, während ich Amelia von ihrem Sitz losschnalle.

„Werden wir den Autositz im Flugzeug brauchen?", frage ich und deute auf das Fahrzeug.

„Sie wird die paar Stunden auf dem Flug gut zurechtkommen. Ich habe einen Kindersitz angefordert, wenn wir in Paris abgeholt werden." Levi streckt seine Arme aus, um Amelia zu nehmen. Er trägt sie die Treppe hinauf in den Privatjet.

Ich folge ihm und nehme alles in mich auf.

Es ist schick und geräumig für ein so kleines Flugzeug und sieht im Vergleich zur Touristenklasse sehr komfortabel aus. Es ist sogar schöner als die erste Klasse, und das war für mich ein einmaliges Erlebnis.

Wir besteigen das Flugzeug. Levi schnallt Amelia an und setzt sich auf den nächstgelegenen Sitz neben sie.

Ich entscheide mich für einen Platz in der nächsten Reihe.

Amelia dreht sich um, ihr Stuhl dreht sich zu mir hin. Sie kichert aufgeregt. „Das macht Spaß!"

„Du musst nach vorne sitzen, wenn wir abheben", sagt Levi, dreht ihren Sitz zurück und rastet ihn ein.

„Du bist ein Stinker", sagt Amelia und streckt ihrem Vater die Zunge heraus.

Levi dreht sich um und richtet seine Aufmerksamkeit auf mich. „Hast du ihr das beigebracht?"

Ich lache leise vor mich hin. „Nein, aber sie hat recht."

„Ach, hat sie das?"

Ich hoffe immer noch, dass er mit mir flirten wird und dass wir zu dem koketten und unbestreitbaren Geplänkel zwischen uns zurückkehren werden. Wo die sexuelle Spannung so stark wird, dass man ein Messer braucht, um sie durchzuschneiden. Ich war noch nie ein Freund von Messerspielen, aber für diesen Mann würde ich alles tun.

Ich schlucke diesen Gedanken hinunter.

Levis aufmerksamer Blick verlässt meinen nicht. „Ich habe noch nie erlebt, dass du still bist, *Flugzeugmädchen.*

„Wirklich?", frage ich. Ich habe es vermieden, ihn vor seiner Tochter Höschen-Dieb zu nennen, aber vielleicht muss ich noch einen draufsetzen.

Die Anspannung scheint von seinen Schultern zu fallen, während er sich näher heranschleicht. Er legt seine Hände auf die Armlehne und hält mich in meinem Sitz fest, während die Flugbesatzung zu ihrer Kabine geht.

„Wo ist Amelias iPad?", fragt er und sein Atem kitzelt mich .

„In meiner Handtasche", sage ich, bevor ich darüber nachdenke, was sich noch in meiner Tasche befindet. Ich zeige auf die Tasche auf dem Boden.

Der Verschluss ist ein einzelner Druckknopf, und er ist bereits offen. Er kramt mit der Hand in der Tasche nach dem iPad.

„Clare, was ist das?", fragt er. Seine Hand ist um den Schaft meines Vibrators geschlungen. Er hat ihn hochgehoben, aber nicht aus der Tasche genommen, sodass er für mich sichtbar ist, aber für sonst niemanden.

„Wonach sieht es denn aus?" Ich schlage seine Hand weg, hole das Tablet aus meiner Tasche und schiebe es ihm zu. „Das ist es, wonach du gesucht hast."

Im Flugzeug ist es stickig, und die Flugbesatzung schließt die Tür, um den Abflug vorzubereiten.

Levi setzt sich wieder neben seine Tochter und blickt über seine Schulter zu mir. „Das muss dir nicht peinlich sein."

„Du musst es nicht mehr erwähnen. Dieses Gespräch ist beendet", sage ich. Eher sterbe ich vor Verlegenheit, als mit ihm über meinen Vibrator zu diskutieren.

Ich hätte ihn in meinen Koffer packen sollen, außer Sichtweite, wo er es nie finden würde.

Nach dem Start schaut sich Amelia ein Video auf dem Tablet an, während Levi steht und sich streckt. Wir sind auf Reiseflughöhe und haben mehrere Stunden in der Luft.

Ich sollte so tun, als würde ich schlafen.

„Möchtest du etwas trinken?", fragt Levi und öffnet den Mini-Kühlschrank.

„Etwas, was stark ist", sage ich.

Er holt ein halbes Dutzend verschiedener Miniflaschen mit Alkohol hervor und zeigt sie mir. „Was darf es sein?"

Ich weiß zwar, dass das Trinken die letzten zwanzig Minuten meiner Demütigung nicht auslöschen wird, aber ich kann mich wenigstens betrinken und versuchen, sie zu vergessen.

Ich schnappe mir den Rum und den Wodka und greife weiter nach den restlichen Flaschen in seinen Händen, als er merkt, dass ich sie alle haben will.

„Du lässt dich nicht unterkriegen, Clare. Such dir eine aus."

„Ich bin kein Kind, und wir haben noch mehrere Stunden bis zur Landung."

„Wenn du ein Kind wärst, würdest du Apfelsaft trinken", sagt er.

Ich öffne zuerst die Rumflasche, und Levi entreißt mir den Wodka.

Ich drehe die kleine Flasche um, nehme einen Schluck und trinke ihn in Sekundenschnelle.

„Du bist gemein." Ich schnalle mich ab, stehe auf und suche nach einem Mülleimer, in den ich die leere Flasche werfen kann.

„Wo willst du hin? Dem Mile High Club alleine beitreten? Normalerweise gehören dazu immer zwei, Sonnenschein."

„Warum bist du so ein Griesgram?", murmle ich und dränge mich an ihm vorbei. Ich kann nicht weit genug von ihm wegkommen.

Er nimmt einen Saft für Amelia aus dem Kühlschrank und beobachtet mich, während er mich von meinem Platz verdrängt. Ich könnte mich auf der Toilette verstecken, aber was würde das nützen?

„Du bist noch im Dienst", sagt Levi.

„Es ist nicht so, als würde ich irgendwo hingehen, und sie ist damit beschäftigt, einen Film zu sehen." Ich gestikuliere in Richtung Amelia. Sie schaut in die andere Richtung und trägt zum Glück Kopfhörer, sodass sie unseren Streit nicht hören kann.

Levi murrt, aber ich kann nicht hören, was er sagt.

„Gott, du musst mal wieder Sex haben", murmle ich laut genug, dass er mich hören kann.

„Wie bitte?" Er wirft den Kopf herum und sieht mich an.

„Du hast mich schon verstanden. Du bist so ein Griesgram. Ich vermute, das liegt daran, dass du es gewohnt bist, Frauen mit nach Hause zu bringen, und das hast du seit einer Woche nicht mehr gemacht. Das ist es, nicht wahr? Du musst flachgelegt werden, und da du das nicht kannst, machst du es dem Rest von uns schwer." Er starrt mich an. Ich bedecke meinen Mund mit meiner Hand. Ich kann nicht glauben, dass ich ihm das ins Gesicht gesagt habe.

„Wer ist der Rest von uns?", fragt Levi. „Du?"

„Es tut mir leid", sage ich und entschuldige mich schnell.

„Nein, tut es nicht. Du hast jedes Wort ernst gemeint." Er kommt näher heran, und ich weiche einen Schritt zurück. „Die einzige Frau, die mich zum Griesgram werden lässt, bist du."

„Ich?", quieke ich. „Was habe ich getan?" Ich habe auf seine Tochter aufgepasst und war ein anständiges Kindermädchen.

„Nur mit einem Handtuch bekleidet auf der anderen Seite des Flurs. Als ich dich in der ersten Nacht in diesem BH gesehen habe", knurrt er und lehnt sich näher heran, um in meinen persönlichen Raum einzudringen. „Frau, wenn du nichts mit mir zu tun haben willst, solltest du das sagen."

Ich öffne meine Lippen. „Ich brauche diesen Job", flüstere ich. Es ist ja nicht so, dass ich einen Gehaltsscheck gesehen hätte. Der Milliardär hat sein Wort gehalten, dass ich Unterkunft und Verpflegung bekomme. Das ist alles, was er mir gegeben hat, das und schwitzige Träume in der Nacht, die mich unruhig und kribbelig machen.

„Ich werde dich nicht feuern", sagt Levi in aller Deutlichkeit. „Ich bin nicht an einem anderen Kindermädchen interessiert. Du bist gut zu Amelia."

„Ich mag sie sehr", sage ich. Es ist ihr Vater, der mich innerlich aufgewühlt hat.

Er streckt die Hand aus, seine Finger verheddern sich in meinen Haaren, als er eine Handvoll packt und meine Lippen zu seinen bringt. Er kippt mein Kinn, sodass ich in seinen heißen Blick starren muss.

„Und was ist mit mir?", fragt Levi.

Meine Lippen öffnen sich, und schon bin ich atemlos. „Du regst mich innerlich auf. Ich hasse es", flüstere ich und starre zu ihm auf.

„Du hasst es?" Das scheint ihn zu überrumpeln. Er löst den Griff aus meinen Haaren.

„Ich hasse es, wenn du mir das Gefühl gibst, dass ich die Kontrolle über mich und meine Sinne verliere. Ich kann nicht schlafen, ohne von dir zu träumen. Ich kann nicht atmen, ohne deinen berauschenden Duft einzuatmen. Du bist überall, selbst wenn du bei der Arbeit bist und ich dich nicht sehe."

„Mir geht es genau so. Deshalb war ich in den letzten Tagen im Büro", sagt Levi.

„Aber ich bin das Kindermädchen deiner Tochter. Wir können das nicht ausleben", sage ich. Auch wenn ich ihn mehr will als jeden anderen, den ich je wollte, kann ich nicht riskieren, die neue Familiendynamik zu zerstören.

Levi knurrt. „Warum nicht?"

„Wie ich schon sagte, ich bin dein Kindermädchen."

„Du bist Amelias Kindermädchen", stellt Levi klar, „nicht meins. Und als dein Chef gebe ich dir die Erlaubnis, deine Gefühle für mich zu erforschen."

Ich lache. „Ich glaube nicht, dass das so funktioniert."

„Warum nicht? Du arbeitest nicht für eine Nanny-Agentur, Clare. Du arbeitest für mich. Und um ehrlich zu sein, war ich nicht besonders fair zu dir."

„Du meinst, es war nicht fair, mir kein Handtuch zu geben, nachdem deine Tochter mich in der ersten Nacht nass gemacht hat?", stichle ich.

Levi schiebt ein schiefes Grinsen hinterher. „Daran habe ich nicht gedacht, aber verdammt, ich bin froh, dass sie es getan hat. Obwohl ich denke, dass wir beide das nächste Mal zusammen duschen sollten."

Ich lächle ihn an, mein Herz flattert in meiner Brust. „Ich glaube, dass du derjenige wärst, der das ganze Wasser in Beschlag nimmt."

„Ich weiß, wie man teilt", sagt Levi. Er legt seine Hände um meine Taille und zieht mich fest an sich. „Ich muss vielleicht in einen doppelten Duschkopf investieren."

Ich atme nervös ein und aus. Ich stelle mich auf die Zehenspitzen und drücke meine Lippen auf seine.

Dieses Mal küsse ich ihn zuerst. Ich bin bereit dazu. Unsere Lippen treffen aufeinander, und er saugt an meiner Unterlippe, und nimmt sie zwischen die Zähne.

„Das wollte ich schon tun, seit wir uns kennengelernt haben."

„Lügner." Wir hatten definitiv keinen guten Start.

„Okay, vielleicht in der ersten Nacht, als du deinen BH anhattest." Levi grinst.

Ich schlage ihm auf den Arm. *„Herr Höschen-Dieb,* du bist schuld an diesem Debakel."

Er hebt seine Augenbrauen. „Wirklich? Sind wir immer noch bei den kindischen Spitznamen, *Flugzeugmädchen*?"

Ich zucke mit den Schultern und tue so, als wäre ich nicht verärgert über den Spitznamen, den er mir gegeben hat, denn es ist klar, dass er nicht gern Höschen-Dieb genannt wird.

„Weißt du, Clare" - er beugt sich vor, seine Lippen streifen mein Ohr - „es ist schon eine Weile her, dass ich ein Paar gestohlen habe. Ich bin auf diesem Gebiet furchtbar eingerostet."

Ich breche in Gelächter aus. „Du bist in *diesem Bereich* eingerostet, wie in ...“ Ich schaue nach unten und deute auf seinen Schwanz.

„Gott, nein! Ich meinte den Diebstahl. Es ist schon eine Weile her, dass ich ein Paar gestohlen habe. Ich bin *nicht* eingerostet mit meinem Schwanz“, knurrt er, und ich schwöre, dass er mich für diese Worte kneifen wird. „Ich weiß sehr wohl, wie man ihn benutzt.“

„Ich denke schon, wenn man sich unter der Dusche einen runterholt.“ Ich ziehe ihn auf, bin neugierig auf seine Grenzen. Wie weit er dieses Geplänkel zwischen uns gehen lassen wird.

„Dafür hast du keine Beweise. Andererseits hat jemand seinen treuen Vibrator auf eine Geschäftsreise mitgenommen“, flüstert Levi und fixiert mich mit seinem Blick.

Und ich glaube, ich bin tot.

Es war schon schlimm genug, dass seine Hand um den Schaft lag, als er ihn entdeckte, aber jetzt musste er es auch noch erwähnen. „Das ist nur ein Mittel zum Stressabbau“, sage ich.

Er schnaubt, ohne überzeugt zu sein.

„Ich schwöre, ich benutze es nur, wenn meine Schultern und mein Nacken verspannt sind.“

„Es hat die Form eines Schwanzes." Levi zieht die Augenbrauen hoch. „Du bist ein schlechter Lügner, *Flugzeugmädchen*."

„Soll ich dir lieber sagen, dass ich ihn nachts zwischen meine Schenkel schiebe und deinen Namen stöhne?"

Er wackelt auf seinen Füßen. Glitzert da Schweiß auf seiner Stirn? „Frau, was du mir alles antust."

„Ja?" Ich lächle, mein Blick wandert an seinem Körper hinunter. Er trägt einen teuren Anzug. Der Mann muss heiß sein. „Du kannst deine Jacke ausziehen. Es ist ein langer Flug."

Das ist nicht das Einzige, was der Mann wahrscheinlich ausziehen möchte, aber ich werde nicht vorschlagen, dass er seine Hose auszieht, wenn seine Tochter nur ein paar Meter entfernt ist. Zum Glück schaut sie immer noch weg und ist in ihren Film vertieft.

Er lockert seine Krawatte, aber seine Augen verlassen meine nicht. Er beobachtet mich. Versucht er, meine Reaktion abzuschätzen? Ich schlucke, mein Mund ist trocken, und meine Zunge fährt über meine Lippen.

„Ich könnte noch einen Drink gebrauchen", murmele ich und gehe an ihm vorbei zum Mini-Kühlschrank.

Levi ergreift meinen Arm und zieht mich zurück zu sich. „Ist die Hitze zu viel für dich?", fragt er.

Ich war diejenige, die über ihn die Kontrolle hatte und flirtete. Verdammt soll er sein!

„Ich wollte uns beiden einen Drink holen." Ich räuspere mich und versuche so überzeugend wie möglich zu klingen. „Ich meine, du siehst wirklich ausgedörrt aus."

Seine Augen flackern, und sein Blick wandert langsam meinen Körper hinunter, als würde er alles in sich aufnehmen und sich jeden Zentimeter von mir nackt vorstellen. Oder vielleicht erinnert er sich daran, wie ich in meinem BH aussah oder mit den Handtüchern, die sich an meinen Körper schmiegten.

„Bist du immer so ein Quälgeist?", fragt Levi. Er zieht seine Jacke aus, hängt sie über einen der leeren Lederstühle und krempelt die Ärmel hoch.

„Du bist derjenige, der sich in einem Flugzeug auszieht."

Levi grinst und rollt mit den Augen. Er atmet schwer aus und zieht mich näher und fester an sich. Sein Schwanz drückt gegen meine Oberschenkel. Er ist unverkennbar, und er ist riesig. „Spürst du das?", sagt er, wohl wissend, dass er sich gegen mich presst.

Meine Lippen öffnen sich, und ich kann keinen zusammenhängenden Gedanken mehr fassen.

Ich nicke langsam und ringe nach Luft.

Er sieht selbstgefällig und stolz aus, als hätte er gerade gewonnen und sei bereit für seinen Siegestanz. „Wann hattest du das letzte Mal Sex, Kätzchen?"

„Kätzchen?" Ich quieke. Das Flugzeug ist definitiv heißer geworden.

Bin ich rot geworden?

Was ist daraus geworden, dass er mich nicht Flugzeugmädchen nennt? Das war zumindest seine mürrische Seite, aber jetzt kribbelt es in meinem Inneren, und ich zittere in seinen Armen.

Und er ist unausweichlich; ich bin mit meinem heißen Milliardärs-Boss in einem Flugzeug gefangen.

Verflucht sei er!

„Du hast meine Frage nicht beantwortet." Er starrt mich an, fast so, als würde er mir direkt in die Seele schauen. Mit einer Hand streicht er mir ein paar Haarsträhnen aus dem Gesicht. Seine andere Hand liegt auf meiner Hüfte und streift neckisch den Saum zwischen meinem Hemd und meiner Hose.

Ich lehne mich gegen seine Hand.

„Ein paar ... Monate", flüstere ich und bete, dass er sich nicht über mich lustig machen wird. Ich mochte den Sex mit meinem Mann nicht einmal so sehr. Es war eine lästige Pflicht, eine Art Ehepflicht zu besonderen Anlässen. „Als ich verheiratet war."

Er war *so* schlecht im Bett, dass ich es hinter mich bringen wollte, und zwar keine Minute früher als nötig.

„Ein Mädchen, das keine Angst vor Verpflichtungen hat. Das gefällt mir", sagt er und beugt sich näher an meine Lippen herunter. „Du zitterst ja."

Ich hasse es, dass er es bemerkt, dass er mich in Ohnmacht fallen lassen kann und mein Körper schwach und unkontrollierbar ist.

„Bin ich nicht", sage ich und räuspere mich, um überzeugend zu klingen, aber es ist offensichtlich, dass ich nervös bin. Warum ist er nicht nervös? Macht er das mit allen Mädchen, die für ihn arbeiten?

Er zieht mich mit sich und setzt sich auf einen der Sitze, wobei er mich auf seinen Schoß zieht.

Es ist ein komisches Gefühl, auf dem Schoß meines Chefs in seinem Privatjet zu sitzen. Ich ziehe meine Lippe zwischen die Zähne.

„Clare ich mag dich sehr." Er ist ruhig, viel ruhiger als ich mich fühle. „Aber wenn du nicht bereit bist oder nicht willst, würde ich dich nie zwingen."

Ist es das, was er denkt?

Ich schlucke meine Ängste hinunter und greife an den Kragen seines Hemdes, um seine Lippen mit meinen zu vereinen. Ich will ihn küssen. Ich begehre definitiv jeden Zentimeter von ihm. Ich bin nur nicht besonders gut darin, den ersten Schritt zu machen, oder gar den zweiten. Ich erstarre. Panik. Meine Nerven rauben mir den Atem und machen alles zunichte.

Es dauert eine Sekunde, bis sein Gehirn registriert, dass ich ihn küsse, denn er erwidert meinen Kuss nicht. Ich keuche und beginne, mich zurückzuziehen, aber sein Griff um mich wird fester.

Seine Lippen umschließen meine, fest und warm, und er sucht mit seiner Zunge Einlass, während er über meine Zähne gleitet und hinein will. Ich habe das Gefühl, dass das nicht das Einzige ist, was er in mir will.

Ich stöhne bei der Intensität des Kusses, und mein Magen flattert und jagt Schmetterlinge durch meinen Bauch.

Er ist alles und mehr, als ich mir je erträumt habe.

Und zum ersten Mal ist es mir egal, dass ich das Kindermädchen bin, und das ist nichts, was ein gutes Kindermädchen tun würde.

Scheiß auf die Regeln.

Scheiß auf Grenzen.

Grenzen sind dazu da, überschritten zu werden.

KAPITEL NEUN

Levi

Verdammt, Clare zu küssen ist wie das Paradies. Ich wusste, dass es gut sein würde, aber mir war nicht klar, wie toll es ist, bis wir angefangen haben, und ich möchte nicht loslassen.

Ihr warmer Körper sitzt auf meinem Schoß, meine Finger wandern über ihre Hüfte, kitzeln ihre Haut, berühren sie.

Ich sehne mich nach mehr, aber meine Tochter ist nur ein paar Meter entfernt, und ich kann nicht zulassen, dass sie uns beide beim Knutschen erwischt.

Sie wird Fragen stellen, und ich bin nicht bereit, sie einer Fünfjährigen zu beantworten.

Hat sie schon einmal gefragt „Woher kommen die Babys"? Das ist nichts, womit ich mich jetzt oder später beschäftigen möchte.

Clares Hüften drücken gegen meine, unsere Küsse sind leidenschaftlich und unendlich. Meine Finger verheddern sich in ihren Haaren und zerdrücken ihre Lippen.

Ich möchte sie besitzen.

Sie beanspruchen.

Die ganze Welt soll wissen, dass sie zu mir gehört.

Amelia beginnt sich zu rühren, und in dem Moment, in dem ich höre, wie ihre Kopfhörer auf den Boden fallen und der Sicherheitsgurt geöffnet wird, springt Clare von mir herunter. Ihr Haar ist zerzaust, ihr Gesicht gerötet und ihre Lippen geschwollen.

Mein Schwanz zuckt wütend, weil er keine Lust mehr hat.

Ich räuspere mich, stehe auf und dränge mich an Clare vorbei, während ich Amelia helfe, einen anderen Film auf ihrem Tablet zu sehen.

„Was hast du gemacht?", fragt Amelia und wirft einen Blick auf Clare. „Deine Haare sehen komisch aus."

Clares Augen werden groß, und sie stürzt ins Badezimmer, wo sie die Tür zuschlägt und abschließt.

Überlass es dem Kind, den Moment zu ruinieren. Ich fand, dass Clare verdammt sexy aussah. Mein Schwanz sah das genauso.

Ich führe Amelia zurück zu ihrem Sitz und gebe ihr einen Snack und einen Saft, bevor ich einen weiteren Prinzessinnenfilm einlege.

Clare braucht viel zu viel Zeit, sich im Badezimmer zu verstecken, ihr Haar zu richten und mir für den Rest des Fluges aus dem Weg zu gehen.

Es ist ihr peinlich und sie macht sich wahrscheinlich Sorgen, dass Amelia etwas gesehen hat. Das hat sie nicht. Aber ich lasse es durchgehen.

Wir landen in Paris und brauchen etwas Zeit für die Zollabfertigung, bevor wir zum Hotel chauffiert werden.

Das Hotel ist in die Jahre gekommen und braucht ein paar Verbesserungen. Das ist einer der Gründe, warum der Eigentümer erwägt, uns das Haus zu verkaufen. Es ist nicht weit vom Eiffelturm entfernt, und man hat mir versichert, dass die Aussicht vom Penthouse spektakulär sein wird.

Während ich die Standardzimmer besichtigen möchte, werde ich in der Penthouse-Suite untergebracht. Ich hätte nichts anderes erwartet, und wenn der Besitzer es mir nicht angeboten hätte, hätte ich für diese Erfahrung auch viel Geld bezahlt.

Das Penthouse besteht aus zwei Schlafzimmern, einem großen Wohnzimmer und einer Küche. Amelia geht aufgeregt hinein und läuft zu ihrem Schlafzimmer.

Ich habe die Suite erkundet und war mit der Unterbringung und der Sauberkeit zufrieden, während das Meiste im Hotel sehr alt und reparaturbedürftig ist, ist diese Suite erstklassig. Sie wurde bereits modernisiert. Wurde das wegen mir gemacht?

Die Farbe ist frisch. Die Bettwäsche sieht tadellos und brandneu aus. Sogar die Badetücher wurden von weiß auf grau gewechselt. Die Etiketten sind noch dran.

Clare ist still und nimmt den Anblick in sich auf, während ich mich in den Zimmern umsehe, mein Gepäck mitnehme und es in dem Zimmer mit dem Einzelbett abstelle.

„Ähm, Levi." Clares Stimme bleibt ihr in der Kehle stecken.

Auf der anderen Seite des Flurs ist ein zweites Schlafzimmer, und ich trete ein, in der Erwartung, zwei Doppelbetten vorzufinden. Fehlanzeige. Es ist wieder ein einzelnes Doppelbett.

„Ich kann das Bett nicht mit Amelia teilen", sagt sie.

Amelia klettert auf die Matratze und beginnt aufgeregt zu springen. Ich kann es ihr nicht verdenken. Nach dem langen Flug hat sie bestimmt einen Energieschub.

Sie ist nicht die Einzige.

„Ich kann unten anrufen und ein anderes Zimmer verlangen", sage ich mit einem schweren Seufzer und reibe mir das Kinn. Wie soll sie auf Amelia aufpassen, wenn sie in einem anderen Zimmer auf einer anderen Etage ist? Das wird nicht ideal sein. „Wir können ein Beistellbett in Amelias Zimmer bringen lassen.

„Gut, das sollte funktionieren."

Ich rufe kurz an und bekomme die Zusage, dass sie ein zusätzliches Bett herbeischaffen werden. Ich kann Amelia nicht immer auf dem Beistellbett schlafen lassen, da es wahrscheinlich ein Einzelbett sein wird.

Amelia quietscht vor Freude, während ich in das Zimmer der Mädchen gehe, um zu sehen, was da los ist.

Mein kleines Monster springt immer wieder himmelhoch auf der Matratze herum. „Kleines Fräulein, du wirst noch Clares Bett kaputt machen", sage ich und fange sie in der Luft auf.

„Mein Bett", verkündet Amelia stolz.

„Dein Bett wird bald heraufgebracht."

„Das ist in Ordnung, ich kann überall schlafen", sagt Clare.

„Amelia kann auf dem Schlafsofa für zwei Personen schlafen."

Amelia windet sich aus meinem Griff und springt weiter, ohne meine Aufforderung, aufzuhören, zu beachten. Das Kind ist trotzig. Das hat sie von mir. „Ich muss ihr etwas zu essen geben, bevor sie verhungert." Wir haben auf dem Flug einen Snack zu uns genommen, aber seit Stunden keine richtige Mahlzeit mehr gehabt.

„Bist du bereit?", frage ich Clare, als sie ihren Koffer aufklappt. Ich bin mir nicht sicher, ob sie nach dem Flug ihre Sachen wegräumen oder sich umziehen will.

„Kannst du mir zehn Minuten geben?"

„Ich habe gesehen, wie du dich in zwei Minuten fertig gemacht hast."

„Das war gemein", sagt sie und schnappt sich ein dunkelrotes Kleid. Meine Hose zieht sich zusammen. „Fünf."

„Abgemacht." Ich würde ihr gerne alle zehn Minuten geben, wenn ich sie zum Abendessen in einem sexy Kleid sehen kann. Auf dem Weg ins Bad ergreife ich ihr Handgelenk und halte sie auf, während ich ihr ins Ohr flüstere: „Vergiss das Höschen."

Ihre Wangen brennen, passend zu dem Kleid in ihrer Hand, bevor sie ins Bad schlüpft.

Ich bin enttäuscht, dass ich nicht miterleben kann, wie sie sich auszieht und umzieht. Ich würde gerne sehen, was sie unter ihren Kleidern hat, irgendwann werde ich das auch tun.

Ich würde sagen, wir gehen die Dinge langsam an, aber es ist eher ein Gletschertempo. Nein, Gletscher schmelzen schneller. Nicht, dass ich damit sagen will, dass Flugzeugmädchen eine Eiskönigin ist. Sie hat mir mit dem feurigen Kuss im Flugzeug bewiesen, dass sie alles andere als das ist.

Es klopft heftig an der Tür, und ich lasse sie mit dem zweiten Bett herein und zeige ihnen, wo sie das Beistellbett hinstellen können.

Kaum sind sie weg, klettert Amelia auf das neue Bett und beschließt, die Laken durch einen Sprung durcheinanderzubringen. Sie versucht, die Decke zu berühren, kann sie aber nicht erreichen. Also springt sie höher.

„Bist du mein kleines Äffchen?", frage ich, schnappe mir Amelia und drehe sie herum.

Sie kichert und quiekt vor Vergnügen.

Die Badezimmertür klickt, und Clare schlendert in ihrem sexy roten Kleid mit dünnen Spaghettiträgern heraus, das knapp unter den Knien endet. Das Oberteil ist weit ausgeschnitten, sodass ich einen großzügigen Blick auf ihr Dekolleté werfen kann. Da ich keine BH-Träger sehe, hoffe ich, dass sie meine Anweisungen wie ein braves Mädchen befolgt und auch das Höschen weggelassen hat.

Ich lege Amelia auf das Bett, während meine Aufmerksamkeit von dem Kindermädchen abgelenkt wird.

Ich hätte nie gedacht, dass ich mit vierzig einem Mädchen in den Zwanzigern hinterherlaufen würde.

Obwohl, Verfolgung ist eigentlich das richtige Wort?

Wir geraten aneinander. Wir kämpfen mit Spitznamen und bissigen Beleidigungen. Aber jagen?

Ich würde sie bis ans Ende der Welt jagen, wenn sie Amelia und mich jemals verlassen würde, aber ich habe nicht vor, sie gehen zu lassen. Nicht jetzt. Niemals.

Ein Kuss, und ich bin schwer süchtig.

Sie ist die Droge meiner Wahl.

Amelia beginnt wieder auf dem Bett zu hüpfen, die Matratze ächzt unter ihrem Gewicht.

Clare holt ihre Stöckelschuhe aus dem Koffer. Ich freue mich darüber, dass sie sie anzieht. Sie sehen verdammt sexy an ihr aus, und ich sehe sie nicht oft so herausgeputzt. Als Kindermädchen ist das normalerweise nicht angebracht. Sie muss den ganzen Tag mein Kind unterhalten. Keiner will in einem schicken Kleid auf dem Boden sitzen.

„Fast fertig", sagt Clare und schenkt mir ein schüchternes Lächeln.

Amelia fängt an zu hüpfen und zu quieken, bis die Matratze keucht und ein seltsames Geräusch von sich gibt.

„Amelia, das reicht!" Ich schimpfe, weil ich keine Lust habe, den Gästeservice anzurufen und eine Ersatzmatratze zu verlangen, weil mein Kind das verdammte Ding zerstört hat.

Sie plumpst auf den Boden und verzieht das Gesicht, während die Matratze nachgibt. „Autsch."

„Was ist aua?", frage ich, setze mich auf das Bett und entdecke die gebrochene Feder.

Gut gemacht, Kind. Ich stöhne und fahre mir mit der Hand durchs Haar. „Ich muss den Gästeservice anrufen."

„Warum?", fragt Clare und folgt mir ins Wohnzimmer. Sie trägt Stöckelschuhe und sieht umwerfend aus. Ich muss alles tun, um sie nicht mit dem Rücken an die Wand zu drücken und ihr meine Zunge in den Hals zu schieben.

Ein Blick auf sie, und ich bin steinhart.

„Amelia hat eine der Federn in der Matratze gebrochen. Keiner von euch kann darauf schlafen."

„Ich kann das Sofa nehmen. Ich bin sicher, es lässt sich zu einem Bett ausklappen."

„Ein klumpiges, unbequemes, das schlimmer sein wird als die gebrochene Feder. Ich rufe mal eben unten an", sage ich und greife zum Telefon im Hotelzimmer.

„Mach dich nicht lächerlich. Sie wird noch ein anderes Bett zerstören, wenn es reingebracht wird."

„Nein, wird sie nicht", sage ich und schaue Amelia an. Ich warte darauf, dass der Gästeservice abhebt, aber es klingelt ununterbrochen. Sie sind entweder unglaublich beschäftigt oder ignorieren meinen Anruf. Ich bin über beides nicht glücklich.

Amelia sitzt auf dem großen Bett und lächelt unschuldig, als hätte sie nicht gerade die Hotelmöbel zerstört.

„Im Ernst, Levi." Die Art, wie Clare meinen Namen ausspricht, drückt gleichzeitig auf mein Herz und meinen Schwanz. Wie zum Teufel macht sie das nur? „Du bist geschäftlich hier. Mach dir keine Sorgen um das Bett. Die Couch ist in Ordnung."

„Du schläfst nicht auf der Couch", knurre ich und knalle den Hörer auf, als sie nicht abnehmen. „Wir gehen nach unten und ich beschwere mich."

„Bitte tu das nicht", sagt Clare. „Das Hotel ist so nett, und es ist nicht ihre Schuld, dass die Matratze kaputtgegangen ist. Ich komme mit der Couch klar."

„Gut reicht nicht." Wie kann sie zustimmen, auf einer klumpigen, gefalteten Matratze zu schlafen, sie hat etwas Besseres verdient.

Wir gehen nach unten, und ich bestehe darauf, mit dem Gästeservice zu sprechen. Man teilt uns mit, dass das Hotel wegen einer Hochzeit und eines Kongresses bereits überbucht ist und dass es keine zusätzlichen Zustellbetten oder Zimmer gibt.

„Scheiße!" Ich fluche und vergesse, dass meine Tochter direkt neben mir steht.

Clares blickt mich mit entsetzten Augen an, und sie ergreift Amelias Hand und zieht sie vom Schreibtisch weg.

„Wollen Sie damit sagen, dass Sie keine anderen Matratzen haben, die man mir bringen kann? Ich wohne in der Penthouse-Suite." Ich will keine Namen nennen, aber in diesem Fall möchte ich es tun.

„Es tut mir leid, Sir. Ich kann Ihnen versichern, dass ich das System immer wieder überprüft habe. Wenn Sie möchten, kann ich einen Antrag stellen, und wenn jemand früher auscheckt, kann ich dafür sorgen, dass Sie Vorrang bekommen."

Ich murrte unzufrieden und verlasse den Gästeservice. „Nun, das war erfolglos", murmele ich.

Clare trägt Amelia, der Kopf meiner Tochter ruht auf ihrer Brust. „Wirst du müde?", frage ich, streichle Amelias Rücken und nehme sie aus Clares Armen. „Schlaf noch nicht ein. Wir müssen noch zu Abend essen."

„Hattest du Glück mit der Bettsituation?", fragt Clare.

„Nein. Ich kann nicht glauben, dass sie nicht bereit sind, das Problem zu beheben", sage ich. Wir gehen nach draußen, zu einem der Restaurants in der Nähe. Es gibt mehrere nicht weit vom Hotel entfernt.

„Und was schlägst du vor, wie sie es machen sollen? Eine neue Matratze nur für dich kaufen?", schimpft sie. „Der arme Kerl ist kaum alt genug, um zu trinken, und du lässt deinen Frust an ihm aus. Du musst nicht so ein milliardenschwerer Grummel sein."

Miesepeter. Ist es das, was sie von mir denkt? Ich habe versucht, ihr einen Gefallen zu tun. Sieht sie das nicht?

Sie zieht eine Grimasse. „Tut mir leid, meine Zunge hat mich überwältigt", sagt Clare. „Es macht mir nichts aus, die Couch zu nehmen. Es ist keine große Sache."

„Es ist eine große Sache, und du wirst es nicht tun."

„Nimmt sie es an?", fragt sie sich, was ich meine.

„Nein, du wirst mein Bett mit mir teilen."

Die Stille ist ohrenbetäubend. Ich warte darauf, dass sie mir sagt, dass sie das nicht tun kann. Es sei unprofessionell oder eine Million anderer Ausreden, um das Angebot abzulehnen.

Sie atmet tief ein und starrt mich an. „Ja, okay. Ich bin sicher, es ist genug Platz."

Es ist ein Doppelbett. Natürlich ist da genug Platz. Aber ich habe nicht vor, ihr die Hälfte der Matratze zu geben. Das ist keine Situation, in der man die Kissen teilt. Ich mag Clare.

Verdammt, ich will sie.

Und was ebenso wichtig ist: Ich mag es, wenn das Schlafzimmer kalt ist, wenn ich schlafe, und ich habe fest vor, die Klimaanlage einzuschalten, den Raum kühl zu machen und sie zu zwingen, sich an mich zu schmiegen, wenn sie eine Decke will.

Ich bin böse und ein Miesepeter, genau wie sie gesagt hat. Ich kann das Abzeichen auch mit Stolz tragen. Es ist mir eine Ehre.

Wir gehen an mehreren Restaurants vorbei und sehen uns von draußen die Speisekarten an. Die englischen Speisekarten sehen alle ziemlich ähnlich aus, und ich kann nicht sagen, ob es auf der französischen Speisekarte andere Angebote gibt, die uns nicht gezeigt werden.

Ich war ein paar Mal in Frankreich, nicht aus beruflichen Gründen, aber das ist schon Jahre her. Mein Französisch ist mehr als nur ein wenig eingerostet. Es ist steinzeitlich, vorzeitlich.

Clare kann vermutlich auch kein Französisch sprechen oder lesen, obwohl wir uns beide bemühen, höflich zu sein, bin ich sicher, dass wir selbst die einfachsten Ausdrücke falsch verstehen.

Ich bestelle von der Speisekarte Ente, Clare bestellt Hühnchen, und ich nehme für Amelia Spaghetti. Sie kann mein Essen probieren, wenn sie möchte, aber ich bin mir nicht sicher, wie abenteuerlustig sie mit neuen Speisen ist.

Nachdem wir bestellt haben, werde ich durch das Klingeln von meinem Telefon unterbrochen, und ich ziehe es mit einem schweren Stöhnen aus meiner Tasche. Meine Mutter. Ich überlege, ob ich nicht rangehen soll, aber wie lange kann ich es noch vermeiden, mit ihr zu sprechen?

„Hallo, Mama." Ich spüre, wie zwei Augenpaare auf mir ruhen, und ich bin kurz davor, vom Tisch aufzustehen und mich zu entschuldigen.

„Levi, wie geht es dir?"

„Mir geht es gut. Ich habe ein paar Neuigkeiten", sage ich und lächle Amelia an. Ich bin sicher, dass meine Mutter deswegen anruft. Sie ruft nicht aus heiterem Himmel an, es sei denn, ich bin in den Schlagzeilen, oder sie will mich mit einem ihrer Kirchenfreunde verkuppeln.

Ich würde mich eher ertränken, als zu einem ihrer Blind Dates zu gehen. Wie kommt es, dass sie Connor nicht belästigt?

„Ich weiß, dein Bruder hat es mir gesagt", sagt sie und klingt enttäuscht. „Wie alt ist das Kind?"

„Fünf", sage ich. „An Halloween wird sie sechs." Ich habe noch gar nicht darüber nachgedacht, wie ich ihren Geburtstag feiern soll, aber es sind ja nur noch ein paar Wochen bis dahin. Ich muss etwas Unvergessliches für sie tun.

„Connor hat mir erzählt, dass du ein Kindermädchen eingestellt hast."

Was hat Connor ihr nicht gesagt? Ich reibe mir den Nacken, dieses Gespräch macht mich schon ganz kribbelig und unbehaglich.

„Das habe ich. Sie ist jetzt gerade hier bei mir und hilft mit Amelia. Hör zu, Mama. Ich tue das nur ungern, aber ich muss Schluss machen. Wir sind in einem Restaurant, und das Abendessen wird jeden Moment serviert."

„Natürlich, Liebes", sagt sie, und ich habe das Gefühl, dass sie nicht glücklich darüber ist, dass ich das Gespräch beende. „Sage mir Bescheid, wenn du wieder zu Hause bist. Ich würde meine Enkelin gerne vor ihrem einundzwanzigsten Geburtstag kennenlernen."

Ich ziehe eine Grimasse. „Und das wirst du."

„Ich hätte mit nach Paris kommen können, um dir mit dem Kind zu helfen, Levi. Du hättest kein Kindermädchen einstellen müssen."

„Sie ist fünf, Mama. Ich weiß, du meinst es gut, aber du kannst mit ihrer überschäumenden Energie nicht mithalten."

„Ich werde mich durch diese Bemerkung nicht beleidigt fühlen."

„Ich muss auflegen. Das Abendessen kommt gleich."

„Nun gut. Ruf mich an, wenn du zu Hause bist."

Ich beende den Anruf und bin erleichtert, dass das Schlimmste vorbei ist. Ich bin mir nicht sicher, ob ich Connor dafür danken soll, dass er für mich schon alles erledigt hat oder eher nicht. Es ist nicht einfach, mit Mama umzugehen, aber je länger ich warte, umso schlimmer wird es.

Clare wirft einen Blick auf ihr Handy, und in dem Moment, in dem ich aufhöre zu telefonieren, steckt sie ihr Telefon in ihre Handtasche.

„Alles in Ordnung?", fragt sie mit höherer Stimme als sonst. Als ob sie bei etwas erwischt worden wäre, was sie nicht tun sollte.

Ist sie auf der Suche nach einem Date? Ich treffe Frauen lieber persönlich, wo sie nicht gleich darauf aus sind, dich zu verführen.

„Sag mir nicht, dass du mit einer dieser Dating-Apps spielst", sage ich und greife nach meinem Wasserglas. Mein Mund ist wie ausgedörrt.

„Nein, nur eine dumme SMS." Sie winkt abweisend mit der Hand. „Ich nehme an, das hat mit deiner Mutter nicht gut funktioniert?"

„Ich hatte schon schlimmere Gespräche", gebe ich zu. „Wenigstens ist sie auf der anderen Seite des Ozeans, ich hätte sonst gewettet, dass sie während des Essens auftaucht."

Das Abendessen verläuft gut, abgesehen von dem Telefonat, das für mich nach dem langen ereignislosen Tag ein Selbstläufer ist. Als wir ins Hotel zurückkehren, bin ich bettfertig, und Amelia schläft bereits in meinen Armen.

Eigentlich könnte ich sie auf das Schlafsofa legen, aber es ist nicht fair, einen von ihnen auf diesem Ding schlafen zu lassen. Ich bringe Amelia ins Bett und schließe die Tür.

Clare setzt sich an den Rand meiner Matratze und rümpft die Nase. „Ich habe mein Gepäck bei Amelia gelassen."

„Du kannst dir von mir etwas zum Anziehen leihen", sage ich. Meine Tasche ist offen, aber sie steht auf dem Boden neben dem Fenster. Tagsüber war die Aussicht auf den Eiffelturm schon großartig, aber nachts ist sie noch bezaubernder.

Darf ich romantisch sagen?

An das Schlafzimmer grenzt ein Balkon, und ich öffne die Tür, um die kühle Luft ins Zimmer zu lassen. Draußen ist es ruhig, und wir sind hoch genug, um keine Geräusche von dem Verkehr oder den Touristen da unten zu hören.

Ich trete auf den Balkon und blicke auf die Stadt und die Menschen, die vom Bahnhof kommen oder den Eiffelturm besuchen.

„Kannst du mir ein T-Shirt holen, oder soll ich mir einfach eins aussuchen?", fragt Clare von hinten.

Ich werfe einen Blick über meine Schulter und sehe sie an meinem Gepäck stehen.

„Entspanne dich, du wirst keine Sexspielzeuge oder Vibratoren finden."

Ihre Wangen röten sich, und sie blickt weg, bückt sich und nimmt das erste T-Shirt, das sie findet.

„Das wirst du wohl nie vergessen", sagt Clare.

„Vielleicht eines Tages ..." Ich halte inne und denke darüber nach. „Ja, du hast wahrscheinlich recht. Das ist der perfekte Stoff für ein ganzes Leben."

Sie stöhnt, schnappt sich mein T-Shirt und nimmt es mit ins Bad, um sich auszuziehen.

Ich drehe die Klimaanlage kühler und stelle sicher, dass der Raum heute Nacht, wenn wir schlafen, ausreichend kalt ist.

Ich stehe auf dem Balkon und beobachte, wie die Sterne über mir funkeln. Ich beobachte die Stille der Nacht und wie anders diese Stadt als New York ist.

Die Badezimmertür knarrt, und ich werfe einen Blick über meine Schulter auf Clare. Sie sieht heiß aus in meinem grauen T-Shirt. Es reicht ihr bis knapp über den Po. Ich brumme, als ich sie sehe, wie sie in den Raum stolziert, und meine Hände landen auf ihren Hüften.

„Frau, was du mir antust", sage ich.

Clare lächelt und stellt sich auf ihre Zehenspitzen. „Punkt für dich." Sie presst ihre Lippen keusch auf meine, und ich nutze die Gelegenheit, ihr zu zeigen, wie viel sie mir bedeutet. Ich möchte, dass sie weiß, dass das Feuer, das sich in mir aufbaut und darauf brennt, herauszukommen, nur wegen ihr da ist.

Der einfache Kuss vertieft sich, und ich ziehe sie eng an mich. Obwohl ich unbedingt herausfinden möchte, ob sie etwas unter meinem T-Shirt trägt, gehe ich nicht auf sie los.

Das ist ein langsamer Tanz, und ich will sie nicht erschrecken. Wir fangen gerade erst an.

Sie schlingt ihre Arme um meinen Hals und zieht mich fester an sich. Ihre Finger fahren durch mein Haar und kitzeln meine Kopfhaut.

Ihre Berührung ist himmlisch und verlockend, und je länger sich unsere Lippen berühren, desto unschärfer wird mein Gehirn.

Wir fallen zusammen auf das Bett, die Hände wandern, und die Zungen erforschen. Jedes Stöhnen und Keuchen bringt meinen Körper auf Hochtouren, ich sehne mich danach, sie zu schmecken, sie zu spüren und meinen Schwanz tief in ihr zu vergraben.

Clare rutscht auf der Matratze zurück, während ich sie überrage und unsere Lippen aufeinanderprallen. Ihre Berührung ist wie Feuer und versetzt meine Welt in Flammen. Sie schnallt meine Hose auf und hilft mir, sie auszuziehen, während ich die Knöpfe meines Hemdes öffne.

Ich trage viel zu viele Kleider.

Das Hemd wird quer durch den Raum geschleudert. Ich ziehe meine Hose aus und höre, wie sie mit einem leisen Knall auf den Boden fällt.

Meine Hand streicht über Clares Hüfte, schiebt das T-Shirt nach oben und keucht beim Anblick ihrer dunkelvioletten Spitzenhose. Ich knurre und möchte sie mit meinen Zähnen herunterreißen.

„T-Shirt ausziehen", befehle ich, und sie setzt sich auf, während ich ihr beim Ausziehen helfe. So viel zum unschuldigen Teilen eines Bettes und zum Schlafen. Verdammt, Schlaf wird sowieso überbewertet.

Sie trägt keinen BH, und ihre Brüste sind keck und fordern meine Aufmerksamkeit, schreien mich an, sie ebenfalls zu verwöhnen.

Mein Mund senkt sich auf ihre kecken Brustwarzen, und ich fahre mit meiner Zunge über die empfindlichen Spitzen.

Ihr Rücken wölbt sich, und ihre Brust drückt gegen meine, sie verlangt ohne Worte mehr. Sie muss nicht sprechen. Ich kann ihren Körper lesen und weiß, was sie braucht.

Sie liegt unruhig auf der Matratze, während ich von einer Brust zur anderen wandere. Ich kann ihren weiblichen Duft riechen. Er kitzelt meine Sinne und macht meinen Schwanz steinhart.

Ich wandere an ihren Brüsten hinunter und küsse über die Wölbung ihres Bauches. „Clare, du bist so verdammt sexy und unwiderstehlich", raune ich, während ich mit meiner Nase an ihrem Höschen schnuppere und ihren Duft einatme.

Sie ist nass, und das alles für mich. Ich habe sie so gemacht.

Ich necke sie mit meiner Zunge durch den dünnen Stoff, und ihre Finger verheddern sich in den Laken. Sie fährt mit ihren Händen in mein Haar, und will jeden Zentimeter von mir spüren.

Sie klemmt ihre Lippen zwischen die Zähne, stöhnt und bewegt ihre Hüften, während ich ihre Muschi durch ihr Höschen lecke.

„Willst du mehr?", frage ich, um ihre Zustimmung zu erhalten.

„Wage es nicht, aufzuhören", ruft Clare, und öffnet ihre Augen.

„Braves Mädchen", lobe ich sie, nehme ein weiteres Kissen und lege es unter sie, während ich ihr lila

Höschen mit den Zähnen nach unten ziehe.

Sie wimmert, und es ist eines der besten Geräusche, die ich je in meinem Leben gehört habe. Sie riecht nach Sex, und wir haben noch nicht einmal gefickt. Ihre Falten glänzen, ihre Muschi ist feucht und geschwollen.

„Ich werde dich dazu bringen, meinen Namen zu schreien", warne ich, bevor ich einen ihrer Schenkel packe und ihn über meine Schulter hebe. Meine Lippen wandern hinunter zu ihrer Muschi, während ich sie mit der Zunge ficke.

Sie keucht und stöhnt, ihre Laute sind weich und leise. Ich kann nicht sagen, ob sie normalerweise so leise ist oder Angst hat, dass jemand anderes uns belauschen könnte.

Meine Zunge reizt ihre Klitoris, umkreist ihre Perle, schnalzt mit ihr, während ihr Körper zu zittern beginnt.

Das ist ein gutes Mädchen.

Ich behalte den Schwung bei und schiebe zwei Finger in ihre Muschi. Sie ist jungfräulich eng mit meinen dicken Fingern, und ich werde drei hineinschieben müssen, um sie richtig zu dehnen, bevor ich meinen Schwanz tief in ihr vergrabe.

Ihre Lippen spreizen sich, ihr Mund bleibt offen, jeder Atemzug wird lauter und unregelmäßiger. Eine Hand verheddert sich in den Bettlaken. Die andere liegt in meinem Haar. Ihr Inneres pulsiert und zieht sich zusammen, und ich ziehe meine Finger und meine Lippen zurück, gerade als sie kurz davor ist, zu kommen.

Ihre Augen blitzen voller Verlangen auf. „Grummel", keucht sie schwer.

„Du wirst kommen, wenn mein Schwanz in dir steckt", befehle ich und steige über sie, wobei meine Lippen ihren Mund kitzeln.

Sie schluckt und starrt zu mir auf, der hitzige Blick wird urwüchsig. Clare versucht, mit uns zu ringen, will die Kontrolle übernehmen oder vielleicht ihrem Orgasmus nachjagen, aber ich lasse sie nicht dominieren.

Bei unserem ersten Mal werde ich das Sagen haben und sie bis zum Äußersten bringen. Wenn ich den Befehl gebe, dass sie kommen kann, erst dann wird sie gehorchen.

Sie küsst mich weiter, und als sie zum dritten Mal versucht, uns herumzudrehen, führe ich unsere Hände zusammen und drücke sie über ihrem Kopf. „Ich habe das Sagen."

Sie sträubt sich gegen mich, kämpft um ihre Freiheit, aber sie braucht nur „Stopp" zu sagen, und ich lasse los.

„Anscheinend klaust du nicht nur Höschen", fordert sie mich heraus und starrt mich mit einer Hitze an, die ich noch nie in ihrem Blick gesehen habe. Nicht so wie jetzt.

„Was ist das?"

„Du stiehlst auch Orgasmen."

Ich kichere und bewege meine Lippen zu ihrem Ohr, kitzle das Ohrläppchen und spüre, wie sie sich unter meiner Berührung windet.

Sie atmet scharf ein und beugt sich vor, beißt auf meine Unterlippe und nimmt sie zwischen ihre Zähne. Sie tut mir nicht weh. Es fließt kein Blut, nur ein kleiner Schmerz mischt sich mit dem Gefühl der Lust.

„Scheiße", murmle ich. Ihre Lippen sind sündhaft, als ihre Küsse zu meinem Hals wandern. Meine Hände halten ihre Handgelenke gegen die Matratze gedrückt. Wenn meine Krawatte nicht irgendwo auf dem Boden liegen würde, hätte ich sie benutzt, um ihre Hände über ihrem Kopf zusammen zubinden.

„Das versuche ich ja", knurrt sie mich an, und ich schwöre, sie ist eine läufige Löwin. Und ich bin genau der richtige Mann, um sie zu zähmen.

„Bald." Ich schiebe meine Lippen auf ihre, und ihre Zunge sucht die meine. Es ist, als würde ein Feuerwerk gezündet. Sie wimmert, als ich von ihr heruntersteige.

„Wo zum Teufel willst du hin?"

„Kondom", sage ich und gehe zu meinem Gepäck.

Ich stöhne, als ich in meiner Tasche krame und keine finde. „Scheiße", fluche ich. „Ich habe sie zu Hause vergessen."

„Das ist in Ordnung. Ich nehme die Pille", sagt Clare. „Ich war seit meinem Ex-Mann mit niemandem mehr zusammen."

Ich gehe zurück zum Bett. „Ich auch nicht."

„Du warst seit meinem Ex-Mann mit niemandem mehr zusammen?" Clare lächelt und lacht.

„Ich meinte, wo ich getestet wurde. Ich bin clean", versichere ich ihr. „Aber wir können warten, und ich kann schauen, ob eine Apotheke geöffnet hat."

„Ist schon gut. Komm zurück ins Bett, *Höschen-Lecker*."

Ich stöhne. „Dieser Spitzname kann nicht bleiben", warne ich, während ich sie an mich ziehe und ihren Körper mit meinem bedecke.

„Oder was?" Sie lächelt zu mir hoch.

„Ich werde dich versohlen", drohe ich. Und das ist keine leere Drohung. Ich hatte vor Jahren eine Freundin, die es genoss, diszipliniert zu werden. Ich habe viel Erfahrung darin, eine Göre zu zähmen.

Ihre Augen werden groß, und sie starrt zu mir hoch. „Ernsthaft?"

„Ich will es nicht, aber wenn du mich noch einmal *Höschen-Lecker* nennst, habe ich keine andere Wahl."

Sie stößt einen schweren Seufzer aus und streckt mir die Zunge heraus. „Gut, du kannst der einzige *Höschen-Dieb* sein."

„Ich habe dein Höschen nicht geklaut", knurre ich Clare an, aber ich bin nicht wütend. Meine Lippen prallen auf ihre, ihre Finger streichen über meinen Rücken und meine Hüften und helfen mir aus meinen Boxershorts. Sie keucht beim Anblick meines steifen Schwanzes.

„Das ist ... du bist riesig." Ihre Stimme bleibt ihr in der Kehle stecken.

Ich grinse sie an, ist sie nervös?

Langsam dringe ich in ihre Wärme ein. Ihre Beine umschlingen mich und ziehen mich tiefer.

Ihre Augen fallen zu, und ich halte inne, weil ich will, dass sie mich anschaut. „Sieh mich an", befehle ich und schaffe langsam einen Rhythmus, der uns beiden gefällt.

Ihre Fingernägel graben sich in meinen Arm, meinen Rücken und meine Schultern. Überall, wo sie mich berührt, hinterlässt sie Spuren.

Der Schmerz ist gut. Er ist erfrischend und real und hilft mir zu erkennen, dass dies kein Traum ist, während ich tiefer in sie eindringe.

Clares Kopf neigt sich nach hinten, und ihr Rücken wölbt sich zu mir herauf. „Noch nicht." Ich habe ihr nicht die Erlaubnis gegeben.

Sie starrt zu mir auf, bedürftig und voller Verlangen. „Bitte." Ihre Stimme ist weich, sanft, und ich schwöre, dass sie gleich betteln wird. Der Gedanke, wie sie auf die Knie geht und darum bettelt, mich zu nehmen, mich zu saugen und jeden Tropfen zu schlucken, schießt mir durch den Kopf.

Eine Fantasie nach der anderen.

Ihr Stöhnen bringt mich zurück, ihr Flehen, während ich in sie stoße, und ihr Inneres zieht sich zusammen und zittert.

Ich behalte das Tempo bei, denn ich will ihr nichts vorenthalten. „Komm für mich", befehle ich. Sie ist am Rande des Abgrunds, und ich möchte derjenige sein, der sie übernimmt, sie auffängt, wenn sie in die Vergessenheit gerät.

Sie keucht und stöhnt, und ich bringe ihre süßen Geräusche mit Küssen zum Schweigen. Ich will Amelia nicht wecken, und selbst auf dem Flur der Penthouse-Suite bin ich mir sicher, dass Clares Stöhnen zu hören ist. Sie genießt meinen Schwanz in ihrer engen Muschi. Damit sind wir schon zu zweit.

Ihre Muschi, die an meinem Schwanz zittert, die süße Musik ihrer Laute, die sie von sich gibt, all das zusammen treibt mich zum Äußersten.

Nach Luft schnappend rolle ich von ihr herunter und lege mich auf den Rücken. Ich habe das Gefühl, dass die Luft nicht schnell genug in meine Lungen gelangt.

„Ich weiß, nicht wahr?", sagt Clare und lacht.

Ich bin schweißgebadet und ziehe sie an mich, wobei meine Lippen die ihren in einem weiteren brennenden Kuss erdrücken.

Ich möchte nicht, dass diese Nacht jemals endet, dass der Morgen kommt und ich mich um die Geschäfte kümmern muss und meine beiden Lieblingsmädchen allein lasse, damit sie die Stadt ohne mich erkunden können. Ich vertraue Clare meine Tochter an, aber ich wünschte trotzdem, ich könnte dabei sein und Zeit mit ihr verbringen, wie eine Familie.

Nur sind wir keine Familie. Sie ist das Kindermädchen.

Ich schiebe die Gedanken beiseite und lege meinen Arm um ihre Hüfte, sodass Clare sich an mich schmiegen kann, während ich mich in den Schlaf gleiten lasse.

KAPITEL ZEHN

CLARE

Das Bett ist warm und Levi hat sich an mich gekuschelt. Er hat es geschafft, fast alle Decken zu nehmen, die ihn jetzt umhüllen. Aber das stört mich nicht.

Die Wärme, die der Mann abgibt, muss unnatürlich sein.

Der Wecker rüttelt ihn wach.

Ich bin schon wach und bewunderte ihn.

Draußen ist es noch dunkel, aber die Sonne geht schon auf. Ich ziehe ihn fester an mich, näher an mich heran.

Levi brummt. Ich kann nicht sagen, ob er gegen das Aufwachen protestiert oder dagegen, dass ich ihn als Geisel in seinem Bett festhalte. „Ich muss arbeiten."

„Kannst du nicht zu spät kommen?", frage ich. „Wer sollte das wissen?" Wenn er der Geschäftsführer ist, ist er dann noch jemandem Rechenschaft schuldig? Einem Vorstand?

„Ich habe bereits einen Termin. Ich darf ihn nicht verpassen." Seine Lippen berühren meine, er rollt mich auf den Rücken, während seine Finger an meinen Hüften entlang und zwischen meine Schenkel hinunterwandern.

Er taucht seine Finger zwischen meine Beine, um mein Geheimnis zu entdecken.

„Gott, ich will dich", flüstert er gegen meine Lippen, seine Küsse sind heiß und leidenschaftlich, heiß und heftig. Levi zieht sich zurück, und seine Finger gleiten in seinen Mund, um mich zu schmecken. „Ich könnte dich den ganzen Tag essen", sagt er.

Ich starre ihn schockiert an. Das hat noch nie ein Mann mit mir gemacht. Mich so offen, so unverhohlen zu schmecken und danach noch etwas Sexuelles zu sagen.

Mein Herz klopft wie wild in meiner Brust, als er von der Matratze steigt.

„Darf ich zu dir unter die Dusche?", frage ich.

Amelia schläft tief und fest, und ich muss mich auch waschen. Eine heiße, dampfende Dusche macht viel mehr Spaß, wenn Levi in der gleichen Kabine ist.

Levi stöhnt. „Ich kann nicht nein zu dir sagen." Mit einer Geste fordert er mich auf, mit ihm zu kommen.

Ich kann gar nicht genug von diesem Mann bekommen, und die Dusche dauert doppelt so lange. Zum Glück ist es ein Hotel, sonst hätten wir wahrscheinlich eine eiskalte Dusche bekommen, als wir fertig sind.

Er schnappt sich ein übergroßes, flauschiges graues Handtuch und wickelt es mir um die Schultern. „Mein Handy hat internationalen Empfang. Wenn du etwas brauchst, egal was, rufe mich an."

„Wir kommen schon klar", sage ich. Er ist im überfürsorglichen Papa-Bär-Modus und macht sich Sorgen um Amelia. Ich kann mit seiner Tochter in einer fremden Stadt umgehen. Wir sind in Paris. Es ist ja nicht so, dass wir mitten in einem Kriegsgebiet sind.

„Schicke mir eine SMS, wenn du das Hotel verlässt und wenn du zurückkommst."

„Okay, *Höschen-Dieb*", scherze ich, und er beugt sich vor, beißt mir auf die Unterlippe und nimmt sie zwischen die Zähne.

„Ich meine es ernst. Wenn du mich weiterhin so nennst, dann muss ich dir dein Höschen klauen."

„Das hast du schon", sage ich mit einem verruchten Grinsen. Ich bleibe in der Wärme des sauberen, trockenen Handtuchs eingekuschelt.

„Nicht absichtlich." Levi trocknet sich ab, öffnet die Badezimmertür und geht ins Schlafzimmer, um sich anzuziehen.

„Genau." Ich rolle unbeeindruckt mit den Augen. Obwohl er mich jetzt nicht mehr anlügen muss. Am Anfang war es wahrscheinlich sein Stolz, und er wollte sein Ego nicht verletzen.

Ich hasse es, zuzugeben, dass es verdammt viel Spaß macht, ihn zu ärgern. Das Geplänkel zwischen uns ist eine eigene Art des Vorspiels, die es nur bei Levi Luxenberg gibt.

„Du schickst mir eine SMS", sagt er und will Gewissheit.

„Ja, ich schicke dir eine SMS, aber ich schicke dir auch die Rechnung. Ich habe kein internationales Roaming."

„Wenn wir wieder in New York sind, gebe ich dir meinen Telefonvertrag. Mach dir in der Zwischenzeit keine Sorgen über die Kosten. Ich habe das im Griff."

„Das ist verrückt, Levi. Ich könnte mir eine SIM-Karte besorgen, und das kostet viel weniger Geld."

Seine Augen funkeln, und er greift nach seiner Brieftasche. Er reicht mir eine Kreditkarte, auf der „Währungspass" *steht*. „Sie ist mit Fremdwährung geladen. Nicht, dass ich möchte, dass du sie für eine SIM-Karte verschwendest, aber du brauchst Geld für den Eintritt, wenn du mit Amelia in ein Museum oder auf den Eiffelturm gehen willst. Wenn du Bargeld für einen Verkäufer brauchst, kannst du es mit dieser Karte an einem Geldautomaten abheben."

„Ich brauche die PIN-Nummer."

„Es ist Amelias Geburtsmonat und -tag, der 31. Oktober. Die Nummer ist 1031."

Ich wusste nicht, dass ihr Geburtstag in weniger als zwei Wochen ist. Wir müssen etwas Großartiges für sie planen, um ihren sechsten Geburtstag zu feiern. „Willst du nicht mit uns auf den Eiffelturm gehen?", frage ich.

„Das ist nicht meine erste Reise nach Paris. Amelia sollte Spaß haben. Ich will nicht, dass ihr Mädchen den ganzen Tag hier eingesperrt seit."

„Wie viel ist auf der Karte?", frage ich und lege sie neben mein Telefon, während ich mich anziehe.

„Mehr, als du an einem Tag ausgeben kannst. Mehrere Tausend."

Ich versuche, meinen Schock darüber zu verbergen, dass er mir so viel Geld gibt, aber ich werde nicht alles ausgeben. Anders als damals, als er mich stundenlang einkaufen ließ und ich feststellte, dass Amelia nichts zum Spielen oder für den Unterricht hatte. Das Geld habe ich verwendet, damit sie sich bei Levi zu Hause fühlt.

Ich bin immer noch fest in mein Handtuch eingekuschelt. Levi ist vollständig angezogen und mustert mich von oben bis unten. „Dein Gepäck ist in Amelias Zimmer", sagt er seufzend. „Bleib hier."

Er schleicht sich leise durch das Penthouse und öffnet die Schlafzimmertür, wobei er darauf achtet, seine schlafende Tochter nicht zu wecken. Er trägt den Koffer, anstatt ihn zu rollen, wahrscheinlich, um Amelia nicht auf seine Anwesenheit aufmerksam zu machen.

„Hier, bitte", sagt Levi und stellt den Koffer auf den Boden.

Ich halte das Handtuch fest, während ich mich bücke, den Reißverschluss des Koffers öffne und ein kurzes

Sommerkleid mit gelben Gänseblümchen heraushole. Es ist ja nicht so, dass Levi mich nicht gerade nackt unter der Dusche gesehen hätte, aber im Schlafzimmer versuche ich, mich zurückzuhalten.

„Danke", sage ich. Ich mache eine Geste, damit er geht.

Er lacht und holt seine letzten Sachen: Brieftasche, Uhr und Telefon vom Nachttisch.

„Bist du vor dem Abendessen fertig?", frage ich.

„Ja, ich hoffe, dass ich gegen drei Uhr fertig bin."

Er zieht mich an sich, seine Lippen prallen auf meine, während sich seine Finger in meinem nassen Haar verheddern. „Frau", murrt er und versucht, sich zurückzuziehen, aber ich lehne mich weiter vor und meine Lippen treffen immer wieder auf seine. „Wegen dir komme ich noch zu spät."

„Sehr spät", flüstere ich, fahre mit den Fingern über seinen Anzug und lasse mein Handtuch fallen.

Sein Gesicht errötete, und er verlagert sein Gewicht von einem Fuß auf den anderen, als ob er überlegt, ob es wirklich so wichtig ist, brav zu sein und pünktlich zur Sitzung zu erscheinen.

Die Küsse sind heiß und leidenschaftlich, aber ich ziehe ihn nicht aus. Meine Hand ruht auf seiner Brust, sein Herz pocht gegen meine Handfläche.

„Geh", sage ich lachend und schaue nach unten, „bevor ich dir die Kleider vom Leib reiße."

„Und wenn ich will, dass du mir die Kleider vom Leib reißt?", fragt er und schüttelt den Kopf. „Tu es nicht."

Ich drücke ihm einen letzten Kuss auf die Lippen. „Wir sehen uns später."

Auf dem Flur ist eine Bewegung zu hören. Ein leises Plumpsen, als Amelia vom Bett herunter springt.

Er hält mich fest, seine Hand liegt auf meinem Rücken, und er drückt mich an sich, bevor er schließlich nachgibt und aus dem Schlafzimmer geht.

Ich eile ins Bad, um mich anzuziehen, bevor Amelia ins Schlafzimmer tänzelt.

Gerade als ich die Badezimmertür zuschlage, rennt Amelia mit einem unüberhörbaren Quietschen durch das Wohnzimmer.

Hat sie sich heute Morgen noch von ihrem Vater verabschiedet, bevor er gegangen ist, oder konnte er sich davonschleichen?

Ich ziehe erst meine Unterwäsche und dann das Kleid an. Während ich mich fertig mache, öffne ich die Badezimmertür.

Amelia sitzt am Rand des Bettes und strampelt mit den Beinen. Ich bin beeindruckt, dass sie nicht auf unsere Matratze springt, aber vielleicht hat sie verstanden, dass das, was sie getan hat, falsch war.

Sie ist kein Kleinkind. Amelia ist alt genug, um zu verstehen, dass sie die Matratze kaputt gemacht hat.

„Was willst du heute machen?", frage ich Amelia.

„Disney!"

Ich lache, und irgendwie glaube ich nicht, dass Levi das im Sinn hatte, als er Museen sagte. „Wie wäre es, wenn wir heute Abend mit deinem Vater über Disney Paris reden? Vielleicht will er ja mitkommen", sage ich.

Ich bin mir nicht sicher, wie ich das Kind abweisen soll, wenn sie jedes Souvenir bei Disney kaufen möchte. Würde Levi es gutheißen, sein kleines Mädchen zu verwöhnen, oder würde er wollen, dass sie mehr Erinnerungen als Geschenke mit nach Hause nimmt?

Amelia zuckt mit den Schultern und starrt zu mir hoch, als ich mich fertig angezogen habe. „Lass uns dich fertig machen, dann können wir frühstücken gehen."

Amelia braucht keine Hilfe beim Ausziehen, und ich hole eine kurze Hose und ein schickes T-Shirt aus dem Koffer, den sie sich mit ihrem Vater teilt.

Sie zieht sich selbst an, ohne, dass sie meine Hilfe braucht oder will. Das ist schon ein großer Unterschied zu den vergangenen Tagen, als ich ihr in der ersten Nacht in ihren Schlafanzug half.

Ich nehme den Zimmerschlüssel und stecke ihn in meine Handtasche. Wir gehen zum Aufzug und dann nach draußen. Ich schreibe Levi: „*Ich verlasse die Wohnung.*"

Penthouse, schreibt er zurück.

Ich rolle mit den Augen. *Das gleiche, kein Unterschied.*

Es gibt drei Punkte, als würde er antworten, und dann verschwinden sie. Ich stecke mein Handy in meine Handtasche und nehme Amelias Hand. Ich bestehe darauf, dass sie in der Nähe bleibt, während wir durch Paris laufen.

Ich kann nicht riskieren, sie zu verlieren, es ist nicht so, dass wir beide die Stadt kennen. Wie sicher ist Paris? Muss ich mir Sorgen machen, dass sie mir jemand wegschnappt?

„Wohin gehen wir?", fragt sie, als wir nach draußen gehen, und ich führe sie über die Straße und einen

Block weiter, wo sich die Restaurants und Geschäfte befinden, direkt gegenüber von einem der Bahnhöfe.

„Frühstück."

„Das weiß ich", sagt Amelia und zeigt auf die verschiedenen Cafés. „Welches ist es?"

Ich ziehe sie in den ersten Laden, in dem es eine Vitrine mit Dutzenden von verschiedenen Backwaren und Croissants gibt. Jedes sieht köstlicher aus als das andere.

„Ich will das." Amelia zeigt auf das Croissant mit Schokoladenstreusel.

„Okay, aber wir bekommen auch eine Schale mit Obst."

Nach dem Frühstück gehen wir zur nächsten Metrostation und nehmen den Zug, bevor wir die Linie wechseln und zum Louvre gelangen. Das Museum ist schon von außen grandios, und die Pyramide ist ein noch größerer Blickfang.

Mein Telefon surrt in meiner Tasche. „Warte mal kurz, dein Vater ruft an."

„Ja, *Fürst der Finsternis, Zerstörer des Spaßes*", sage ich, während ich ans Telefon gehe.

„Was soll das mit den Spitznamen - egal", murmelt Levi, während ich Amelia anschaue.

Sie kichert, wenn ich mich über ihren Vater lustig mache.

„Ja?", wiederhole ich und warte darauf zu erfahren, warum er angerufen hat.

„Wo bist du?"

„Im Louvre. Du hast gesagt, ich soll mit Amelia in ein Museum gehen." Er hat viele Dinge gesagt, aber das ist hängen geblieben, und ich dachte mir, dass es eine gute pädagogische Erfahrung sein würde.

„Gut. Ich treffe dich dort", sagt Levi.

Ist etwas passiert? Levi war heute Morgen nur ein paar Minuten zu spät. „Musst du nicht arbeiten?", frage ich.

„Das sollte ich eigentlich, aber der Mann, mit dem ich mich treffe, hatte gestern Abend eine Lebensmittelvergiftung und wird jetzt ins Krankenhaus gebracht."

„Oh, das klingt furchtbar."

„Ja, ich nehme mir ein Taxi und treffe euch dann drinnen. Ich schreibe dir, wenn ich ankomme."

„Großartig." Ich lege auf und stecke das Handy zurück in meine Handtasche. „Dein Vater wird dann zu uns kommen."

Wir gehen ins Museum und besorgen uns zwei Eintrittskarten für die Ausstellungen. Ich versuche, die Zeit im Auge zu behalten und schaue nach etwa dreißig Minuten immer wieder auf mein Handy, um eine SMS von Levi zu lesen.

Es gibt kaum ein Signal. Ich habe nur einen Balken. Ich bin mir nicht sicher, ob es an meinem Telefon liegt oder am Museum. Aber ich habe immer noch Empfang, aber nur begrenzt.

Amelia ist ruhig und begutachtet auf die Meisterwerke, aber sie ist nicht übermäßig begeistert von den Kunstwerken. Ich lese ihr die Beschriftungen vor und erkläre ihr, was ich kann.

Mein Telefon brummt mit einer SMS.

„Was steht da?", fragt Amelia.

Ich bin hier. In welcher Ausstellung bist du?

„Dein Vater ist hier. Lass uns zu ihm gehen." Ich nehme ihre Hand und führe sie zum Vordereingang, während ich Levi eine SMS schreibe. *Wir kommen und suchen dich.*

In wenigen Minuten haben wir uns durch das Museum geschlängelt, und Amelia lässt meine Hand los und rennt in seine Arme, als hätte sie ihn seit Wochen nicht mehr gesehen. „Papa!", quiekt sie.

Sein Lächeln wird breiter, und er beugt sich zu ihr hinunter, um sie in die Arme zu schließen. „Hast du Spaß mit deinem Kindermädchen?", fragt Levi, während er mich anschaut.

„Clare Bär ist das beste Kindermädchen", schwärmt Amelia, wackelt in seinen Armen und legt ihren Kopf auf seine Schulter.

„Du bist schon müde?" Ich bin überrascht, dass sie müde ist. Vielleicht sind Kunstmuseen nicht ihr Ding. Sie kann nicht frei durch die Exponate rennen.

„Wahrscheinlich vom Jetlag", sagt Levi. „Soll ich dich tragen?"

Amelia nickt aufgeregt und schlingt einen Arm um seinen Hals.

Ich traue mich nicht zuzugeben, dass ich eifersüchtig auf das Kind bin, das seine ganze Aufmerksamkeit stiehlt. Aber er muss für sie da sein. Sie ist seine Tochter. Er ignoriert mich nicht und vergisst nicht, dass ich neben ihm bin, als wir weiter ins Museum gehen.

„Hast du die *Mona Lisa* schon gesehen?", fragt Levi.

„Nein, das habe ich mir für dich aufgespart, als du gesagt hast, du würdest kommen. Ich stupse ihn an, während wir gehen, und während er einen Arm um Amelia legt und sie an seine Brust schmiegt, streicht seine andere Hand über meinen unteren Rücken. „Geh voran."

Wir haben heute Morgen so viel Zeit hier verbracht, dass ich einen guten Überblick über die Anlage habe. Zuerst gehen wir zur *Mona Lisa* und wandern dann durch das Museum, um in den nächsten paar Stunden so viel wie möglich zu sehen.

Mein Magen knurrt, und Amelia wird in Levis Armen unruhig. Das Kind ist wahrscheinlich hungrig. „Willst du zu Mittag essen?", frage ich.

„Können wir zu Disney fahren?", fragt Amelia, während sie sich in seinem Griff windet.

„Zum Mittagessen? Nein." Levi gluckst. „Aber als ganztägiges Abenteuer, vielleicht in ein paar Tagen."

„Wie lange dauert diese Reise?", frage ich. Levi hat nie gesagt, wie lange wir in Paris bleiben würden. Ich habe nicht einmal damit gerechnet, dass ich nach der ersten Woche noch das Kindermädchen sein würde.

„Solange es dauert, bis das Hotel an Luxenberg-Enterprises überschrieben ist."

Ich stoße einen schweren Seufzer aus. Tage? Wochen? Monate? Er ist nicht sonderlich genau.

„Warum? Musst du irgendwo sein, wenn wir nach Hause kommen?"

„Nein", sage ich. So ist es nicht.

„Gut." Er ist kurz und knapp, als wolle er klarstellen, dass der Zeitplan nach seinen Bedingungen abläuft. Kein Scherz, das sind keine Flitterwochen. Wir sind aus geschäftlichen Gründen hier.

„Aber du musst dich mit Amelias Schule auseinandersetzen", sage ich. „Wir können sie nicht ewig fernhalten."

„Wir sollten über das Wochenende zurück nach New York fliegen. Sie kann heute Nachmittag, vor dem Abendessen oder am Abend, an ihren Aufgaben arbeiten."

Ich bin überrascht, dass er sie nicht dazu bringt, ihre Schulaufgaben zu machen, bevor sie den Tag verbringt, aber es steht mir nicht zu, ihm zu sagen, wie er seine Tochter erziehen soll. Er hat es offensichtlich gut gemacht. Vielleicht ist er an etwas dran, was ich nicht weiß.

„Nicht streiten", jammert Amelia und windet sich aus seinen Armen. Sie hält sich an meiner Hand fest.

Levi zieht die Stirn in Falten, als hätte er gerade gemerkt, dass seine Tochter sich für eine Seite entschieden hat, auch wenn es unabsichtlich war.

„Wir streiten nicht, das verspreche ich", sage ich und nehme Amelia in den Arm. „Wir reden nur über deine Schulbildung."

Bei der Erwähnung der Schule rümpft sie die Nase.

„Bist du nicht aufgeregt, weil du eine neue Schule beginnst?", fragt Levi und hält inne, während wir gehen, seine ungeteilte Aufmerksamkeit gilt seiner Tochter.

„Ich habe dort keine Freunde."

„Du wirst Freunde finden", sage ich. Ich will sie nicht fragen, wie viele Freunde sie zurückgelassen hat, und sie damit in Stress versetzen, aber jetzt kann ich nicht anders, als mich zu fragen, wie ihr Leben aussah, bevor alles passierte. Hatte sie viele Freunde in der Schule? Wie viele Kinder kamen zu ihrer letzten Geburtstagsparty?

Wir verlassen das Museum und gehen den Block hinunter, auf der Suche nach einem Café, um zu Mittag zu essen. Wir landen in einem malerischen Restaurant mitten in der belebten Stadt. Die Plätze sind draußen, die Sonne ist hinter dem Vordach versteckt, das genau den richtigen Schatten bietet, damit es nicht zu warm wird.

Der Kellner bringt uns die Speisekarten auf Englisch, als er merkt, dass wir kein Französisch sprechen, und drei Gläser Wasser.

Levi nippt an Amelias Wasser und achtet darauf, dass sie es nicht über ihre Kleidung verschüttet, denn das Glas ist randvoll.

„Papa", sagt Amelia, während sie nach ihrem Wasserglas greift und sein Gesicht wegschiebt. „Das ist meins."

„Ich weiß, mein Mädchen. Ich wollte nur sichergehen, dass es nicht zu voll ist."

„Ich bin kein Baby", sagt Amelia, obwohl das leichte Wimmern in ihrer Stimme etwas anderes vermuten lässt.

„Natürlich nicht. Ich will nur nicht, dass du dein Getränk über deine Kleidung verschüttest", sagt Levi.

Amelia setzt sich auf die Knie und beugt sich vor. Sie nippt am Wasserglas, bevor sie es mit beiden Händen anhebt, sobald es tief genug über den Rand steht.

„Siehst du, ich bin ein großes Mädchen", sagt Amelia stolz.

„Ja, das bist du", mische ich mich ein. „Amelia hat mir heute sehr geholfen, indem sie mich auf dem Weg zum Bahnhof auf all die schönen Landschaften hingewiesen hat. Ich war noch nie in einer Stadt, die so alt und so gut erhalten ist. Die Stadt ist wirklich bezaubernd. Es gibt noch so viel, was ich gerne erkunden würde."

Ich nippe an meinem Wasser und spüre, wie eine Frau uns anstarrt, während sie in Richtung des Cafés geht. Vielleicht ist es die Sonne in ihren Augen und ich übertreibe ihren bösen Blick.

„Levi, bist du das?", sagt die Frau, die durch den Haupteingang zu unserem Tisch kommt und nicht merkt, dass sie vielleicht nicht willkommen oder eingeladen ist.

„Avril", sagt Levi und räuspert sich. „Es ist schon eine Weile her."

Er bewegt sich unbeholfen und sieht unglaublich unbehaglich aus.

Es ist eindeutig etwas zwischen den beiden vorgefallen.

Sie ist mit ihren langen roten Haaren und ihrem warmen Lächeln absolut umwerfend, auch wenn es verdammt unecht wirkt. Ihre blauen Augen funkeln im Sonnenlicht, als sie sich zu ihm herunterbeugt und ihm Luftküsse auf beide Wangen gibt. Ich schwöre, ich hasse diese Frau jetzt schon.

„Nicht so lange, wie du denkst." Sie lächelt Amelia an, erwidert aber nicht einmal meinen Blick. „Deine Mami muss sehr glücklich sein, einen Milliardär zu ergattern."

Ich würde ihr am liebsten den Hals umdrehen, weil sie das zu einem Kind gesagt hat.

Wer ist diese Frau, wenn nicht eine eifersüchtige Ex? Es ist offensichtlich, dass sie miteinander geschlafen haben, so wie sie ihren Arm auf Levis Schulter legt, ihre Finger streicheln besitzergreifend seine Haut.

Seine Hand landet auf ihrer, aber nicht auf eine liebenswerte Art. Er versucht, sie davon abzuhalten, ihn zu berühren oder ihn vielleicht in Verlegenheit zu bringen.

„Du musst gehen, Avril", schimpft er.

Sie lächelt und winkt Amelia zu.

Amelia lächelt und winkt zurück, ohne zu verstehen, dass diese Frau der Inbegriff von Ärger ist. Sie ist wahrscheinlich auch sehr versiert darin, Skandale zu verursachen. Ich kann spüren, wie sich das Drama zwischen Levi und Avril zusammenbraut.

Die Spannung ist groß, aber sie ist nicht sexueller Natur, zumindest nicht von Levi. Seine andere Hand ist in seinem Schoß zu einer Faust geballt.

Ich strecke die Hand aus und nehme seine Hand in meine. „Es hat mich sehr gefreut, Sie kennenzulernen, aber dies ist ein Familienessen, und Sie sind nicht eingeladen."

Avrils Mund öffnet sich, und sie stößt einen Hauch von Luft aus, ein halbes Lachen. Sie ist überrascht. Ob es an meiner Kühnheit liegt oder daran, dass ich mich nicht geduckt habe, spielt keine Rolle. Ich habe gewonnen. Sie nicht.

„Du hast mir nicht gesagt, dass du in der Stadt bist", sagt Avril und fährt mit ihren Fingern in Levis Haar. Sie fährt mit den Fingern durch die dicken, dunklen Locken, und ich schwöre, ich möchte mich über den Tisch beugen und sie zu Boden werfen. Meine innere Bestie ist erwacht.

Verwildert.

Ursprünglich.

Ich bin bereit, für Levi zu kämpfen.

„Warum sollte ich?", fragt Levi.

„Um der alten Zeiten willen?", sagt Avril achselzuckend und tut so, als ob Amelia und ich nicht mit am Tisch sitzen würden. „Du scheinst nicht gerade der Vatertyp zu sein. Warum gehst du mit einer Frau aus, die ein Kind hat?"

Levi steht auf und knurrt, während er Avril am Handgelenk packt und sie von Amelia und mir wegzieht. Ich kann nicht hören, was gesagt wird, und ich gebe mir wirklich Mühe, ihrem Gespräch zufolgen.

„Ich mag diese Dame nicht", sagt Amelia so laut, dass das ganze Restaurant sie hören kann.

„Ja, ich auch nicht", sage ich.

„Glaubst du, dass Papa mit ihr ausgehen wird, Clare?"

Ich glaube nicht, dass er dumm genug ist, in diesen Kaninchenbau zu fallen, zumindest nicht noch einmal. „Nein, sie ist nicht sein Typ." Zumindest hoffe ich, dass sie nicht mehr sein Typ ist, denn Avril und ich sind uns überhaupt nicht ähnlich. Ich möchte dem Kind nicht sagen, dass ich mit ihrem Vater schlafe.

Aber sind wir zusammen?

Niemand hat etwas von Exklusivität gesagt.

Ich bewege mich unbehaglich auf dem harten Holzstuhl. Was soll ich tun, wenn er sich für ein Date mit ihr entscheidet?

Was ist, wenn er sie mit in die Wohnung bringen will?

Ich ziehe eine Grimasse. Wird er mich zwingen, auf der Couch zu schlafen? Nein, er wird wahrscheinlich nur darauf bestehen, dass er zu ihr zurückgeht, um Amelia und mir aus dem Weg zu gehen.

Avril führt ihre Hand zu Levis Gesicht, als ob sie seine Wange berühren und ihn küssen wollte.

Ich atme scharf ein, kann nicht hinsehen, kann meinen Blick aber auch nicht abwenden.

Er drückt ihre Hand, deutet ihr an, dass sie gehen soll, und stürmt davon.

„Diese Frau ist eine Bedrohung", murmelt er und kehrt zu seinem Platz am Tisch zurück.

„Sie ist ziemlich ... Ist das dein Typ?", frage ich.

Ich passe nicht in sein Schema, wenn er auf Rothaarige steht, die absolute Schlampen sind.

„Oh, nein. Ich weiß nicht", stammelt er und streicht sich mit der Hand durch die Haare. Ist er nervös? „Sie ist nur eine Freundin."

„Ich mag deine Freunde nicht", sagt Amelia.

Der Kellner bringt unser Mittagessen an den Tisch, und ich bin sicher, dass Levi dankbar dafür ist, dass er keine Fragen beantworten muss, während wir alle essen.

„Ja, ich auch nicht", witzle ich und beiße in mein Sandwich. Ich sollte meinen Mund halten und mich nicht in dieses ohnehin schon chaotische Gespräch einmischen, aber ich kann mir nicht helfen. Ich möchte zu Protokoll geben, dass ich Avril nicht leiden kann.

„Wow, ihr beide?", sagt Levi. „Von ihr erwarte ich das" - er nickt in Richtung seiner Tochter - „aber von dir?"

„Ich sage, was ich sehe."

„Sie war nur überrascht, dass ich eine Tochter habe."

„Ja, ich bin sicher, das war die Überraschung", murmele ich leise vor mich hin.

„Was soll das heißen?", fragt Levi und starrt mich an.

Ich greife nach meinem Glas und nippe an meinem Wasser, mein Mund ist trocken. Ich kann nicht denken, und nicht antworten.

„Und?", fragt Levi, bevor er einen Bissen von seinem Sandwich nimmt. Er wartet auf eine Antwort von mir.

„Die Frau hat sich praktisch auf dich gestürzt und deine Tochter beleidigt."

„Ja, ich mag sie nicht", meldet sich Amelia zu Wort und achtet darauf, dass sie ihre Meinung sagen darf. „Geh nicht mit ihr aus, Papa. Sie ist nicht sehr nett. Ich will nicht, dass sie meine Mami wird. Ich will, dass Clare-Bär meine neue Mami wird."

Mit einem ganzen Bissen des Sandwichs im Mund weiten sich meine Augen, und ich kann nur noch kauen. Irgendwie bin ich dankbar, dass ich nicht sprechen kann, denn das Gespräch wird dadurch nur noch unangenehmer.

Levi's Augen verdichten sich. „Hast du sie dazu angestiftet?", fragt er und zeigt auf Amelia.

Ich warte einen Moment und schlucke den letzten Bissen hinunter, bevor ich etwas Wasser trinke. „Nein, natürlich nicht." Warum regt er sich über mich auf? „Wovon redest du?"

„Heiraten. Amelias Mutter zu sein. Darauf ist das Kind nicht von alleine gekommen."

„Levi, sprich leiser", sage ich. Ich habe das Gefühl, dass uns mehrere Leute von anderen Tischen anstarren.

„Wir haben einmal miteinander geschlafen, und du willst, dass ich dir einen Ring aufsetze? Du bist das Kindermädchen, Clare. Vergiss das nie."

Ich verstehe. Ich kann seine Einstellung und seine Unverfrorenheit nicht ertragen.

„Wohin gehst du?", fragt er.

„Ich muss spazieren gehen", sage ich und der Stuhl rutscht unter mir weg, als ich aufstehe und vom Tisch weggehe.

„Setz dich. Du machst eine Szene", schimpft er.

„Nein, Levi. Du bist derjenige, der eine Szene macht."

Wenn ich Bargeld hätte, würde ich genug für meinen Anteil an der Rechnung übrig gelassen. Da Levi den Rest des Tages frei hat, lasse ich Amelia in seiner Obhut. Sie können tun, was sie wollen. Ich brauche Zeit für mich, um mich abzukühlen.

KAPITEL ELF

Levi

„Was war das?", schimpfe ich zu Amelia, nachdem Clare gegangen ist.

Sie sieht mich mit ihren hellblauen Augen, die von dichten, dunklen Wimpern umrandet sind an. Es ist leicht vorstellbar, dass jemand Amelia für Clares Tochter halten könnte.

Aber Avril hat sich geirrt. Amelia gehört *mir*. Das habe ich ihr klargemacht, als ich sie beiseitenahm und ihr die Leviten las, weil sie so mit meinem Kindermädchen und meiner Tochter spricht.

Avril und ich hatten eine verdammt heiße Beziehung, aber sie war rein körperlich. Immer wenn ich wusste, dass ich in die Stadt kommen würde, meldete ich mich bei ihr, und wir trafen uns abends nach der Arbeit.

Aber ich wollte nie mehr von Avril.

„Du bist gemein", sagt Amelia und verschränkt die Arme vor der Brust.

„Iss den Rest deines Mittagessens", sage ich und nicke in Richtung des Tellers, der vor ihr steht.

„Nein."

Die kleine Dame ist wirklich trotzig.

Ich atme schwer und erschöpft aus. Ich könnte es auf den Jetlag schieben, aber ich glaube, es liegt ebenso an Clare wie an der Begegnung mit Avril.

Avril hat immer deutlich gemacht, dass sie wollte, dass aus unseren Affären mehr wird. Nicht, dass wir in der gleichen Stadt oder gar im gleichen Land leben müssten, aber sie wollte sich binden, um jemanden zu haben, der sich um sie kümmert. Ihre Rechnungen bezahlt. Sie war auf der Suche nach einem Suggar Daddy.

Ich bin vielleicht ein richtiger Vater, aber der andere Teil interessiert mich nicht, weshalb ich nicht begreife, was zum Teufel gerade passiert ist.

Amelias Mutter ist gerade gestorben. Warum sollte sie davon sprechen, dass sie sich eine neue Mutter wünscht? Das ergibt doch keinen Sinn. Das Kind sollte trauern.

Es sei denn, Clare hat meiner Tochter diesen Gedanken in den Kopf gesetzt, während ich mit Avril sprach. Das ist die einzige Erklärung, die Sinn ergibt.

Clare sagte Amelia, sie solle sagen, dass sie sie als Mutter haben wolle, nicht Avril.

Amelia bricht in Tränen aus, ihre Unterlippe schiebt sich vor und sie zieht einen Schmollmund.

Mit einem erschöpften Seufzer schiebe ich meinen Stuhl unter dem Tisch hervor. „Komm her, Amelia."

„Ich will Clare Bär", sagt sie, die Tränen sind schwer und fallen schnell wie ein Regensturm in der Hitze des Sommers.

„Ist schon gut. Wir sehen sie im Hotel wieder." Ich kann mir nicht vorstellen, dass sie woanders hingehen würde. Sie ist immer noch das Kindermädchen meiner Tochter, und sie hat nicht viel Geld dabei. Mit der Prepaid-Karte, die ich ihr gegeben habe, könnte sie ein paar Nächte in einem anderen Hotel verbringen, aber sie wird sich schwertun, damit nach Hause zu fliegen.

„Du bist gemein", sagt Amelia, und ich nehme eine saubere Serviette und wische meiner Tochter die Tränen und die laufende Nase ab.

„Ich wollte nicht gemein sein. Ich war ehrlich. Da gibt es einen Unterschied." Nicht, dass ich erwarte, dass Amelia das versteht.

Ständig buhlen Frauen um meine Aufmerksamkeit, die mich nur wegen meines Geldbeutels wollen und nicht wegen dem, was ich bin.

Clare ist nicht so. Zumindest dachte ich, sie wäre es nicht. Vielleicht hat sich Avril in meinen Kopf gesetzt.

Ich ziehe Amelia auf meinen Schoß und setze mich wieder an den Tisch. Ihr Schluchzen ist leiser, weniger dramatisch, aber immer noch genauso gefühlsbetont.

„Versprichst du, dass Clare dich nicht dazu angestiftet hat?"

„Zu was?" Sie schnieft und reibt ihre Nase an meinem Hemd ab. Ich bin froh, dass ich meinen Anzug ausgezogen habe, bevor ich die Mädchen im Louvre getroffen habe.

„Du hast gesagt, du willst, dass Clare deine Mami ist. Warum hast du das gesagt?"

„Ich mag Clare-Bär", sagt Amelia. „Sie ist nett zu mir, und ich weiß, dass meine richtige Mami mich immer noch liebt, aber ich kann nicht bei ihr sein. Ich will eine richtige Mami und einen richtigen Papi. Und ich liebe Clare-Bär. Du nicht auch?" Die Tränen fließen wieder in Strömen, und ich merke, dass sie nicht viel Zeit zum Trauern hatte.

Ob ich Clare liebe? Das ist eine Frage, der ich mich nicht stellen will.

Vielleicht ist dies Amelias Art, mit dem Trauma umzugehen.

Liegt das an mir, oder hat sie immer noch mit dem Tod ihrer Mutter zu kämpfen?

In der Woche zuvor hatte sie einen Termin beim Kinderpsychiater. Den größten Teil dieses Termins hatte ich damit verbracht, um Amelias Vorgeschichte durchzugehen und die Geschehnisse ausführlich zu besprechen. Danach machte Amelia mit der Psychiaterin eine Spiel- und Maltherapie.

Wir lassen die zweite Woche ausfallen, da wir in Europa sind, und sie wird die Frau wieder treffen, wenn wir zurückkommen.

Ich streichle Amelias Rücken und versuche, sie so gut es geht zu beruhigen. Ich habe in einem so jungen Alter wie sie noch nie mit Trauer zu tun gehabt. Das ist alles neu für mich.

Sie vergräbt ihr Gesicht in meiner Brust und tränkt mein Hemd mit Tränen und Rotz. Das ist mir egal. Ich kann mich umziehen, wenn ich wieder im Hotel bin.

Ich esse den größten Teil meines Mittagessens, aber Amelia isst weniger, als mir lieb ist, aber ich bezweifle, dass sie jetzt, wo sie weint und sich aufregt, etwas essen wird. Wahrscheinlich hat sie ihren Appetit verloren.

„Bist du fertig?", frage ich.

Sie nickt, und der Kellner bringt uns mit einem mitfühlenden Blick ein paar weitere Servietten. „Danke", sage ich. Ich wische Amelia die Tränen ab und helfe ihr, sich die Nase zu putzen.

Den Rest des Tages lassen wir es ruhig angehen und suchen Souvenirs für Amelia, die sie mit nach Hause nehmen kann. Die Tränen hören auf, aber sie wirkt immer noch nicht so fröhlich und sonnig wie sonst.

Ich trage Amelia eine Weile, bevor ich sie neben mir laufen lasse. Vor allem, wenn ich mehrere Einkaufstaschen mit neuen Spielsachen und Plüschtieren habe, ist es schwer, sie und die Souvenirs zurück ins Hotelzimmer zu tragen.

Wir fahren mit dem Aufzug hoch, und ich benutze den Schlüssel, um den Zugang zur Penthouse-Suite freizuschalten.

Die Fahrt dauert nur ein paar Sekunden, da wir direkt in die oberste Etage fahren. Ich verlasse den Aufzug, begleite Amelia in die Wohnung und stelle die Einkaufstüten auf den Boden neben dem Sofa. Um das Packen kümmere ich mich später. Vielleicht sollte ich einen zusätzlichen Koffer kaufen, damit alles für den Heimweg hineinpasst.

Amelia stürmt in mein Schlafzimmer. „Clare Bär!"

Ich folge meiner Tochter, und Clare schließt ihren Koffer auf dem Boden und stellt ihn auf die richtige Seite, während sie den Teleskopgriff ergreift und ihn über den Boden schleift.

„Wohin gehst du?"

„Ich sollte mir wohl ein anderes Zimmer suchen", sagt sie. „Die Couch wird für keinen von uns beiden bequem sein."

„Falls du es vergessen hast, es waren keine weiteren Zimmer oder Betten frei", erinnere ich sie.

Sie atmet schwer aus. „Gut." Clare schaut zur Tür, als würde sie darüber nachdenken, ob sie gehen soll.

„Du bleibst hier bei uns." Ich will nicht, dass sie auf die Idee kommt, in ein anderes Hotel zu gehen.

„Gut." Sie schleppt den Koffer zur offenen Tür, die ins Wohnzimmer führt.

Ich hindere sie am Gehen.

„Wohin bringst du dein Gepäck?", frage ich.

„Wenn du es wissen willst, ich wollte es in mein Zimmer stellen."

„In dein Zimmer", wiederhole ich. Ich dachte, wir hätten bereits festgestellt, dass sie hier in diesem Hotel in der Penthouse-Suite wohnt.

„Entweder das Schlafsofa oder der Fußboden in Amelias Zimmer", sagt Clare und macht mir klar, dass ich in keiner dieser Optionen ein Bett mit ihr teilen muss.

„Mein Zimmer!", quiekt Amelia, nicht ahnend, dass das die schlechteste der beiden Möglichkeiten ist. Das Schlafsofa muss bequemer sein; selbst wenn es klumpig ist, muss es über den Boden siegen. Der Teppich ist zwar gewaschen, aber seit Jahrzehnten nicht mehr erneuert worden. Selbst mit einer zusätzlichen Decke auf dem Boden ist er hart und eklig.

„Können wir reden?", frage ich.

„Ich glaube, alles, was gesagt werden musste, wurde heute beim Mittagessen gesagt." Clare packt den Griff ihres Gepäcks.

Ich rühre mich nicht vom Türrahmen.

Es ist schwierig, dieses intensive und intime Gespräch in Gegenwart meiner Tochter zu führen. Ich muss für Amelia eine Ablenkung finden, und zwar eine, bei der das Kindermädchen nicht mit ihr spielt und mich ignoriert.

„Amelia, es wird Zeit, dass du deine Schularbeiten machst. Nimm dir dein Tablet vom Wohnzimmertisch." Ich habe das Gerät heute Morgen auf dem Weg zum Meeting eingesteckt. Es hatte genug Zeit zum Aufladen.

Sie murrt, schnappt sich ihr iPad und nimmt es mit aufs Sofa, um ihre Schularbeiten zu erledigen. Wir haben besprochen, wie man auf die Aufgaben zugreift, und sie ist ziemlich intuitiv im Umgang damit. Sie setzt sich die Kopfhörer auf und hört sich die Anweisungen der Lehrerin an.

Jetzt haben wir etwas Privatsphäre.

„Stell deinen Koffer zurück", sage ich und fixiere Clare mit meinem erhitzten Blick.

Sie schnaubt und schiebt ihn an die Seite des Bettes, während sie nur wenige Zentimeter von mir entfernt steht. „Es gibt nichts zu sagen", fordert mich Clare heraus, deren Blick genauso intensiv ist wie der meine.

„Es gibt viel zu sagen." Ich trete näher, um den Abstand zwischen uns zu verringern. Da Amelia beschäftigt ist, kann ich offen mit Clare reden. „Für den Anfang, hattest du vor zu kündigen?"

„Was? Nein." Ihr Mund verzieht sich. „Ich habe dir doch gesagt, dass ich mir ein separates Zimmer nehmen werde, damit wir nicht das gleiche Bett teilen müssen, und du kannst die Rothaarige mitbringen oder wen du willst. Ich werde nicht im Weg sein."

Ich murre und lehne mich in ihren persönlichen Bereich, meine Finger wickeln sich um ihr Haar und sie hebt die Augen, um meinem Blick zu begegnen. „Es gibt keine andere, die ich will, Clare. Krieg das in deinen hübschen Dickschädel."

Sie schnaubt. „Wow, was für ein Kompliment." Ihr Blick wird finster, und sie versucht, sich von mir abzuwenden, aber ich ziehe meinen Griff fester an und lasse sie nicht so leicht los. Ich lege meine andere Hand um ihre Taille und halte sie fest an mich gedrückt.

Ich möchte, dass sie fühlt, was sie mir bedeutet. Das sind keine Gefühle, die ich für jemand anderen empfinde.

„Hör auf, deinen Charme bei mir einzusetzen", sagt sie höhnisch zu mir. Clares Wangen sind rot, und ich frage mich, ob das der falsche Schritt ist. Sie könnte mich ohrfeigen oder schlagen, weil ich zu dreist bin.

Das würde nicht annähernd so wehtun wie ihre Abreise oder Kündigung.

Ich werde das nicht zulassen. Amelia braucht sie fast genauso sehr wie ich.

Ihre Nase zuckt, und das ist absolut bezaubernd. Aber ihre Wangen hellen sich nicht auf. Wenn überhaupt, dann werden sie noch röter. Ich lockere meinen festen Griff um ihr Haar und fahre mit den Fingern durch die Strähnen, bevor ich meine Hand an ihre Wange führe.

„Ich dachte immer, du wärst charmant, bis ich Avril traf." Clare redet nicht um den heißen Brei herum. Das ist eines der Dinge, die ich normalerweise an ihr liebe. Aber im Moment macht es mich nervös.

Avril war ein Fehler. Eine lange Reihe von Frauen, mit denen ich geschlafen habe und zu denen ich keine emotionale Verbindung hatte. „Sie gehört zu meiner Vergangenheit, Clare. Ich bin nicht nach Paris gekommen, um mit ihr zu schlafen."

„Das weiß ich. Ich bin nicht naiv, aber es gefällt mir nicht, dass du die Probleme, die du mit ihr hast, auf mich abwälzt."

Ich atme scharf ein. „Das ist fair", sage ich. Zumindest glaube ich, dass sie das Problem an der Wurzel packen kann. „Amelia hat mich vorhin einfach überrascht, und Avril hat immer wieder darauf gedrängt, dass ich ihr einen Ring schenke, ihr einen Antrag mache."

„Sie ist hinter deinem Geld her", sagt Clare und erkennt den Zusammenhang. „Ich bin nicht Avril. Ich will dein Geld nicht. Falls du es vergessen hast, du zahlst mir Kost und Logis als Kindermädchen für Amelia. Sonst nichts."

Ich hasse es, wie recht sie hat. Selbst als ich Clare mehrere hundert Dollar gab, damit sie sich etwas kaufen konnte, während mein nerviger jüngerer Bruder im Haus war, gab sie das gesamte Geld für meine Tochter aus. Sie hat es nicht für sich selbst ausgegeben, wofür das Geld eigentlich gedacht war, nicht für Amelia.

„Ich sollte dir ein Gehalt für deine Arbeit zahlen", sage ich. Es kam mir in den Sinn, als ich sie nach der ersten Woche nicht entlassen habe, aber wir haben nicht mehr über die Finanzen gesprochen oder darüber, auf welches Konto ich Geld für sie einzahlen soll.

Das war ganz allein meine Schuld. Ich war mit der Paris-Reise und dem Hotel, das wir kaufen möchten, beschäftigt.

„Ich will dein Geld nicht." Clare wippt mit den Füßen. „Wenn wir wieder in New York sind, solltest du ein neues Kindermädchen einstellen. Jemanden mit mehr Qualifikationen."

„Was?" Ich kann nicht glauben, dass ich sie richtig verstanden habe. „Clare, nein."

„Es liegt nicht an dir. Ich kehre in den Schuldienst zurück und gebe dir so viel Zeit, dass du so viele Kindermädchen wie nötig einstellen kannst, aber diese Vereinbarung zwischen uns muss beendet werden."

Meine Hände fallen von ihrer Haut, als ob sie Feuer wäre und ich Eis. Ich kann das nicht tun, nicht jetzt, nicht wenn ich diese Woche ein großes Meeting habe und mich auf die Einzelheiten des Geschäfts konzentrieren muss. Ich trete einen Schritt zurück und fahre mit den Fingern durch mein Haar.

Mein Herz tut weh, und mein Magen kippt um. Ich gehe zur Wohnungstür.

„Wohin gehst du?", fragt Clare.

„Raus." Ich kann mit ihr nicht umgehen. Wenn sie will, dass es rein geschäftlich ist, dann kann sie auf mein Kind aufpassen und sich darauf konzentrieren, das beste Kindermädchen zu sein, solange Amelia noch in ihrer Obhut ist.

Ich fahre mit dem Aufzug nach unten und stürme nach draußen, weil ich die frische Luft brauche, um mich wieder zu sammeln.

Aber alles, woran ich denken kann, ist ihr Körper unter mir; ihre Finger, die sich in meinen Rücken graben und sich an mir festkrallen.

Eine Nacht, und ich werde vergessen müssen, dass es je passiert ist.

Eine verdammt gute Nacht. Die beste, die ich je hatte, und es war nicht nur der Akt an sich, der für Furore sorgte, es war *sie*. Die Tatsache, dass ich mich Hals über Kopf in ein Mädchen verliebt habe, das mir egal sein sollte.

Sie ist das Kindermädchen meines Kindes.

Ganz zu schweigen von dem Altersunterschied. Außerdem bin ich der verdammte Boss. *Ihr Boss.* Sie zu vögeln, war ein Fehler.

Auch wenn es unglaublich war, auf eine wunderbare Art und Weise. Auf die beste Art. Vielleicht sollte das, was in Paris passiert, in Paris bleiben. Können wir das, was passiert ist, hinter uns lassen und so tun, als wäre es nur ein Traum, eine Fantasie gewesen?

Ich schleiche durch die Stadt, bis meine Beine müde sind, aber nicht annähernd so wund wie mein Herz, die Wunde, die ich verursacht habe, weil ich mit meiner Angestellten geschlafen habe.

Es ist ja nicht so, dass wir nicht erwachsen wären. Wir wussten beide, was passieren könnte.

Ich hatte nicht erwartet, dass Avril auftaucht und alles vermasselt. Ich gehe zurück zum Hotel, als meine Beine schmerzen und brennen. Ich halte das Tempo hoch, der Schweiß perlt von meiner Stirn.

Clare ruft nicht an und schreibt keine SMS. Nicht, dass ich erwarte, dass sie das tut. Amelia sollte mit Schularbeiten abgelenkt sein, und mit den Kopfhörern auf dem Kopf hat sie hoffentlich unseren Streit verpasst.

Vor mir sehe ich das hohe Gebäude, unser Hotel, an der Ecke. Ich jogge über die Straße, biege um die Ecke und stoße direkt mit Avril zusammen.

Verdammt noch mal. Muss ich mich zweimal an einem Tag mit ihr herumschlagen?

„Das muss ein grausamer Scherz sein", murmle ich.

„Ist es wirklich so schlimm, in meiner Gegenwart zu sein?", fragt Avril. Ihr Blick ist kühl, aber verführerisch, als sie nach meinem Arm greift. „Ist deine Tochter nicht da?"

„Sie ist mit dem Kindermädchen im Hotel", sage ich. Ich schüttle ihre Hand von meinem Arm. Ich bin nicht daran interessiert, etwas mit Avril anzufangen. Sie war eine Affäre, sonst nichts. Wir hatten immer vereinbart, es zwanglos zwischen uns zu halten, obwohl das eher mein Verdienst war. Sie wollte einen Ring, eine exotische Hochzeit und die Zahlen von meinem Bankkonto.

Ihre Finger greifen nach meiner Brust, ihre Hand ist weich und zart, während sie versucht, mich zu verführen. Normalerweise trage ich einen Anzug, eine Krawatte, und sie ist schüchtern, auch wenn es nur gespielt ist. „Willst du mit zu mir kommen?", fragt Avril, ohne Umschweife

„Ich weiß das Angebot zu schätzen, aber das kann ich nicht tun."

„Wegen des Kindermädchens oder wegen deiner Tochter?", fragt Avril.

„Beides." Ich ziehe eine Grimasse und beschließe, ihre Fragen nicht mehr zu beantworten. Ich gehe zurück zum Hotel und möchte Avril loswerden, um mich drinnen abzukühlen, zu duschen, auszuruhen und vielleicht sogar ein Bier zu trinken.

Avril hat den Wink verstanden und lässt mich in Ruhe. Vielleicht merkt sie, dass es vorbei ist, dass ich mit dem, was wir hatten, fertig bin. Freunde mit Zusatzleistungen? Wir waren nie Freunde. Wir haben nur die Vorteile dieser Vereinbarung genossen.

Ich bin mir sicher, dass ich von meinem Spaziergang nach der freien Natur rieche. Meine Füße sind aufgerieben, und ich schlüpfe aus den Schuhen, als ich im Penthouse bin.

Amelia sitzt immer noch auf der Couch vor ihrem Tablet und arbeitet an ihren Hausaufgaben.

Clare steht am Kühlschrank und holt sich eine Flasche Wasser. Sie blickt auf, als ich hereinkomme, sie bemerkt, dass ich wieder da bin, sagt aber nichts.

Ihr Schweigen bricht mir tausendmal das Herz.

„Es tut mir leid", sage ich und möchte die Fehler, die ich gemacht habe, ungeschehen machen.

„Wofür?", fragt Clare. Sie öffnet das Wasser und nimmt einen Schluck, wobei ihre Augen meine nicht verlassen.

Ich antworte ihr nicht, zumindest noch nicht.

„Entschuldigst du dich, weil du mit mir geschlafen hast, für das, was du gesagt hast, oder vielleicht, weil du mich überhaupt erst eingestellt hast und nun einsiehst, was für ein Fehler das war?" Mit ihren

Lippen drückt sie die Wasserflasche zusammen, und sie neigt ihren Kopf nach hinten.

Verdammt, sogar die Art, wie sie Wasser trinkt, macht mich hart.

„Leg mir die Worte nicht in den Mund", sage ich und nehme ihr die Flasche aus der Hand. Ich nehme einen Schluck, ich bin durstig und will den wahren Grund für meine Miesepetrigkeit vor ihr verbergen.

Warum kann ich diesen Teil nicht abschalten? Ich sollte mich nicht danach sehnen, sie nackt zu sehen. Verdammt, ich habe sie schon gesehen, als wir zusammen geduscht haben, und ich habe sie gespürt, als wir letzte Nacht im Bett lagen.

Clares Augen verdichten sich, und sie schiebt sich an mir vorbei, um sich eine zweite Wasserflasche aus dem Kühlschrank zu holen, weil ich ein Idiot war und ihre weggenommen habe.

Sie widerspricht nicht. Ich warte darauf, aber sie sagt nichts.

Die Stille ist fast nicht mehr zu ertragen.

„Das spielt keine Rolle. Ich habe dich auf der Straße mit dieser Rothaarigen gesehen."

„Was?" Ich kann nicht glauben, was ich da höre.

Sie zeigt auf die riesigen Fenster. Sie haben keine Vorhänge und bieten zwar einen herrlichen Blick auf den Eiffelturm, aber auch auf die Straße unten.

„Habt ihr zwei heute Abend etwas vor?", fragt sie. „Wenn ja, sag mir einfach wann, und ich kann Amelia zum Nachtisch oder zu einem Spaziergang einladen."

Ich schwöre, da ist ein Hauch von Eifersucht in ihrem Ton. Ist es das, was sie so wütend macht? Denkt sie, ich will etwas mit Avril zu tun haben? Das will ich nicht.

Dass Avril in der Nähe des Hotels auftauchte, war kein Zufall. Sie weiß, dass dies einer der Orte ist, an denen ich übernachte. Es gibt ein paar Hotels, und in jedem wollte ich ein paar Nächte bleiben, um unsere Marke in Europa zu verbreiten.

Aber mit Amelia durch Europa zu reisen, scheint mir im Moment zu viel zu sein, vor allem, wenn Clare uns begleitet. Ich werde einen weiteren Besuch für die anderen einzelnen Immobilien planen müssen, wenn sich die Dinge beruhigt haben und ich ihnen mehr Aufmerksamkeit widmen kann.

Ich muss mich auf meine Tochter konzentrieren, auch wenn das bedeutet, dass ich ein neues Kindermädchen für sie finden muss, wenn wir wieder zu Hause sind.

„Ich mache mit niemandem rum", schreie ich, während sich meine Hände zu Fäusten ballen. „Ich habe mich nicht an Avril herangeschlichen. Sie ist in uns zufällig begegnet."

„Und gerade eben, da draußen?"

„Das ist ein Zufall, aber ich habe sie nicht eingeladen. Ich will nichts mit ihr zu tun haben." Ich nehme einen langen Schluck von meinem Wasser, um mich wieder zu erfrischen. „Es tut mir leid, dass du dich in unserer Beziehung unsicher fühlst, aber sie ist nicht die Frau, die ich ficken will."

Clares Mund bleibt offen stehen. „Du bist ein Mistkerl", sagt sie und geht an mir vorbei in Amelias Schlafzimmer. Zweifellos versucht sie, sich vor mir zu verstecken.

Ich lasse sie nicht.

Ich packe ihr Handgelenk und ziehe sie zurück in meine Arme, drehe sie zu mir herum. „Wir sind noch nicht fertig."

Sie atmet zittrig ein und starrt zu mir hoch. Sie blickt kurz auf meine Lippen und dann in meinen erhitzten Blick.

„Ich hätte nicht sagen sollen, was ich im Café gesagt habe. Es tut mir leid."

„Das ist eine beschissene Entschuldigung", sagt Clare und zieht sich aus meinem Griff zurück. „Du kannst dich nicht wie ein Idiot aufführen und zehn Minuten später so tun, als wäre alles in Ordnung. Ich bin immer noch wütend auf dich!"

Warum ist diese Frau so verdammt ärgerlich?

„Ich weiß, ich verstehe", sage ich. „Aber du musst es von meiner Seite aus sehen."

„Ich weiß es wirklich nicht", unterbricht Clare.

Warum frustriert sie mich so leicht? Das sollte mir egal sein. Es war eine wilde und leidenschaftliche Nacht, aber das war es auch schon.

Aber sie kann gut mit Amelia umgehen, und dadurch fühle ich mich ihr noch mehr verbunden, emotional und körperlich. Die Art und Weise, wie sie sich um mein Kind kümmert, ist ein Teil von ihr. Das kann ich nicht einfach so stehenlassen.

„Ich akzeptiere deine Kündigung nicht", sage ich.

„Was?" Sie zieht die Stirn in Falten. „Ist das so, weil ich keinen Zugang zu einem Computer habe und dir nicht physisch einen Ausdruck geben kann? Das werde ich nämlich tun, sobald wir wieder zu Hause sind und ich in die Bibliothek gehen kann."

„Nein." Ich halte meine Hand hoch. „Du gibst nicht auf. Du bist das Beste, was Amelia je passiert ist. Das Kind ist in vielerlei Hinsicht überragend." Ich möchte nicht daran denken, wie es sein wird, wenn Clare weg ist und ihr Ersatz versucht, sich mit Amelia zu beschäftigen.

Ich bin mir nicht sicher, ob meine Tochter eine weitere Umstellung verkraften kann.

Ich möchte auf keinen Fall ein weiteres Kindermädchen unter meinem Dach haben, das sich um meine Tochter kümmert.

Ich will Clare.

KAPITEL ZWÖLF

CLARE

Levi ist wütend!

Wie kann er meine Kündigung nicht akzeptieren? Das ist nicht verhandelbar. Ich versuche nicht, angestellt zu bleiben und ihn zu überzeugen, mir mehr Geld zu zahlen, obwohl der Milliardär offen gesagt ein geiziger Mistkerl ist. Er hat mir keinen Cent mehr als Kost und Logis gezahlt.

Ich sollte mit der Reisepass-Währungskarte, die er mir geschenkt hat, einen Einkaufsbummel machen. Das ganze Geld für Luxusgüter ausgeben, die er dann für mich nach Hause fliegen muss.

Pfft. Was für eine Fantasie. Nach dieser Woche wird er mir auf keinen Fall anbieten, meinen Koffer ins Flugzeug zu tragen.

Der Mann hasst mich, und ich habe nicht einmal etwas falsch gemacht.

Obwohl ich zugeben muss, dass ich die Rothaarige nicht mag, und als ich sah, wie sie ihn außerhalb des Hotels berührte, geriet das Ganze ins Wanken.

Den Rest der Tage verbringen wir kaum noch zwei Minuten miteinander, und wir kehren früher als geplant zurück, wahrscheinlich weil Levi auf der Couch gepennt hat.

Er ist noch mürrischer und unausstehlicher. Wenigstens hat Amelia ihre Kopfhörer und einen Film, der sie während des Fluges unterhält.

Mein E-Reader ist defekt. Ich vermute, dass der billige Stecker des Konverters irgendetwas getan hat, um das Gerät zu zerstören, also sitze ich da und starre aus dem Fenster und vermeide jede Diskussion mit Levi.

Da wir nicht von einem Großflughafen aus fliegen, kann ich mir nicht einmal in der Flughafenlounge ein Taschenbuch kaufen. Schade.

Levi geht im Flugzeug hin um her. Er ist unruhig und aufgeregt. Ist das mein Werk?

Ich sehe ihn an, öffne den Mund, überlege es mir aber anders.

Ich hatte einen guten Flug mit ihm und einen Flug aus der Hölle. Ich will nicht, dass sich unsere erste Begegnung wiederholt. Ich schließe die Augen und tue so, als würde ich schlafen.

Levi hört auf, auf und ab zu gehen, und steht im Gang direkt neben meinem Sitz. Ich kann seine Anwesenheit spüren. Starrt er mich an oder grübelt er über etwas anderes nach?

Es liegt an mir. Es muss so sein, denn miteinander auszukommen scheint ein unmögliches Unterfangen zu sein.

„Schläfst du?", fragt er, aber er kennt die Antwort.

Meine Augen blitzen auf, und ich drehe mich zu ihm um. „Anscheinend nicht."

„Willst du wirklich, dass ich ein neues Kindermädchen für Amelia einstelle?"

Sind wir immer noch bei diesem Argument? Ich seufze und fahre mir mit der Hand durch die Haare. Ich schnalle mich ab und stehe auf, um auf Augenhöhe mit ihm zu sein, nun ja, näher an seiner Höhe. Er ist immer noch ein ganzes Stück größer als ich.

„Du willst mich nicht in deiner Nähe haben, Levi. Du kannst mich kaum ansehen."

Seine Zunge fährt heraus und presst sich gegen seine Lippenwinkel. „Das ist nicht wahr." Er starrt mich an und versucht, seinen Standpunkt zu beweisen, aber ich kann den inneren Kampf spüren. Ich spüre ihn auch. Es ist zu schwer, zu intensiv. Zu viel, um es zu ertragen.

„Wir hätten nicht miteinander schlafen sollen", sage ich. Ist es das, was ihn bedrückt? Reue. Das ist das einzige Gefühl, das ich aus seinem Verhalten herauslesen kann.

„Du hast recht." Er ist wortkarg. Habe ich ihn schon wieder verärgert? „Nun, wir müssen uns keine Sorgen machen, es wird nicht wieder vorkommen."

Ich versuche, meine Enttäuschung zu verbergen. „So ist es wahrscheinlich am besten für alle. Ich meine, es war sowieso nicht so gut." Es ist eine Lüge, und ich schleiche von ihm weg, lasse mich wieder in den Ledersessel fallen und starre aus dem Fenster.

Wir sind hoch über den Wolken. Da gibt es nicht viel zu sehen. Außerdem ist der Ozean das Einzige, was uns meilenweit umgibt.

„Ist es das, was du wirklich denkst?", fragt Levi. Er schlendert auf meinen Platz zu und blockiert den Gang. Nicht, dass ich vorhätte, wieder aufzustehen.

„Nennst du mich einen Lügner?", frage ich und schaue ihn herausfordernd an. Er war mürrisch. Ich kann nur zurückschreien, um mit ihm fertig zu werden.

Sein Blick strafft sich. „Ich will damit sagen, dass du dich irrst. Du bist so wütend auf mich, dass du dich nicht einmal mehr daran erinnern kannst, wie gut der Sex zwischen uns war."

„Es war nicht so gut." Wieder eine Lüge. Selbst ich bin nicht überzeugt, aber ich zwinge mich zu einem Lächeln. „Glaub mir, Levi. Ich hatte schon bessere."

„Wer?"

„Ernsthaft? Willst du Namen?" Ich bin schockiert, dass er nicht einfach weggeht und mich in Ruhe lässt.

„Du hast erwähnt, dass du verheiratet warst und dein Mann im Bett scheiße war."

„Habe ich?" Ich zucke mit den Schultern und wünschte wirklich, ich hätte jetzt ein Buch, das ich vorgeben könnte zu lesen. Das Fenster ist nicht sonderlich interessant, und Levi ist nicht dumm genug, das zu glauben. „Es war vor ihm."

Er presst die Lippen aufeinander. „Ich kann es besser."

„Was?", sage ich und schaue ihn an.

„Wenn du denkst, dass der Sex zwischen uns nur mittelmäßig war, kann ich es besser machen. Ich stand unter großem Druck, weil Amelia nicht weit entfernt war, und das erste Mal mit dir hat mich einfach aus dem Konzept gebracht."

Ich halte mir den Mund zu, um nicht zu lachen. Der Sex war nicht mittelmäßig. Er war geradezu sündhaft und ließ mein Herz rasen, bis ich dachte, es würde explodieren.

Nicht, dass ich sein Ego oder irgendetwas anderes streicheln wollte.

„Ja, um ehrlich zu sein, musste ich es vortäuschen." Eine weitere Lüge, und dieses Mal macht er große Augen.

„Du verarschst mich", sagt Levi. „Jetzt weiß ich, dass du es nur vortäuschst. Ich erkenne den Unterschied zwischen einer Frau, die kommt, und einer, die es vortäuscht."

„Kannst du? Bist du sicher?" Es kostet mich alles, was in meiner Macht steht, um Haltung zu bewahren. Ich bin mir nicht sicher, ob meine Wangen das nicht verraten, denn in dem kleinen Flugzeug ist es ein paar Grad wärmer als noch Minuten zuvor.

„Frau." Sein Blick strafft sich, und er sieht zu mir herüber. „Willst du mir sagen, dass du nichts gefühlt hast? Denn ich weiß, dass dein Höschen nass war, bevor ich dich durchgeleckt habe."

„Die Vorstellung von dir war sexy", sage ich und räuspere mich, weil ich kurz die Stimme verloren habe. „Aber du und ich im Bett, das war eine Katastrophe."

Da ist etwas Wahres dran. Wir können keine Beziehung führen. Er ist zu besitzergreifend und anspruchsvoll, sogar außerhalb der Arbeit. Er hat mich beschuldigt, dass ich Amelias kleinen Kopf mit dem Mutterinstinkt geimpft habe? Für was für ein Monster hält er mich denn?

Oh, richtig, einer der Goldgräber. Nun, er wird bedauern, dass ich sein Geld nicht haben will. Ich habe es nie genommen, um es für mich auszugeben.

Viel Glück bei der Suche nach einem anderen Kindermädchen, das nur halb so gut ist und es nur tut, weil er ein Milliardär ist.

„Das glaube ich dir nicht", sagt Levi.

„Das ist mir egal." Ich zucke mit den Schultern und rutsche auf meinem Sitz hin und her.

Er ist grüblerisch, und wenn er wütend ist, ist er noch heißer. Es ist unfair, wie unwiderstehlich dieser Mann ist, vor allem, wenn er nicht im Geringsten charmant ist.

„Küss mich."

„Was?" Ich erwidere seinen Blick. Wie soll ein Kuss etwas beweisen?

„Wenn du denkst, ich bin ein mieser Liebhaber, kannst du mich wenigstens küssen, um zu beweisen, dass es nicht funkt."

Es ist nur ein Kuss. Ich kann Desinteresse vortäuschen. „Gut." Ich stehe auf und streiche mir über die Beine, als wäre ich vom fünfminütigen Sitzen beim Reden schmutzig geworden.

Ich versuche, mich von der Tatsache abzulenken, dass Levi nur aus Sexappeal besteht. Anstelle eines Anzugs trägt er enge Jeans und ein schwarzes T-Shirt, das ihn perfekt umschließt. Hat er das geplant, sich so zu kleiden, dass ich mich noch mehr zu ihm hingezogen fühle? Das sollte ein Verbrechen sein.

Seine Hand ergreift grob meinen Arm und zieht mich näher heran. Aber er zerrt mich nicht in den Gang. Stattdessen hält er mich zwischen meinem Sitz und dem Fenster.

Ich brauche ihn nur zu küssen und so zu tun, als hätte das nichts zu bedeuten.

Keine große Sache.

Es ist ja nicht so, dass wir uns nicht schon mal geküsst hätten. Außerdem will ich immer noch bei ihm aufhören, ihn zurücklassen und seine Anschuldigung vergessen, die mich bis ins Mark getroffen hat. Ein Kuss kann diesen Schmerz nicht ungeschehen machen.

Eine Hand hält meinen Arm fest, während die andere meine Wange hinaufwandert und die Haare hinter mein Ohr schiebt, während er meinen Mund nimmt, als würde er mich beanspruchen.

Er küsst mich, und ich erwidere den Kuss nicht, meine Lippen geben ihm nicht, was er will.

„Wow, wirklich kein Funke." Er grinst und gibt mir einen Klaps auf den Po.

Mein Mund öffnet sich vor Schreck, und er beugt sich wieder vor, diesmal mit dem Gewinn seiner Beute.

Er küsst mich, seine Zunge dringt in meinen Mund ein, und obwohl ich erschrocken und überrascht bin, bringt er das Eis um mein Herz zum Schmelzen. Und ich hasse ihn dafür.

Levi sollte nicht in der Lage sein, mich zu küssen und seinen Willen durchzusetzen.

Er hört nicht auf damit. Seine Finger wickeln sich in mein Haar, umschlingen meine Locken und vertiefen den Kuss. Seine Hand, die auf meinem Arm lag, wandert zu meiner Hüfte und zieht mich näher zu sich, während seine Finger meine Hüften hinunter und über meinen Hintern wandern. Er streichelt mich durch meine Kleidung hindurch. Das blaue Chiffonkleid war nicht die beste Wahl für einen langen Flug und schon gar nicht während eines heftigen Streits mit Herrn Mürrisch.

Er ist nicht unter mein Kleid geschlüpft, hat keine Grenzen überschritten, ohne vorher zu fragen, und er hat mich gebeten, ihn zu küssen. Das ist alles, was er mir gegeben hat, obwohl das schon an Knutschen grenzt.

Der Kuss hat mich umgehauen, mein Körper steht in Flammen, aber ich will nicht, dass er sieht oder spürt, welche Wirkung er auf mich hat.

Levi zieht sich zurück. „Lass mich raten, nichts. Du bist eine eiskalte Eiskönigin."

Ich schlage ihm auf den Arm. „Sei kein Idiot."

„Du bist derjenige, der gesagt hat, dass ich es nicht für dich tue."

Hat er erwartet, dass ich auf die Knie falle? Ich stolpere rückwärts von ihm weg und gehe zu meinem Sitz.

„Wir sind noch nicht fertig", sagt Levi.

„Oh, wir sind fertig, *Höschen-Dieb*. Es ist vorbei."

Sein Blick verhärtet sich, und er öffnet den Mund, schüttelt aber den Kopf. Ich nehme an, er hat genug von meinen schlauen Sprüchen. Er schlendert zu seinem Platz, setzt sich aber nicht.

Er ignoriert mich für den Rest des Fluges.

Je länger das Schweigen andauert, desto mehr wird mir klar, wie grausam ich zu ihm und wahrscheinlich auch zu seinem Ego war. Wahrscheinlich ist er verletzt und macht sich Sorgen, dass all die anderen Frauen vor mir es auch nur vorgetäuscht haben.

Aber das macht ihn nicht weniger zu einem Arschloch für den Mist, den er im Café abgezogen hat. Ich sollte es wirklich ruhen lassen. Ich war schon immer ein wenig nachtragend. Das ist nicht die beste Eigenschaft, und ich wünschte, ich könnte schmerzhafte Erinnerungen einfach von meinen Schultern gleiten lassen. Stattdessen sickern sie immer wieder ein und erinnern mich daran, dass ich nicht gut genug bin.

Das waren nicht die Worte von Levi, sondern von Zander.

Ich will nicht, dass Levi denkt, dass ich der Arsch bin. Auch wenn ich wütend bin, sollte ich nicht meine ganze Wut an ihm auslassen. Ich stehe auf und gehe zu seinem Platz.

Er hat eine Zeitung und tut zumindest so, als würde er sich für den Artikel interessieren, den er gerade liest. Vielleicht kann er sich auch konzentrieren, wenn jemand über ihm steht und ihn anstarrt. Darin war ich noch nie gut. Ich bin leicht ablenkbar.

„Ja?", fragt er, sieht aber nicht zu mir auf.

„Es tut mir leid", sage ich und fühle mich niedergeschlagen. Er ist verletzt, und dieses Mal ist es meine Schuld.

„Für was? Du kannst doch nichts dafür, dass ich im Bett scheiße bin."

Ich ziehe eine Grimasse und kneife mir in den Nasenrücken. „Du weißt, dass das nicht wahr ist."

„Ich brauche dein Mitleid nicht, Clare. Setz dich wieder auf deinen Platz."

Das ist vielleicht das, was er von mir will, aber ich befolge seine Befehle nicht. Wann habe ich jemals auf ihn gehört und getan, was er von mir verlangt hat?

„Ich habe diese Dinge nur gesagt, um mich an dir zu rächen, weil du mich verletzt hast." Ich starre ihn an und warte darauf, dass er zu mir aufschaut. „Nichts davon war wahr."

„Du bist also eine Lügnerin?", sagt er und sieht mich mit stechendem Blick an.

Ich zucke mit den Schultern. „Wenn du es so nennen willst." Ich werde diese Runde nicht gewinnen. Keiner von uns beiden wird das. Wir sind beide zu dickköpfig und stur.

Levi beißt sich auf die Unterlippe. „Wie wäre es mit einem Waffenstillstand? Wir lassen das Sexuelle beiseite, und du kehrst als Amelias Kindermädchen zurück?"

Ich stoße einen schweren Seufzer aus. „Du hast gewonnen."

Er hebt eine Augenbraue, unsicher, was ich meine. Er schüttelt den Kopf und wartet darauf, dass ich es erkläre.

„Ich bleibe ihr Kindermädchen."

KAPITEL DREIZEHN

Levi

Ich bin erleichtert, als wir wieder in New York sind und ich nicht mit Clare in einer Flugzeugkabine eingesperrt sein muss. Wenigstens ist das Haus größer als das Penthouse im Hotel. Ich muss kein Bett mit ihr teilen, geschweige denn eine Suite.

Schade, dass wir nicht auf gegenüberliegenden Seite des Hauses wohnen, obwohl ich darüber nachdenke, ihr Schlafquartier zu verlegen, wenn ich nicht genug Schlaf bekomme.

Amelia merkt nichts von der Spannung zwischen uns, da wir unser Bestes tun, um einander aus dem Weg zu gehen.

Bin ich wirklich so ein Arschloch? Vielleicht ist das Leben mit mir die Hölle. Mit Clare zusammenzuleben ist kein Picknick. Sie ist immer fröhlich und sonnig.

Wir sind völlig gegensätzlich.

Sie ist übersprudelnd und sorglos. Ich halte mich an Zeitpläne und Geschäfte, auch wenn ich nicht im Dienst bin. In der ersten Woche, in der ich zu Hause bin, verbringe ich nicht so viel Zeit mit Amelia, nicht weil ich nicht will, sondern weil ich mit dem Vertrag für das Pariser Hotel beschäftigt bin.

Das Hotel benötigt eine Renovierung, und für den Preis, habe ich etwas Besseres erwartet. Aber die gesamte Reise hinterlässt einen sauren Geschmack in meinem Mund.

Vielleicht sollte ich Connor das nächste Mal schicken, damit er sich die Hotels ansieht. Obwohl ich ihm diese Verantwortung ehrlich gesagt nicht zutraue, und vielleicht ist das auch besser so, wenn man bedenkt, was Clare mir im Vertrauen gesagt hat.

Ich habe nie den Namen des Mädchens erfahren, das er belästigt und gefeuert hat. Meine Assistentin Nancy sollte die Personalakten durchforsten und versuchen, mir einen Namen zu besorgen, aber die Zahl der Mitarbeiter, die gekündigt haben, ist wahnsinnig hoch.

Wir hatten noch nie eine so hohe Fluktuation an einem anderen Standort.

Connor ist das Problem.

Vielleicht sind es die Luxenberg-Brüder, die das Problem sind. Es ist nicht so, dass ich die Dinge mit Clare gut gemacht habe.

Nancy ruft in mein Büro. „Ihre Mutter ruft wieder an, Sir."

Ich stöhne und werfe den Kopf zurück. „Kann sie nicht auf die Mailbox sprechen?"

„Sie wird einfach weiter anrufen. Sie will Amelia treffen."

Ist Nancy wirklich auf der Seite meiner Mutter? „Gut." Ich nehme den Anruf entgegen, nicht, dass ich jetzt mit ihr reden möchte. Ich muss gute Laune haben, und diese Woche hat sich in die andere Richtung entwickelt.

„Hey, Mama", sage ich und zwinge mich zu einem Lächeln.

„Ich dachte, du würdest anrufen, wenn du wieder in der Stadt bist?"

Ich stoße einen Seufzer aus. „Ich hatte viel zu tun, aber ich weiß, dass du Amelia kennenlernen willst."

„Ich möchte auch meinen Sohn sehen", sagt sie. „Aber ja, ich würde gerne meine Enkelin kennenlernen. Kannst du heute Abend mit mir essen gehen?"

Wenn ich nein sage, wird sie trotzdem bei uns auftauchen. Es ist nicht untypisch für sie, unangekündigt vorbeizuschauen. Ich kann von Glück reden, dass sie nicht schon zu einem Überraschungsbesuch aufgetaucht ist.

„Ja, heute Abend bei mir zu Hause. Kannst du gegen sieben kommen?", frage ich.

„Sieben? Meine Güte, Levi. Um wie viel Uhr bringst du das Kind ins Bett?"

Clare ist diejenige, die die Schlafenszeit festlegt und Amelia ins Bett bringt. Ich bin wegen der Arbeit viel unterwegs.

„Ich werde um fünf Uhr da sein", sagt sie. „Dann hast du genug Zeit, um etwas zu bestellen, und ich habe mehr Zeit mit meinem kleinen Enkelkind.

„Sie ist fünf, Mama."

Wir legen auf, und ich mache im Büro alles fertig, was ich kann, nehme mein Telefon und wähle Clare an. Ich möchte sie nicht überraschen, obwohl ich normalerweise SMS schreibe.

„Ist alles in Ordnung?", fragt Clare und geht an ihr Telefon. „Du rufst sonst nicht an."

„Meine Mutter hat mich überredet, heute zum Abendessen zukommen."

„Oh", sagt Clare mit sanfter Stimme. „Soll ich für ein paar Stunden verschwinden?"

Ich runzle die Stirn. Warum sollte sie das denken? „Nein, sie weiß, dass ich ein Kindermädchen für Amelia habe. Ist schon in Ordnung. Ich werde etwas zum Mitnehmen bestellen. Gibt es etwas, worauf du Lust hast?"

Ich atme scharf ein und merke, dass meine Worte leicht eine andere Bedeutung haben könnten.

Sie geht nicht darauf ein, oder sie lässt es sich nicht anmerken. „Italienisch, Sushi, Chinesisch, alles ist gut. Kannst du mir einen Link zur Speisekarte schicken, und ich suche mir etwas aus?"

„Du magst es nicht, wenn ich für dich bestelle?"

„Wenn du Essen zum Mitnehmen für mich bestellst, kaufst du viel zu viel Essen. Genug, um die ganze Nachbarschaft zu ernähren, und es wird schlecht, bevor wir alles als Reste essen.

Sie hat recht. „Gut, ich schicke dir eine Speisekarte, sobald ich unsere Optionen von Restaurants eingegrenzt habe. Ich bin versucht, Sushi zu wählen, weil meine Mutter keinen rohen Fisch essen will."

Clare gluckst. „Du bist böse!"

„Hey, sie hat sich selbst zum Essen eingeladen. Ich bin nur derjenige, der das Essen abholt."

„Und es bestellt", sagt Clare.

Ich lege auf und ich schicke Clare die Speisekarte für ein Sushi-Restaurant um die Ecke. Dort gibt es wunderbare Hauptgerichte und auch Rollen. Als es auf fünf Uhr zugeht, gebe ich die Bestellung auf und lasse sie von Douglas auf dem Heimweg von der Arbeit abholen.

Ich schlendere durch die Vordertür herein. Meine Mutter hat sich bereits selbst hereingebeten. Es ist zwei Minuten nach fünf.

„Schatz, du hast mir nicht gesagt, dass dein Kindermädchen so hübsch und lustig ist", sagt meine Mutter und umarmt mich zur Begrüßung.

Ich lächle und täusche meine Unschuld vor. „Ist mir nicht aufgefallen. Sie ist Amelias Kindermädchen, nicht meins." Ich lasse die Tüte mit dem Essen auf den Tisch im Esszimmer fallen.

Der Tisch ist bereits gedeckt, und ich stelle mir vor, dass Clare dafür zuständig war. Sie holt das Essen aus der Tasche und öffnet jedes einzelne, während ich die richtigen Utensilien hole und Stäbchen verteile.

„Roher Fisch?", sagt meine Mutter und räuspert sich.

Amelia zieht eine Augenbraue hoch. „Du hast vergessen, mein Abendessen zu kochen?"

„Nein, Süße, so isst man das", sagt Clare und bricht die hölzernen Stäbchen auseinander. Sie schnappt sich ein Brötchen und bringt es zu ihrem Teller, bevor sie einen Bissen nimmt.

Ich nehme von jedem ein Stück, damit Amelia es probieren kann. Ich habe gar nicht bedacht, dass sie vielleicht noch nie Sushi gegessen hat. Ich kann mich nicht daran erinnern, dass ich mit Katelyn, ihrer Mutter, Sushi gegessen habe, aber das ist schon so lange her.

Amelia stochert in ihrem Sushi-Röllchen herum, um zu entscheiden, ob sie es probieren möchte oder nicht.

„Wie hast du dieses Mädchen gefunden?", fragt Mama und zeigt auf Clare. „Sie ist süß und kann gut mit dem Kind umgehen."

„Lustige Geschichte, aber keine, die man beim Essen erzählen kann", sage ich und versuche, das Thema zu wechseln. „Und sie ist unglaublich gut mit Amelia."

„Ich war früher Vorschullehrerin", sagt Clare, „ich habe ein wenig Erfahrung mit wählerischen Essern".

„Ich bin nicht wählerisch", erwidert Amelia und schiebt sich das Stück mit der Hand in den Mund. Ihre Augen werden groß, als sie merkt, dass sie das scharfe Stück erwischt hat, und sie spuckt es zurück auf ihren Teller.

„Ich glaube nicht, dass sie scharfe Krabben mag", sagt Clare.

„Heiß! Heiß!" Amelia fächelt sich Luft zu und streckt die Zunge heraus, als würde sie keuchen.

Ich probiere ein Stück der würzigen Krabbe, und sie hat einen ordentlichen Kick, ist aber gar nicht so schlecht. Das war einer von Clares Wünschen gewesen. Ich hoffe, es stört sie nicht, dass wir uns alle die Brötchen teilen.

„Probiere das", sagt Clare und legt ein Stück Avocado-Rolle auf ihren Teller.

Amelia hebt sie hoch, untersucht sie und schnuppert daran, bevor sie sie in den Mund steckt.

„Clare, wenn ich fragen darf, wie alt sind Sie, zwanzig?"

„Siebenundzwanzig", sagt sie, „ich glaube nicht, dass ich in einer Vorschule hätte arbeiten können, als ich selbst noch in der High School war."

„Oh, das stimmt", sagt Mama. „Du bist so jung. Ich dachte wirklich, als Levi sagte, er hätte ein Kindermädchen eingestellt, es wäre jemand, der schon etwas älter ist."

„Machen Sie sich Sorgen um meine Erfahrungen?", fragt Clare. Sie ist direkt und hat keine Angst vor meiner Mutter. Das gefällt mir.

„Nein, ich hatte nur nicht mit jemandem gerechnet, der so jung ist. Da mein Junge gerade vierzig geworden ist, dachte ich, er würde sich jemanden suchen, der näher an seinem Alter ist."

Ich neige den Kopf und starre meine Mutter an. Versucht sie ernsthaft, mich an das Kindermädchen zu verhökern? Bei dieser Frau gibt es keine Grenzen. „Sie ist das Kindermädchen, nicht die Frau, die ich in mein Bett lasse."

Nun, nicht mehr.

„Gut", sagt Mama. „Das würde die Dinge verkomplizieren, und der Altersunterschied, meine Güte. Das wäre wohl kaum angemessen."

„Angemessen?" Ich blicke von meiner Mutter zu Clare. „Wir sind erwachsen. Was wir tun oder nicht tun, liegt ganz bei uns. Warum führen wir diese Diskussion überhaupt?"

Clare lächelt und schiebt sich ein weiteres Stück Sushi in den Mund. Sie vermeidet es zu reden. Klug. Ich wünschte, ich könnte das auch tun.

„Ich möchte nur, dass mein Sohn glücklich ist und sich niederlässt. Er hat ein Kind, und es wäre schön, wenn er einen anderen Menschen in seinem Leben hätten, mit dem er diese Freude teilen könnte."

„Ich schwöre, Mama, wenn du noch einmal versuchst, mich mit einem deiner Kirchenfreunde zu verkuppeln ..."

„Das werde ich nicht, ich verspreche es. Aber ich habe diese wunderbare ältere Dame bei der Flötengruppe kennengelernt, und sie hat eine Tochter, die etwa in deinem Alter ist, Levi."

Wann ist es jemals genug mit meiner Mutter? Ihre ständige Einmischung in mein Privatleben ist anstrengend. Ich habe versucht, ein guter Sohn zu sein, sie zu besuchen und mit ihr zu Abend zu essen. Aber sie genießt es, Heiratsvermittler zu spielen. Denkt sie, dass ich mir keine eigenen Verabredungen suchen kann? Dass ich nicht fähig genug bin, die Liebe allein zu finden? Das Schlimmste daran ist, dass sie diesen Mist nicht mit Connor macht.

„Das reicht jetzt!" Ich werde laut.

„Ich habe nur versucht zu helfen."

„Du mischst dich ein", sage ich und zeige mit meinen Stäbchen auf sie. „Und du wirst damit aufhören, wenn du deine Enkelin vor ihrem einundzwanzigsten Geburtstag wiedersehen willst.

Ich bin dankbar, als das Abendessen vorbei ist und Mama endlich geht. Clare bietet mir an, Amelia hochzubringen, damit sie duschen und sich bettfertig machen kann. Ich überlasse ihr die Verantwortung, auf mein Kind aufzupassen. Sie ist nicht nur das Kindermädchen, sondern ich vertraue ihr auch. Ganz zu schweigen davon, dass ich eine Pause brauche.

Ich bin erschöpft von der Arbeit, und der Umgang mit meiner Mutter hat meine Nacht noch schlimmer gemacht. Aber ich bin noch nicht bereit zu schlafen. Ich bin nicht einmal annähernd bettfertig. Und wie ein Idiot schnappe ich mir eine Tasse und schalte die Espressomaschine ein. Das Wasser heizt auf, bevor ich den Knopf für den Kaffee drücken kann.

„Kaffee um diese Zeit?" Clares Stimme lässt mich aufschrecken. „Versuchst du, nicht zu schlafen?"

Ich schaue auf die Uhr. Es ist fast Mitternacht. Mama ist schon vor Stunden gegangen, aber ich fühle mich immer noch unausgeglichen. „So ähnlich", sage ich.

Hatte Clare geschlafen?

Dann macht es wenigstens einer von uns. Ich habe kaum mehr als ein paar Stunden Schlaf pro Nacht bekommen. Ich würde es auf den Jetlag schieben, aber wir sind seit einer Woche zu Hause, und es hat nichts mit dem Zeitunterschied zu tun, sondern mit der Frau, die in einem langen T-Shirt, das bis zu den Oberschenkeln reicht, vor mir steht.

Sie reibt sich die Augen, als wäre sie gerade aufgewacht.

„Kopfschmerzen?", vermute ich und versuche herauszufinden, warum sie halb verschlafen und verdammt sexy aussieht.

Mein Schwanz regt sich.

Runter, Junge. Jetzt ist nicht der richtige Zeitpunkt.

„So ähnlich." Sie weicht meinem Blick aus, distanziert und zerstreut. Ihre Augen sind rot, fleckig.

Hat sie geweint? War der heutige Abend auch für sie so schrecklich?

„Was ist los?", frage ich und ziehe eine Grimasse. Wenn sie sagt, dass es an mir liegt, kann ich wohl nicht mit mir selbst leben. Ich weiß, dass ich sie verletzt habe. Sie hat mich auch verletzt. Wenn sie sagt, dass es an meiner Mutter liegt, kann ich mich entschuldigen und versprechen, dass sie nie wieder mit dieser elenden Frau zu tun haben wird. „Ist das wegen meiner Mutter?"

„Was? Nein, natürlich nicht." Sie wischt sich eine verirrte Träne von der Wange. „Deine Mutter war in Ordnung. Sie war irgendwie süß."

„Es ist nicht nett, von Mama, die Heiratsvermittlerin zu spielen."

Clare zuckt mit den Schultern. „Sie will nur das Beste für ihren Sohn. Sie liebt dich." Eine weitere Träne gleitet über ihre Wange.

„Was ist es?"

„Es ist dumm", flüstert sie, und ihre Stimme bricht, als die Tränen in ihren Augen glitzern. Sie verschränkt die Arme vor der Brust und wischt sich die Tränen weg, aber sie fallen weiter.

Ich möchte sie umarmen, sie in den Arm nehmen, sie an mich ziehen und den Schmerz lindern. Aber das ist nicht angemessen, wenn ich nichts weiter als ihr Chef bin.

„Sag es mir", sage ich. „Wer immer dich zum Weinen gebracht hat, hat deine Tränen nicht verdient."

Ich halte kurz den Atem an und hoffe, dass ich nicht der Grund bin.

„Es ist mein Ex", sagt Clare, und ihre Stimme bricht, während ihr die Tränen über die Wangen laufen.

Ich lasse meinen Schutz fallen und ziehe sie in meine Arme. „Was hat er getan?" Mir wird ganz flau im Magen, wenn ich daran denke, dass jemand Clare etwas antun könnte.

„Was hat er nicht getan?", fragt sie und wischt sich die Feuchtigkeit von der Wange, bevor sie zu mir aufschaut. „Er hat angerufen, Nachrichten auf meinem Telefon hinterlassen und mir unangemessene Bilder geschickt."

Mein Blut kocht, und meine Hände ballen sich zu Fäusten. „Zeige mir dein Telefon."

Sie schlurft mit den Füßen, schnappt sich das Buch vom Küchentisch und drückt es mir in die Hand. Ich erwarte, dass es sich bei den unangemessenen Bildern um Schwanzfotos oder andere Gemeinheiten handelt, aber stattdessen bekommt sie Morddrohungen, und es ist klar, dass er ihr nachgestellt hat.

„Wie lange?"

„Was?", fragt sie, kurzzeitig verwirrt.

Ich blättere durch die Bilder und Texte und versuche herauszufinden, wann das angefangen hat. War es, nachdem wir aus Europa zurückgekommen waren?

„Wie lange bedroht er dich schon?", frage ich. Warum hat sie mir das nicht schon früher gesagt?

Clare seufzt und lehnt sich gegen den Tresen. „Ich weiß es nicht. Es hat nie wirklich aufgehört. Es tut mir leid, ich hätte dich warnen sollen. Ich meine, unter deinem Dach zu leben, bringt dich und deine Tochter in Gefahr."

„Wir haben erstklassige Sicherheitsvorkehrungen. Niemand kommt rein, ohne dass ich davon weiß. Aber ich mache mir Sorgen um dich. Du siehst aus, als hättest du nicht geschlafen, seit wir aus Paris zurück sind."

„Das liegt wahrscheinlich daran, dass ich es nicht getan habe", sagt sie und blickt auf ihre Füße hinunter, die mit den Zehen über den Boden schleifen. „Die SMS kamen seltener, als ob er nicht wüsste, wo ich bin, und es ihn vielleicht auch nicht interessiert. Sobald wir gelandet waren, kamen sie in Rekordtempo."

„Gleich morgen früh werden wir Ihre Telefonnummer ändern."

Ich blättere durch die bedrohlichen Bilder. Die meisten sind grafischer Natur, suggestiv und bedrohlich. Ein Bild mit Klebeband und Seil. Eine Schlinge.

Es sind die Bilder, die außerhalb des Hauses aufgenommen wurden, die mich nervös machen.

Es gibt Bilder vom Tor aus, sowohl bei Tageslicht als auch im Schutz der Nacht.

„Weiß er, wo wir wohnen?" Die Bilder werden benutzt, um Clare einzuschüchtern. Ich öffne ihre letzten SMS von ihrem Ex, und mir dreht sich der Magen um.

Du mochtest es schon immer ein bisschen hart. Weiß dein neuer Freund, worum du mich im Bett gebeten hast?

Clare hat nicht auf seine SMS geantwortet. Ein Bild nach dem anderen und dann eine weitere Nachricht.

Das ist nur ein Vorspiel, Baby. Ich habe vor, dich zu fesseln und dir und diesem kleinen Balg eine Lektion zu erteilen.

„Sag mir, wo er ist", sage ich. Meine Hände sind zu Fäusten geballt, Wut durchströmt mich. Es kostet mich alles, was in mir ist, um nicht die Wand einzuschlagen oder zu randalieren.

Ich muss dem Bastard eine Lektion erteilen.

Keiner legt sich mit meiner Familie an.

Ich entferne den Akku und die SIM-Karte. Aber dafür ist es ein wenig zu spät. Er hat eindeutig ihr Telefon geortet.

Ich hole mein Handy aus der Jackentasche. Ich bin immer noch für die Arbeit angezogen, obwohl ich mich eigentlich fürs Bett fertig machen sollte.

„Wohin gehst du?", fragt Clare und folgt mir.

Ich wähle Declan an, einen Freund aus der Zeit, als wir beide beim Militär waren. Er wohnt oben im Westen in Montana und arbeitet für eine private Sicherheitsfirma. Wenn jemand einen Ratschlag geben und Dreck über den Idioten ausgraben kann, dann er, und ich vertraue ihm uneingeschränkt.

Wenigstens ist es in Breckenridge etwas früher.

„Hallo?" Declan antwortet.

„Du musst mir einen Gefallen tun."

Nicht einmal ein „Hallo, wie geht's?"

Ich grummelte: „Hallo, wie geht es dir, Declan?"

Er kichert, und in seinem Tonfall liegt etwas, das ich nicht recht erkennen kann. Ist das Glück? „Ich bin mit der Liebe meines Lebens zusammen. Mir ging es gut, bis du angerufen hast. Warum muss ich wegen dir meinen Arsch aus dem Bett bewegen?"

„Es ist kurz nach zehn Uhr", sage ich. „Und die Liebe deines Lebens? Habt ihr geheiratet?" Ich wusste nicht, dass er mit jemandem zusammen ist.

„Bring Katie nicht auf dumme Gedanken", sagt Declan lachend.

Er schlurft umher, und ich stelle mir vor, dass er aus dem Bett klettert und sich auf den Weg in sein Heimbüro macht. Er hat doch so ein Büro, oder? Ich habe seine Wohnung nicht mehr gesehen, seit er über seiner Garage wohnte und die einzige Autowerkstatt der Stadt besaß.

Diese Zeiten hat er schon vor Jahren hinter sich gelassen, aber er ist immer noch Eigentümer des Geschäfts, wobei er das Tagesgeschäft einem anderen überlässt.

„Katie", wiederhole ich. Der Name kommt mir bekannt vor. „Warte. Ist das das Mädchen, nach dem du dich zu Hause während deiner Ausbildung verzehrt hast?"

„Halt die Klappe!"

Ich habe eindeutig einen Knopf gedrückt. Ein Lächeln breitet sich auf meinem Gesicht aus. „Der Grund für meinen Anruf ist, dass ich einen Gefallen brauche. Mein Kindermädchen wird von ihrem Ex belästigt."

„Wir sind ein paar Kilometer zu weit weg, um den Kerl aufzumischen", sagt Declan, „aber wenn du deinen Privatjet schicken willst , erweisen wir dir gerne die Ehre."

Ich fahre mir mit der Hand durchs Haar. „Glaub mir, der Gedanke ist mir auch schon durch den Kopf gegangen, aber Clare sagt mir nicht, wo er wohnt."

Selbst wenn sie mir seine Adresse geben würde, würde es ausreichen, ihm zu drohen und ihn zu verprügeln? Er würde wahrscheinlich wie ein Baby zu den Bullen rennen und mich wegen Körperverletzung verhaften lassen.

„Was kann ich für dich tun?", fragt Declan.

Clare starrt mich an und beobachtet mich die ganze Zeit. Sie hat ihre Unterlippe zwischen die Zähne geklemmt und kaut auf der Haut herum. Ich streiche mit dem Daumen über ihre Lippe und versuche, ihre Geste zu stoppen, damit sie sich nicht selbst verletzt.

„Ich brauche alles, was du über den Kerl herausfinden kannst. Jeden Dreck. Haftbefehle. Was auch immer du finden kannst. Wir müssen diesen Kerl zu Fall bringen, egal was es kostet."

„Er hat keine", sagt Clare.

„Wir werden nach den Leichen in seinem Keller suchen", sagt Declan. „Verstanden. Aber du bist nicht der Typ, der ihn verprügelt oder erpresst. Ich kenne dich, Levi. Darf ich dir einen Vorschlag machen?"

Bevor ich antworten kann, rattert er schon seine Idee herunter. „Du könntest ihm anbieten, ihn zu bezahlen, damit er verschwindet. Wenn er das Kindermädchen belästigt, biete ihm eine Summe Geld an, damit er sie in Ruhe lässt und New York verlässt. Halte das schriftlich fest, und wenn er jemals zurückkommt, kannst du damit drohen, ihn wegen Vertragsbruchs zu verklagen."

Würde das überhaupt funktionieren? „Ich werde darüber nachdenken. Aber kannst du in der Zwischenzeit den Hintergrund überprüfen?", frage ich.

„Schicke mir die Daten des Mannes. Je detaillierter, desto besser."

„Wird gemacht." Ich lege auf, und Clare gibt mir seinen vollen Namen, sein Geburtsdatum und seine Sozialversicherungsnummer. Wenn ich gewusst hätte, dass sie das alles hat, hätte ich mit Declan darüber scherzen können, die Daten dieses Drecksacks auf dem Schwarzmarkt zu verkaufen. „Zander klingt sogar wie ein aufgeblasener Arsch", murmle ich, als sie mir seinen Namen nennt.

„Wer ist Declan?", fragt Clare. Sie öffnet den Kühlschrank, holt eine Flasche Wasser und nimmt einen Schluck.

Die Espressomaschine war bereit, aber jetzt ist sie still und im Schlafmodus. Genau das sollte ich tun, schlafen. Aber ich schalte sie wieder ein und warte noch ein paar Minuten, bis das System aufgeheizt ist.

„Alter Militärfreund. Wir haben zusammen gedient."

„Ich wusste nicht, dass du beim Militär warst", sagt Clare. „Welche Abteilung?"

„Armee".

Sie spitzt die Lippen, und es kostet mich alles, was in meiner Macht steht, um sie nicht zu küssen und sie ihren miesen Ex vergessen zu lassen.

Allein ihr Anblick lässt meinen Schwanz zucken, und ich bin froh, dass ich keine Boxershorts trage, die zeigen würden, wie leicht sie mich steif macht.

„Es tut mir leid, dass ich die SMS nicht früher erwähnt habe. Ich dachte, nach der Scheidung würde er mich in Ruhe lassen. Vor allem, weil er nicht wusste, wo ich wohnte."

Ich fahre mir mit der Hand durchs Haar und versuche, ruhig zu bleiben. „Er wird nicht hereinkommen. Ich mache mir mehr Sorgen um Amelia in der Schule und während ihr beide in der Stadt unterwegs seid."

Vielleicht ist es wirklich sinnvoll, die Crew von Eagle Tactical einfliegen zu lassen, um den Bastard, der das Kindermädchen meiner Tochter bedroht hat, aufzumischen.

Jemand sollte dem Arschloch einen Besuch abstatten und ihm zeigen, was passiert, wenn man meine Familie bedroht. Aber wenn ich mir die Hände schmutzig mache, stehen mein Vermögen und mein Ruf auf dem Spiel. Ich muss dafür sorgen, dass sich ihr Depp von Ex bedroht fühlt, ohne dass Beweise auf mich zurückfallen.

Aber Declans Vorschlag ist nicht falsch. Ihm eine Abfindung anzubieten, damit er die Stadt, den Staat und die Nähe zu Clare verlässt, könnte ein anderer Weg sein. Und im schlimmsten Fall muss Clare nie die Wahrheit erfahren.

Es gibt Männer in der Stadt, die sich um solche Jobs kümmern.

Aufgaben wie das Aufräumen von bedrohlichen Ex-Freunden und das Verschwindenlassen aller Beweise.

Welche andere Möglichkeit gibt es?

Die Polizei wird mit einer einstweiligen Verfügung nichts erreichen. Ich habe gesehen, wie wenig in Bezug auf den Schutz getan wird.

In der Zwischenzeit werde ich zusätzliche Wachen einstellen, um die Mädchen zu bewachen, wenn sie nicht im Haus sind. Ich lasse bereits alle Überwachungsvideos überwachen und werde alarmiert, wenn sich jemand dem eingezäunten Gelände nähert.

„Ich wüsste vielleicht ein paar Möglichkeiten, wie man diesen Mann davon abhalten kann, dich nicht zu belästigen", sage ich.

Clares Augen verengen sich. „Versprich mir, dass du nicht zu ihm gehst und ihn verprügelst."

„Hast du diesen Vorschlag gehört?", frage ich und bin überrascht, dass sie von der Hälfte des Gesprächs mit Declan so viel mitbekommen hat.

Der Espresso tropft in die Tasse, und ich schlürfe das heiße Getränk. Mein Körper schmilzt durch den Geschmack und die Temperatur. Es ist nicht annähernd so gut wie Clares Lippen auf meinen, aber es ist das Zweitbeste.

„Wäre es dir lieber, wenn ich so täte, als würde ich es nicht hören?"

Ich antworte ihr nicht.

„Eine Freundin von mir und ihr Freund boten mir an, meinen Ex zu beerdigen", sagt sie. „Er scherzte darüber, dass er eine Schaufel im Kofferraum habe."

„Arbeitet dieser Scherzkeks für die Bratva?" Ich vermute, das war kein echter Witz, sondern ein Angebot, den Mann zu beseitigen.

Vielleicht könnte sie mit dem umgehen, was ich ihm antun möchte.

„Ich kann nicht alle meine Geheimnisse preisgeben." Sie setzt die Wasserflasche wieder an die Lippen und nimmt einen weiteren Schluck. „Espresso nach Mitternacht, schläfst du jemals?"

Seit ich wieder zu Hause bin, habe ich nicht viel Schlaf bekommen. „Schlaf wird überbewertet." Vor allem, wenn es bedeutet, dass ich mich die ganze Nacht hin und her wälze und Clare's warmen Körper vermisse, der sich an meinen schmiegt.

Eine Nacht mit ihr hat genügt, um mich zu zerstören.

Sie greift nach meinem Espresso, und ich nahm an, sie nimmt einen Schluck, aber stattdessen schüttet sie den Rest in die Spüle und reicht mir ihre Wasserflasche. „Trink."

„Das war ein sehr guter Espresso", murmele ich.

Ich versuche, dem Mädchen einen Gefallen zu tun, aber sie muss mir das Leben schwer machen.

„Du siehst aus, als hättest du eine Woche lang nicht geschlafen. Ich bringe dich jetzt ins Bett. Die Sache mit Zander kann bis morgen früh warten." Clare nimmt meine Hand und führt mich die Treppe hinauf in mein Schlafzimmer. „Muss ich dich ins Bett bringen?", fragt sie, als ich mein Zimmer nicht betrete.

Es ist kalt.

Einsam.

Und nicht dort, wo ich schlafen möchte, es sei denn, sie liegt neben mir im Bett. Aber wir haben uns darauf geeinigt, dass wir als Chef und Angestellte besser dran sind. Sie kann gut mit Amelia umgehen, und ich kann nicht riskieren, sie zu verlieren.

Auf diese Weise sehe ich sie wenigstens jeden Tag, auch wenn ich wenig Zeit mit ihr verbringe, kaum mit ihr spreche und dringend eine kalte Dusche brauche.

„Seit wann bist du diejenige, die das Sagen hat?" Ich schaue ihr in die Augen. Ich stütze meine Hand auf den Türrahmen, aber ich tue nicht, was sie will.

„Nun, ich habe deine Tochter ins Bett gebracht." Clare zuckt mit den Schultern, und ihre Wangen röten sich.

„Ich nehme an, es ist nicht anders, als einen erwachsenen Mann ins Bett zu bringen."

Ich stöhne bei ihrer Bemerkung. Das ist nicht das, was ich will, dass sie mich in mein Schlafzimmer schickt. „Bringst du mich ins Bett?", frage ich mit brüchiger Stimme. Ich sollte nicht in Versuchung kommen, mit ihr zu flirten. Als wir das letzte Mal in Paris zusammen ins Bett fielen, ging das auf die schlimmste Art und Weise schief.

„Levi." Ihr Tonfall ist eine unmissverständliche Warnung, aber ihre Wangen sind glühend heiß.

Das T-Shirt, das ihren Körper umschließt, ist zu lang. Ich wünschte, ich könnte einen Blick auf ihr Höschen werfen. Trägt sie das rote Spitzenhöschen, von dem sie mich beschuldigt hat, es gestohlen zu haben? Was würde ich nicht alles geben, um meine Finger an der Stelle ihres Oberschenkels entlang und über den Stoff nach oben wandern zu lassen.

Sie würde für mich feucht werden.

Ihre Muschi ist geschwollen, und ihr Kitzler bettelt darum, berührt zu werden.

„Das ist eine berechtigte Frage. Du bringst meine Tochter jeden Abend ins Bett", sage ich, und sie blickt zu Boden, um meinem Blick auszuweichen.

Ich akzeptiere ihr Schweigen nicht. Meine Finger führen ihr Kinn zu mir hinauf, und bringen ihre Lippen näher.

„Ich will dich seit diesem blöden Streit", sage ich atemlos.

Die Spannung baut sich auf und brennt. Sie klemmt ihre Unterlippe zwischen die Zähne. „Hast du? Du könntest jedes Mädchen haben, Levi. Ich glaube nicht, dass du mich willst."

„Glaube es", knurre ich und ziehe sie fester an mich, damit sie meinen Schwanz spürt, der gegen meine Hose drückt. „Ich wollte dich seit dem Moment, als du diesen lila durchsichtigen BH trugst, und ich habe nie aufgehört, dich zu wollen. Verdammt, ich wollte dich schon vor diesem Vorfall."

„Als ich dich fast verhaften ließ?", scherzt sie.

Ich lächle nicht, aber ich ziehe eine Augenbraue hoch. „Nein, seit du Amelia beim Baden geholfen hast und dabei klatschnass geworden bist. Damals warst du verdammt gut, und jetzt, wo ich dein wahres Ich kenne, du bist sexy."

„Mein wahres Ich?", flüstert sie.

„Du versteckst dich hinter deiner Unsicherheit, aber du bist wunderschön, witzig, kannst gut mit Amelia umgehen und würdest alles für meine Tochter tun. Verdammt, ich habe dir Geld gegeben, damit du es für dich ausgibst, und du hast es für Spielzeug und Bücher für Amelia ausgegeben. Ich kenne sonst niemanden, der das getan hätte. Du bist großzügig und freundlich, auch wenn du stur bist und immer Recht haben musst."

„Deine Schmeicheleien bringen dich nicht weiter", sagt Clare und seufzt. „Du hast mich verletzt, als du mich beschuldigt hast, eine Goldgräberin zu sein."

Ich hatte nicht genau diese Worte benutzt, aber das war der Kern der Sache. „Und es tut mir leid." Ich meine jedes Wort, so wie ich es sage. „Ich werde es für den Rest meines Lebens wiedergutmachen, aber wir sind beide schuld daran. Du hast auf dem Heimflug ein paar schrecklich, verletzende Worte gesagt."

„Ich habe es getan", sagt Clare und blickt nach unten, ihren Blick auf meine Lippen gerichtet. „Ich hätte diese Dinge nicht sagen sollen. Sie waren nicht wahr. Ich war verletzt und wollte mich nur revanchieren. Das war nicht richtig von mir und auch nicht fair dir gegenüber."

„Bist du sicher, dass da nicht doch ein kleiner Funken Wahrheit dabei war?", frage ich. „Es ist okay, wenn du nicht das Gefühl hattest, dass der Sex zwischen uns nicht orgasmisch war. Ich meine, es ist schon eine

Weile her, dass ich mit einer Frau geschlafen habe und es ging nicht nur darum, sie zu ficken."

„Ich weiß nicht, was ich dazu sagen soll", flüstert Clare.

„Wir werden es besser machen." Ich drücke meine Lippen zärtlich auf ihre. „Wenn es nicht gut war, werde ich jedes Buch lesen, jeden Film sehen, jeden Kurs belegen ..."

Die Sanftheit in ihrer Stimme ist verschwunden. „Was? Den Teufel wirst du tun. Ohne mich machst du nichts von all dem." Ihre Arme legen sich um meinen Hals, sie zieht mich an sich, unsere Lippen sind nah beieinander, aber noch nicht ganz küssend.

Sie wartet, und ich kann es kaum erwarten, unseren Kuss in die Länge zu ziehen.

Ich möchte meine Lippen auf ihre Lippen legen und ihrem Stöhnen lauschen. Wir müssen nicht gleich wieder ins Bett springen. Wir können es so langsam angehen, wie sie es will. Solange sie mir gehört.

Ich bedecke ihre Lippen mit meinen, hart und stürmisch, meine Finger verheddern sich in ihren Haaren, und drücken sie mit dem Rücken gegen das harte Holz der Tür.

Sie stöhnt, das Geräusch ist köstlich. Sie schmeckt nach Honig und Vanille, und sie riecht sogar noch fantastischer. Ich möchte sie in mich aufsaugen, sie verschlingen, bis wir beide verzweifelt nach Luft ringen.

Ihre Hände greifen nach meiner Kleidung und versuchen, meinen Anzug zu öffnen und mein Hemd aus der Hose zu ziehen.

Ich greife nach der Türklinke, drücke sie auf und führe sie rückwärts in mein Schlafzimmer. Ich will nicht, dass Amelia uns draußen im Flur hört, wie zwei übermütige Teenager.

Ich ziehe mein Jackett und meine Krawatte aus und lege sie auf einen Stuhl, der in der Nähe steht. Mein Hemd folgt, während Clare mir hilft, meine Hose auszuziehen, indem sie erst die Gürtelschnalle und dann den Reißverschluss öffnet. Sie lässt die Hose nach unten gleiten, und sie fällt zu meinen Füßen auf den Boden.

Ich ziehe meine Hose aus und bin nur noch mit meinen Boxershorts bekleidet. Sie nimmt den Anblick in sich auf und atmet scharf ein, als ich meine Boxershorts nach unten schiebe und sie ausziehe.

„Du bist dran", sage ich und ziehe sie eng an mich heran. Meine Hände sind warm und feucht, als ich sie über ihren nackten Oberkörper gleiten lasse und ihr das T-Shirt über den Kopf ziehe. Ihre Brüste sind das erste, was ich sehe, und sie sind noch prächtiger als beim letzten Mal.

Mein Blick wandert an ihrem Körper hinunter, und ich lasse mich auf die Knie sinken, auf Höhe ihres blauen Baumwollhöschens. Ich hinterlasse eine Spur von warmen, sanften Küssen auf ihrem Bauch und an der Verbindungsstelle ihrer Schenkel, küsse ich über ihre Haut.

Ich ziehe ihr das Höschen herunter, langsam und methodisch, ohne ihr die volle Aufmerksamkeit zu schenken, nach der sie sich an der Stelle sehnt, an der sie es am meisten will. Ich verteile sanfte Küsse auf ihren Schenkeln, hinter ihren Knien, und höre auf ihren Atem und ihr Keuchen, während ich ihr Verlangen wecke.

Ihre Finger verheddern sich in meinen Haaren, und ich helfe ihr, aus ihrem Höschen zu schlüpfen, bevor ich sie hochnehme und zum Bett trage.

Sie kichert, und ich hoffe, dass das, was sie zum Lachen bringt, die Stimmung nicht trübt.

KAPITEL VIERZEHN

CLARE

Ich hatte noch nie einen Mann, der mich im wahrsten Sinne des Wortes vom Hocker gehauen hat.

„Lass mich runter", sage ich, als er mich zum Bett trägt, aber es ist zu spät. Ich liege schon auf der Matratze, und er scheint kein bisschen außer Atem zu sein.

Levi klettert über mich, aber er lässt sich Zeit.

Seine Augen leuchten, und es ist, als ob ein Feuer geschürt und Brennstoff in die brennende Glut geworfen worden wäre. Die Hitze zwischen uns brodelt, und ich bin mir nicht sicher, wie viel ich ertragen kann.

„Hast du deinen Vibrator in letzter Zeit benutzt?", fragt Levi grinsend, während er auf mich herabschaut.

Mein Magen macht einen Salto und ich atme scharf ein.

Soll ich ihm ehrlich antworten oder ihm sagen, dass ich ihn noch nicht angefasst habe?

Ich brauche zu lange, um zu antworten, und Levi dreht mich um, bevor ich weiß, was los ist. Ich liege auf dem Bauch, und er reibt mit seiner großen Handfläche über meinen nackten Hintern. „Ich werde dich noch einmal fragen, und dieses Mal erwarte ich, dass du antwortest.

„Hm." Ich werfe ihm einen Blick über die Schulter zu, und er beugt sich herunter, markiert mich und beißt mir in den Hintern.

Ich schreie und stöhne und stelle fest, dass das Gefühl eine gute Art von Schmerz ist. Es ist anders als alles, was ich je erlebt habe.

Wo zum Teufel hat er das gelernt?

„Muss ich dir den Hintern versohlen?", fragt Levi mit einem kehligen Glucksen.

„Was? Das würdest du tun?" Ich versuche, mich umzudrehen, aber er hält mich davon ab und drückt seinen Schwanz zwischen meine Schenkel. Sein

Gewicht erdrückt mich, aber es fühlt sich so verdammt gut an.

„Beantworte die Frage, *Süße*", flüstert er mir ins Ohr, seine Lippen küssen und saugen an meinem Ohrläppchen. Er weiß genau, was er tun muss, damit ich mich voller Schmetterlinge fühle.

„Ja", flüstere ich und vergrabe mein Gesicht in das Kissen.

„Und an wen hast du gedacht, als du den hübschen rosa Vibrator zwischen deine Schamlippen gedrückt hast?"

Ich stöhne. Die Berührung durch seinen Körper ist überwältigend und absolut sündhaft. Dass er mein Chef ist, kümmert mich nicht mehr. Wir werden es schaffen, wir müssen es schaffen, denn ich kann nicht ohne die beiden leben.

Nicht dass ich bereit wäre, das offen zuzugeben.

„An Sie, Sir", sage ich und erinnere mich daran, wie er mir einmal sagte, er wolle Sir genannt werden. Ich war mir nicht sicher, ob das eine Macke ist oder nicht, aber er reibt sich an mir, zufrieden mit meiner Antwort.

Seine Hand streichelt fest meinen Hintern, und ich bin mir nicht sicher, ob er mit mir spielen, mich necken oder mir das geben will, was ich so verzweifelt will - Erlösung.

„Braves Mädchen", sagt er und rollt mich herum. Er drückt meinen Kopf zurück ins Kissen, und ich blicke in seine blauen Augen.

Levi presst seine Lippen auf meine, er kostet mich hungrig aus, seine Zunge schiebt sich über meine Lippen, während seine Finger über meine Hüfte und meinen Bauch wandern. Seine Berührungen sind aufreizend und langsam, er merkt sich jedes Detail, bis er meine Brust erreicht.

Er rutscht auf der Matratze nach unten, streichelt meine Brust, und seine Lippen bewegen sich über meine Brustwarze. Seine Zunge vollbringt Wunder und macht mich unter ihm unruhig.

Meine Finger streichen durch sein Haar und über seinen Nacken.

Ich will ihn.

„Langsam", befiehlt Levi mit einem verruchten Grinsen.

Spielt der Mann gerne mit mir? Mein Herz rast. Mein Körper fühlt sich an, als stünde er in Flammen, und er wird langsamer?

Er legt mein rechtes Bein auf seine Schulter und küsst mich von der Kniekehle bis zur Innenseite meines Oberschenkels. Er geht langsam mit seinen Lippen höher, die eine sanfte Spur ziehen, seine Zunge, ist kaum ein Flüstern über meiner Haut.

Ist das die Rache für das, was ich im Flugzeug gesagt habe?

Ich habe es verdient.

Er kann mich bis zum Ende der Ewigkeit quälen, solange ich meinen Orgasmus mit ihm teilen darf. „Scheiße, du lässt dir aber Zeit", murmle ich durch meine zusammengebissenen Zähne.

„Ich genieße jeden Zentimeter von dir", sagt Levi. Seine Augen fixieren meine, und die Luft wird mir aus der Lunge gepresst.

Er ist nicht nur ein Höschen-Dieb. Er ist ein Dieb von Herzen und Atemzügen. Er führt mein linkes Bein auf seine Schulter, langsam und zielgerichtet mit der gleichen Aufmerksamkeit wie mein anderes Bein.

„Genießt du etwas anderes."

Er kichert, sichtlich zufrieden mit sich selbst. „Das ist dein Werk, Clare. Du hast darauf bestanden, dass ich dir beim letzten Mal nicht genug Aufmerksamkeit geschenkt habe."

Fick mich.

Aber nein, das ist buchstäblich das Einzige, was er nicht tut.

Ich stöhne und bedecke mein Gesicht mit meiner Hand. Ich hätte nie gedacht, dass das Zusammensein mit Levi so eine reine Qual sein würde.

Mit einer Hand ergreift er mein Handgelenk, hebt es über meinen Kopf und drückt es auf die Matratze. „Wenn ich dich festhalten muss, wird es schwer, dich zu lecken. Wirst du ein braves Mädchen für mich sein?"

„Ja, Sir", wimmere ich, und mein Inneres schmilzt, als er seinen Griff um mein Handgelenk löst.

„Braves Mädchen." Er lächelt, und ein Grübchen, das ich noch nie bemerkt habe, entdecke ich auf seinen Wangen, bevor er nach unten taucht und meine Mitte küsst.

Ich bin Feuer und Flamme, seine Zunge vollbringt Wunder, lässt mein Inneres schmerzen und pochen. Meine Finger verheddern sich in seinem Haar, meine Fingernägel kratzen über seine Haut, während er mich immer näher an den Rand bringt. Ich will Levi, jeden Zentimeter von ihm, der sich fest in mich schmiegt.

Mein Atem geht rasend schnell, während mein Herz gegen meinen Brustkorb klopft. Sterne erhellen meine Sicht und funkeln um mich herum.

Ich zerknülle die Laken zwischen meinen Händen, meine Zehen krümmen sich, ziehen sich zusammen und ich zittere in seiner Umarmung.

Er wird nicht langsamer. Er hört nicht auf, er weiß genau, was ich brauche, während er mich an den Rand bringt.

Als ich endlich herunterkomme, rutscht er auf der Matratze hin und her, öffnet den Nachttisch und greift nach einem Kondom.

Er ist hart und glänzt. Ich habe ihn kaum berührt.

„Ich bin dran", sage ich, ziehe an seinem Arm und versuche, ihn an den Rand des Bettes zu ziehen, während ich mich auf meine Hände und Knie begeben will.

Ein tiefes, gutturales Stöhnen entweicht aus seiner Kehle, als ich seinen Schaft lecke, meine Zunge umkreist den Kopf, bevor ich ihn in meinen Mund nehme.

Ich sauge ihn, bringe ihn tiefer in meinen Mund, während meine Finger seine Eier streicheln. Ich blicke in seine Augen, während er darum kämpft, sich zu konzentrieren.

„Schätzchen, wenn du so weitermachst ...", knurrt er, ohne seinen Satz zu beenden. Er packt mich am Arm und zerrt mich nach oben, damit ich aufhöre.

Ich gebe meinen Mund mit einem Wimmern frei, und er bedeckt meine Lippen mit seinen. „Gott, du bist perfekt. Jetzt geh zurück aufs Bett, diesmal auf allen vieren." Er gibt mir einen Klaps auf den Hintern, als ich auf die Matratze klettere, und meine Backen spannen sich an.

„Ich schwöre, Levi, wenn du auf Hintern stehst, wirst du es bereuen."

Er gluckst. „Das klingt nach einer Herausforderung, Clare. Vielleicht beim nächsten Mal."

Seine Worte „*nächstes Mal*" bringen mein Herz zum Schmelzen. Er möchte, dass es ein nächstes Mal gibt. Mein Kopf ist wie benebelt. Ich wackle mit dem Hintern und schaue über meine Schulter, als er die Kondompackung aufreißt und ein Kondom über seinen Schwanz streift.

„Du solltest dich am Kopfende des Bettes festhalten", sagt er und nickt in die Richtung.

Ich greife nach dem Gitter und stöhne, als Levi seinen Schwanz in mich hineinschiebt. Mein Kopf hängt nach vorn und ich ringe nach Luft, als er mich ausfüllt.

„Ich bin noch nicht mal halb in dir drin, *Süße*", schnurrt er. „Du bist so eng."

Meine Muschi pocht, als er mich ausfüllt und mich dehnt, während er langsam zu stoßen beginnt. Meine Hände umklammern die Holzstäbe, und er zieht sich langsam zurück, bevor er voll in mich eindringt.

Ich schnappe nach Luft, die Intensität ist überwältigend.

„Gefällt dir das?", fragt er, seine Stimme ist kehlig und voller Erregung.

„Ja."

„Ja, was?", fragt er.

„Ja, Sir."

„Braves Mädchen", sagt er, und ich falle in Ohnmacht. Mein Herz schlägt schneller, und meine Muschi zittert an seinem Schwanz.

Schwebt sein Kopf hoch über den Wolken wie meiner? Er will nicht mehr herunterkommen.

Ich glaube, ich habe gerade eine von Levis Macken aufgedeckt, nämlich Sir genannt zu werden, und ich bin ganz begeistert davon. Es könnte auch eine meiner eigenen sein. Vielleicht ist es die Tatsache, dass er mein Chef ist. Wir müssen dieses Szenario nicht im Rollenspiel spielen, denn es ist real und unanständig.

Er rammt seinen Schwanz tief in mich hinein und stößt mit einer Intensität zu, dass ich mich an den Stäben des Kopfteils festhalte und hoffe, dass es nicht bricht.

Mein Inneres zittert und bebt. Levi muss spüren, dass ich kurz davor bin, zu kommen. Mit einer Hand greift er zwischen uns, streichelt und reizt meine Klitoris. „Sag mal, hast du den Vibrator benutzt und diese Woche an mich gedacht?", fragt Levi.

Ich schwöre, dass sein Atem an meinem Hals und seine Finger an meiner Klitoris mein absolutes Verderben sind. „Ja!", keuche ich und gestehe, was er wahrscheinlich schon die ganze Zeit wusste.

Hatte er das hohe Summen gehört, als er auf der anderen Seite des Flurs war?

Er streichelt meine Muschi und ich keuche auf. „Ich bin derjenige, der dir von jetzt an Orgasmen schenken wird", sagt Levi.

Ich lächle und beiße mir auf die Unterlippe. „Ist das so?" Ich blicke frech über meine Schulter zu ihm zurück.

„Frau", knurrt er und gleitet heraus.

Ich wimmere aus Protest, und er dreht mich auf den Rücken, bevor er mich wieder nimmt und seinen Schwanz in mich hineinschiebt. Ich schlinge meine Beine um ihn und drücke ihn an mich, während meine Fingernägel über seinen Rücken streichen.

„Du kannst mich nicht kontrollieren", sage ich und schaue zu ihm hoch, unsere Augen treffen sich.

„Nur deine Orgasmen", stellt er klar, als ob das die Sache besser machen würde.

Levi weiß nicht, welchen Schaden Zander an meiner Psyche und an meinem Herzen angerichtet hat, aber das ist keine Geschichte, die man mitten im befriedigendsten Sex aller Zeiten erzählt.

Niemals seine Freunde oder seine Familie sehen zu dürfen oder ein Leben außerhalb der einen Person, die man geheiratet hat, zu führen. Immer hinter Schloss und Riegel gehalten zu werden. Niemals frei.

Ich antworte nicht, und er hält meine Arme über meinem Kopf fest. „Sieh mich an", befiehlt er, während er weiter stößt und seine Hüften gegen meine kreisen lässt.

Schweißperlen stehen auf meiner Stirn. Ich ringe nach Atem. Es ist ein Kampf, in den durchdringenden Blick seiner blauen Augen zu starren, während meine Muschi zittert und sich an ihn klammert.

Meine Beine ziehen sich wie ein Schraubstock um ihn zusammen, ich will ihn nicht loslassen. Ich zittere und keuche, mein Rücken wölbt sich vom Bett, als er unsere Finger ineinander verschränkt. Meine Hände umklammern seine, meine Zehen krümmen sich, während mein Herz gegen meinen Brustkorb pocht und versucht, sich zu befreien.

Nach Luft schnappend, ist Levi genau da, wo ich bin. Noch ein, zwei, drei Stöße, und er spritzt ab, bevor er rausgleitet und das Kondom entsorgt.

Ich versuche zu Atem zu kommen und schlüpfe unter die Decke.

Levi schaltet das Licht im Bad an, und es ist zu hell und blendet. Ich schließe meine Augen und ziehe die Decke über mein Gesicht, um jeden Hauch von Licht zu entkommen.

Das Bett senkt sich, und Levi legt sich neben mich. Er zieht mich in seine Arme und umhüllt mich, während ich in den Schlaf gleite.

————

Die Sonne raubt mir den Schlaf und weckt mich, als ich mich umdrehen will, aber Levis Griff um meine Taille wird fester. „Noch nicht", murmelt er.

Ich zwinge mich meine Augen aufzumachen und schaue auf die Uhr. „Ich muss Amelia für die Schule fertig machen."

Levi knurrt, rollt mich auf den Rücken und drückt mich an sich. „Ich schreibe ihr einen Zettel. Sie wird entschuldigt sein."

Lächelnd stehe ich auf und küsse ihn. „Ich glaube nicht, dass es so funktioniert. Außerdem, was willst du denn schreiben? *Es tut mir leid, dass meine Tochter nicht pünktlich zur Schule kommen konnte, weil ich mich mit ihrem Kindermädchen geprügelt habe.*"

Levi gluckst und drückt seinen Mund fest auf meinen. „Du bist nicht nur das Kindermädchen, für mich. Außerdem mag ich deine Frechheit. Habe ich dir das schon gesagt? Die meisten Leute hätten Angst, so mit mir zu reden, wie du es tust."

Ich zucke mit den Schultern und weiß nicht, warum. Sind sie eingeschüchtert von der Tatsache, dass er ein Milliardär ist? Es geht doch nur um Geld. „Ich habe nichts zu verlieren", sage ich.

Sein Blick strafft sich. „Da liegst du falsch", sagt er und drückt seine Lippen auf meinen Hals, um sich einen

Weg nach Süden zu bahnen. „Du würdest das hier mit mir vermissen."

Levi hat recht. Ich würde es vermissen. „Ich muss mir keine Sorgen machen. Du wirst mich nicht kündigen lassen", erinnere ich ihn.

Amelias leise Schritte dringen durch den Korridor.

„Der kleine Tyrann ist wach", scherzt Levi und geht von mir weg. „Ich schätze, die Spielzeit ist vorbei."

Ich wimmere und vermisse bereits seinen starken, warmen Körper, der meinen umschließt. „Heute Abend?", frage ich, in der Hoffnung, dass wir dies zu einer regelmäßigen Angelegenheit zwischen uns beiden machen können.

Levi klettert aus dem Bett, öffnet die Kommode und zieht sich frische Boxershorts an. Er wirft mir ein T-Shirt zu. „Für den Fall, dass sie durch die Tür stürmt; ich weiß nicht mehr, ob ich sie abgeschlossen habe."

Ich erschrecke, und ich greife nach dem T-Shirt und ziehe es gerade noch rechtzeitig an, als Amelia ins Schlafzimmer hüpft, ohne zu wissen, dass ich in Levis Bett liege und was das bedeutet.

„Komm her, kleine Prinzessin", Levi zieht Amelia in seine Arme und kitzelt sie. „Ich möchte dir ein Geheimnis verraten."

„Ein Geheimnis?" Ich blicke die beiden an. Ich habe das Gefühl, dass es bei diesem Geheimnis um mich geht, wahrscheinlich weil sie mich beide ansehen, als er ihr etwas zu laut ins Ohr flüstert.

„Weißt du noch, als du mich gefragt hast, ob ich Clare liebe?"

Ich kann nicht glauben, was ich da höre. „Du flüsterst sehr laut", sage ich. Wenn er nicht will, dass ich weiß, was er sagt, sollte er es seinem Kind nicht direkt vor mir sagen. Oder ihr überhaupt etwas sagen.

Er legt den Kopf schief und grinst. „Ich liebe dich, Clare."

Mein Herz klopft wie verrückt in meiner Brust. Wie kann er wissen, dass er mich liebt? „Du kennst mich doch kaum", erwiderte ich. Hätten wir uns das nicht zuerst sagen sollen, bevor wir seine Tochter einbeziehen?

Mir dreht sich der Magen um, wenn ich an die Folgen denke.

„Ich liebe dich auch", kommt über meine Lippen, bevor ich mich stoppen kann. Ich bin selbst ein wenig überrascht von der Offenbarung. Es war klar, dass meine Gefühle für Levi wuchsen, aber wenn er heute Schluss machen würde, dann wäre mein Herz gebrochen.

„Heißt das, du wirst meine neue Mami?", fragt Amelia und schaut mit einem verschmitzten Grinsen zu mir hoch. „Ich hatte nie eine Mami und einen Papi."

Levi fängt an, Amelia zu kitzeln, die daraufhin einen Kicheranfall bekommt. „Nicht so schnell, Kleine. Wir werden nicht heiraten, noch nicht."

„Verheiratet?" Die Worte kommen mir nur zaghaft über die Lippen. Ich wollte nie wieder heiraten, nicht nach der Sache mit Z. Die Scheidung ist noch gar nicht so lange her.

Der Raum scheint sich zu drehen, und ich setze mich an den Rand der Matratze.

Levi lässt Amelia frei, die kreischend und spielerisch versucht, sich von seinen Qualen zu befreien.

„Können wir diese Idee für eine Weile beiseitelegen?", frage ich. Ich kann mir meinen Gesichtsausdruck vorstellen, Levis gerunzelter Stirn nach zu urteilen, spürt er mein Zögern. Er muss wissen, dass es nicht seinetwegen ist. Es ist wegen meiner Vergangenheit. Meinem Ex.

„Natürlich", sagt er, beugt sich herunter und drückt mir einen sanften Kuss auf die Lippen.

Amelia starrt uns an, bevor sie die Nase rümpft. „Igitt, Jungs sind eklig."

„Das stimmt, Amelia. Sag das immer wieder", sagt Levi und grinst. „Keine Dates, bevor du dreißig bist."

Ich kichere leise, und Amelia klettert wie ein kleines Äffchen auf meinen Schoß und will spielen.

„Wie wäre es, wenn ich sie für die Schule fertig mache? Douglas wird sie fahren, und ich möchte mit dir über Z sprechen."

„Z?", fragt Amelia.

Levi hätte sich einen besseren Codenamen ausdenken sollen, aber wenigstens weiß sie nicht, wer Zander ist.

„Musst du nicht zur Arbeit?", frage ich. Es ist nicht seine Aufgabe, sein Kind zur Schule zu bringen. Ich bin Amelias Kindermädchen.

„Das kann warten", sagt er lächelnd. „Bleibe einfach da. Gibst du uns zwanzig Minuten."

Levi eilt mit Amelia aus seinem Schlafzimmer und schließt die Tür hinter sich.

Ich setze mich auf und blicke zu dem Nachttisch, öffne ihn und bin neugierig, was sich darin befindet. Eine Schachtel mit Kondomen, ein leerer Notizblock und zwei schwarze Stifte. Die Kondome sind keine große Überraschung, und es gibt sicherlich keine schmutzigen Geheimnisse in dieser Schublade.

Auf der anderen Seite der Tür bewegt sich etwas, und ich bleibe in der Nähe von Levis Kommode stehen. Wahrscheinlich schickt er sie in ihr Zimmer, um sich anzuziehen, bevor er sie nach unten begleitet.

Ich durchstöbere seine Kommode. Es gibt nichts Aufregendes. Ich nehme ein Paar seiner Boxershorts, ziehe sie an und verlasse das Schlafzimmer.

Levi ist unten, die Haustür steht offen. Draußen ist ein Tumult. Wahrscheinlich warnt er Douglas, sich vor meinem Ex-Mann in Acht zu nehmen. Obwohl Douglas nicht weiß, wie er aussieht, wenn er nicht im Internet nach ihm sucht.

Ein paar Minuten später kommt Levi herein und blickt zu mir hoch, als ich oben an der Treppe stehe. „Du siehst mächtig sexy aus, *Höschen-Dieb*", schimpft er.

„Es heißt eher Boxershorts-Diebin", korrigiere ich ihn. „Das ist kein Höschen." Ich zeige auf den karierten Stoff und wackle mit den Hüften, um das zu betonen. Sie sind weich und super bequem. Trägt er sie auch im Bett?

Er stolziert die Treppe hinauf und läuft mir hinterher, während ich den Flur hinunterlaufe. Ich weiß nicht, wo zum Teufel ich hin will. Sein Haus ist riesig, und es ist Wochen her, dass er mich herumgeführt hat.

Levi ist schneller, während er sich mir nähert. Es gibt eine zweite Treppe, die spiralförmig in den dritten Stock führt.

Ich werfe ihm einen Blick über die Schulter zu, und diese zusätzliche Sekunde gibt ihm Zeit, mich einzuholen. Er packt mich an den Hüften und wirft mich über seine Schulter.

„Lass mich runter!" Ich lache. „Du bekommst noch einen Herzinfarkt." Warum muss der Mann beweisen, dass er mich tragen kann?

Er gibt mir einen Klaps auf den Hintern, trägt mich wieder zurück und reißt die Tür zu seinem Schlafzimmer auf. Er schmeißt mich auf das Bett.

Ein Lachen entweicht meinen Lippen.

„Du steckst in Schwierigkeiten", knurrt er, beugt sich vor und bedeckt meinen Körper mit seinem.

„Ich mag diese Art von Ärger", sage ich mit einem Grinsen, als er mich küsst. Mein Mund öffnet sich und ich lehne mich gegen das Bett, weil ich nicht will, dass er heute irgendwo hingeht. Er ist immer noch in seinen Boxershorts und hat nichts anderes an.

Meine Finger kitzeln seinen Hosenbund, ich will ihn von seinen Kleidern befreien.

Levi gluckst und zieht sich nach einer intensiven Knutschsession zurück. „Wir haben einen anstrengenden Tag vor uns. Ich möchte, dass du etwas für mich tust."

„Sicher, alles", sage ich und schaue in Levis erhitzten Blick.

„Bleib den ganzen Tag so angezogen."

„Machst du Witze?" Ich lache, meine Wangen brennen.

Er schüttelt den Kopf. „Du siehst verdammt heiß aus, und ich werde früher Feierabend machen, wenn ich weiß, dass du meine Boxershorts trägst und sonst nichts", sagt er, hebt das T-Shirt, das er mir geliehen hat, über meinen Kopf und wirft es quer durch den Raum.

„Was ist, wenn Amelia nach Hause kommt?" Ist er verrückt? Hat er den Verstand verloren? Er hat nicht genug Schlaf bekommen.

„Dann muss ich sie wohl nach Hause prügeln." Er drückt mir einen Kuss auf die Lippen und zieht sich mit einem Stöhnen zurück. „Ich möchte dich noch tausendmal mehr küssen, aber wenn ich das tue, werde ich nie wieder gehen."

„Also bleib", sage ich, schlinge meine Arme um seinen Hals und ziehe ihn näher an mich heran. „Ich sehe nicht das Problem."

Er gluckst und presst seine Lippen fest auf meine. „Frau, wenn ich den ganzen Tag mit dir im Bett bleiben könnte, würde ich das tun. Ich muss sicherstellen, dass du und Amelia in Sicherheit seid."

Mein Körper spannt sich bei seinen Worten an. „Zander."

Levi nickt und klettert vom Bett. „Kommst du mit?", fragt er und grinst verrucht.

KAPITEL FÜNFZEHN

Levi

Während ich Declan mit der gründlichen Überprüfung von Zander Mitchell beauftragt habe, habe ich auch mein privates Sicherheitsteam mit zusätzlichen Maßnahmen ausgestattet.

Außerdem ist Douglas, mein Fahrer, den ganzen Tag bei Amelia. Er hat den Auftrag, ein Auge auf ihr Schulgelände zu werfen, um sicherzustellen, dass Zander nicht auftaucht.

Douglas ist ein ehemaliger Soldat und hat eine Spezialausbildung. Deshalb ist er auch mein Fahrer. Es mag unter seiner Würde erscheinen, aber er ist mein Sicherheitsdienst, mein Leibwächter, wenn ich mich nach draußen begebe. Er hat wahnsinnige Fähigkeiten, falls wir jemals in eine Verfolgungsjagd verwickelt werden.

Ich bezahle ihn großzügig für seine Dienste, und während die meisten wissen, dass er mein Fahrer ist, wissen nur wenige, dass er eine Kampf- und Spezialausbildung hat.

So ist es sicherer, ihn und seine Familie zu schützen. Er hat eine Frau und Kinder.

Sollte Douglas etwas zustoßen, dann würde seine Frau Maria mich umbringen lassen.

Ich wende mich an mein Sicherheitsteam und Declan, um alles Erdenkliche über Zander in Erfahrung zu bringen. Es gibt nicht viel, was faszinierend ist. Keine Vorstrafen. Keine Haftbefehle gegen ihn, was schade ist. Der Typ ist sauber. Sein Bankkonto ist beträchtlich niedrig, und die eingehenden Einzahlungen sind nicht so groß. Ein netter Geldsegen von mir und die Forderung, dass er die Stadt verlässt, könnte tatsächlich funktionieren.

Aber das ist nicht das, was ich zu tun beabsichtige. Es ist nur ein Trick. Es gibt nur eine Person, der ich zutraue, mir bei dieser Aufgabe zu helfen, und das ist Logan Henderson. Wir haben zusammen in der Armee gedient. Er ist für mich wie ein Bruder, mehr als mein eigener Blutsbruder Connor.

Ich bestehe darauf, dass Logan sich mit mir trifft. Ich tauche bei ihm zu Hause auf. Das ist der einzige Ort neben meinem eigenen Haus, an dem ich mich sicher fühlen kann.

Er ist am Packen. Sein Haus ist vom Boden bis zur Decke mit Kisten gefüllt. Er ist frisch geschieden, nachdem seine Ex-Frau ihm das Herz gebrochen hat. Ich habe Jess nie gemocht.

Wenigstens hatte er keinen massiven Sorgerechtsstreit mit ihr wegen Julianna, seiner Tochter.

„Hi, Levi!" Julianna winkt mir zu, als sie ihren Kopf aus ihrem Schlafzimmer im hinteren Flur streckt.

Ich kann mir nicht vorstellen, dass mein kleines Mädchen ein Teenager wird. Ich fühle mich jeden Tag älter, und ich habe noch nicht einmal in den Spiegel geschaut.

„Hey, Jules. Freust du dich auf den Umzug?", frage ich und hoffe, dass sie sich auf einen Neuanfang mit ihrem Vater freut.

„Ja, es ist toll. Wie auch immer. Ich habe noch so viel zu packen. Igitt!" Sie stampft in ihrem Zimmer herum, nicht auf eine wütende Art und Weise, eher nach dem

Motto: Ich muss etwas erledigen, und ich habe nicht genug Zeit.

Es sind nur noch wenige Tage bis zum großen Umzug. Logan hat das Geschäft zum Kauf des Skigebiets bereits abgeschlossen.

„Du musst mir einen Gefallen tun", sage ich und warte darauf, dass seine Tochter wieder verschwindet, was sie auch tut. Sie will nicht mit uns „Alten" rumhängen.

Ich bin nicht begeistert, dieses Gespräch in der Nähe von Julianna zu führen, und schaue immer wieder in den Flur, um sicherzugehen, dass sie nicht mithört.

„Soll ich ihr sagen, sie soll die Musik aufdrehen?", fragt Logan. Er bemerkt meinen Stimmungsumschwung, rollt mit den Augen und steht auf. Er schlendert den Flur entlang, und anstatt einen typischen Teenager anzuschreien, weil er seine Musik aufdreht, sagt er ihr, sie solle Musik auflegen und sie aufdrehen.

Als Logan ins Wohnzimmer zurückkehrt, ist die Indie-Musik viel lauter als nötig.

Julianna wird uns nicht hören können. Ich weiß nicht einmal, ob ich mich selbst sprechen hören kann.

„Hilf mir packen", sagt Logan. „Mach dich nützlich." Er führt mich in die Küche und öffnet die Schränke.

Ich schnappe mir eine Zeitung und rolle die Gläser nacheinander. „Du weißt schon, dass es dafür Umzugshelfer gibt?"

Logan kann es sich leisten, ein ganzes Team von Umzugshelfern zu engagieren. Aber das ist nicht seine Art, Dinge zu erledigen. Er legt gern selbst Hand an. Wahrscheinlich ist er ein kleiner Kontrollfreak, wenn ich so darüber nachdenke. Aber er könnte sich Umzugsleute leisten. Er hat fast so viel wie ich.

Zumindest war das so, bis er kürzlich ein Skigebiet kaufte. Er zieht dorthin, um die Anlage zu leiten und einen Ortswechsel von New York City zu erleben. Ich kann es ihm nicht verdenken.

Vor allem nach dem, worum ich ihn jetzt bitten werde.

„Ich brauche Hilfe bei der Neutralisierung einer Bedrohung."

„Und du dachtest, ich sei deine erste Verteidigungslinie?" Logan grinst, als er merkt, dass ich keine Witze mache, verschwindet das Lächeln aus seinem Gesicht. „Was du wissen solltest, ich habe jetzt eine Familie. Du auch."

Er war die erste Person, der ich von Amelia erzählte. Es war nur wenige Minuten, nachdem ich den Anruf des Anwalts erhalten hatte. Ich stand immer noch unter

Schock, und Logan war die einzige Person, der ich vertrauen konnte.

Er ist seit kurzem alleinerziehender Vater, er konnte das also nachvollziehen. Logan hat mir klargemacht, dass ich meinen Kopf aus dem Arsch ziehen und nach Chicago fliegen muss, um Amelia abzuholen, denn wenn ich das nicht tue, wird sie in ein Kinderheim gesteckt.

Ich hatte eine Chance, es richtigzumachen, um ihr Leben zu ändern.

Ich war nicht von Anfang an dabei, weil ich nichts von ihr wusste. Aber jetzt, wo ich weiß, dass sie existiert, musste ich das ändern.

Er hatte hundert Prozent recht.

Amelias Leben steht wieder einmal auf dem Spiel, und auch das von Clare.

„Ich weiß. Deshalb muss das erledigt werden. Er hat meine Tochter und das Kindermädchen bedroht." Clare ist für mich mehr als nur *das Kindermädchen*, aber Logan würde es wegen eines Mädchens nicht verstehen, nicht nachdem, was Jess ihm angetan hat. Das ist ihm noch frisch in Erinnerung. Was ich von ihm verlange, kann er als Vater nachvollziehen.

Logan hält inne und überlegt. Er weiß, dass ich damit nicht zu ihm kommen würde, wenn es nicht der letzte Ausweg wäre. „Bist du sicher? Wir können es nicht mehr rückgängig machen, sobald der Anruf getätigt wird."

Ich zögere, und er spürt meine Bedenken.

„Lass mich ein paar Anrufe tätigen. Mal sehen, ob wir einen anderen Weg finden, die Bedrohung mit weniger drastischen Maßnahmen zu neutralisieren. Ich kümmere mich darum, was getan werden muss. Gibst du mir die Details. Wir werden nie wieder darüber sprechen."

Ich trete nach draußen, die Luft ist schwül, als ich Logans Haus verlasse. Ich hoffe, dass er recht hat, dass es einen anderen Weg gibt. Aber was auch immer der Fall ist, dieses Geheimnis, ich habe keine andere Wahl, als es vor Clare geheim zu halten.

Wie kann ich mit dem, was ich von ihm verlangt habe, kein Monster sein? Welche andere Wahl bleibt, wenn es keine guten Optionen gibt?

Ich wende mich an meinen Firmenanwalt und lasse ihn den Papierkram mit einem Angebot für Zander aufsetzen. Egal, ob es sich um eine Papierspur für den Fall handelt, dass er verschwindet, oder um ein Angebot, das Logan Zander aufzwingt, um ihn verschwinden zu lassen - der Mann muss verschwinden.

Ich gehe im Büro zu meinem Schreibtisch und schreibe Clare eine SMS an ihr neues Telefon mit einer neuen Nummer.

Was trägst du da?

Ich stelle mir vor, wie sie über den Text lächelt. Ich ziehe es vor, dass sie denkt, ich sei mutig und nicht kitschig.

Sie schreibt mir zurück, und ich schwöre, dass Grinsen kann nicht breiter werden. *Nichts als ein Lächeln.*

Darf ich dich anrufen? Geschäftliche Dinge.

Klar. Ich ziehe mein großes Mädchenhöschen an. Ich meine dein Höschen. Ich meine Boxershorts. Wir geben der Autokorrektur die Schuld.

Lächelnd klicke ich auf ihren Kontakt und drücke die Telefontaste auf meinem Handy. Ich hätte mich für einen Videoanruf entscheiden sollen. Aber das hätte mir nicht geholfen, mich mit dem Flirten abzufinden.

„Hey, was gibt's?", fragt Clare. In ihrem Ton liegt ein Hauch von Sorge.

„Nichts Schlimmes. Ich wollte eine Idee mit dir besprechen."

„Schieß los."

Ich lächle und lehne mich in meinem Ledersessel zurück. „Ich habe mit Declan und dem taktischen Team von Eagle gesprochen. Es gibt nichts Belastendes über Zander."

„Ich hätte nicht gedacht, dass es so etwas geben würde. Er richtet mehr emotionalen als physischen Schaden an", sagt Clare. „Er ist ein typischer Narzisst."

Bei ihrer Bemerkung zieht sich mir der Magen zusammen. „Wir haben ein wenig nachgeforscht, und es scheint, als ob er ziemlich knapp bei Kasse ist."

„Sind wir das nicht alle?" Es herrscht betretenes Schweigen in der Leitung. „Tut mir leid, ich meine nur, dass er mit seinem Job kaum die Rechnungen bezahlen kann. Als er mich zwang, meinen Job zu kündigen, war es schwer, die Hypothek und die Nebenkosten pünktlich zu bezahlen. Worauf willst du hinaus?"

„Wir setzen mit meinem Anwalt einen Vertrag auf und bieten Zander an, ihn zu bezahlen, damit er verschwindet."

„Weggehen?", fragt Clare. „Das verstehe ich nicht. Wohin soll er denn gehen? Er wohnt doch nicht auf der anderen Straßenseite. Er belästigt mich."

„Er wird dich nie wieder belästigen", sage ich. Ich kann ihr nicht die Wahrheit sagen. Es ist ein Geheimnis, das sie niemals erfahren darf, denn ich weiß nicht, was es ihr oder uns antun würde.

Ich muss sie und meine Tochter schützen.

„Und du glaubst wirklich, dass das funktioniert?", fragt sie. „Er würde umziehen müssen. Sein Job und seine Wohnung sind in der Stadt."

„Deshalb rufe ich dich an", sage ich. „Wenn ich ihm eine Million Dollar anbieten würde, glaubst du, er würde sie annehmen?"

Clare atmet schwer aus. „Ich weiß, dass ich es tun würde."

Bei ihrer Bemerkung zieht sich meine Stirn in Falten. Ich höre nicht gerne, dass sie für eine Million Dollar Amelia und mich zurücklassen würde.

„Du würdest eine Million Dollar nehmen und mich nie wiedersehen?", frage ich. Ich sollte nicht darauf eingehen. Ich sollte die Frage fallen lassen, bevor sie außer Kontrolle gerät.

„Ich ... das ist eine Menge Geld, Levi. Ich glaube nicht, dass dir klar ist, wie viel das ist, was ich mit einer Million Dollar machen könnte."

Ich atme schwer aus und ziehe eine Grimasse. „Wow." Jetzt ist nicht der richtige Zeitpunkt, um einen Streit anzufangen oder mit ihr zu streiten.

„Dir ist klar, dass kein Geldbetrag ausreichen würde, um mich von deiner Tochter fernzuhalten."

„Das klingt wie ein Stalker", warne ich spielerisch.

„Nun, so war das nicht gemeint. Aber je mehr ich darüber nachdenke, desto mehr glaube ich, dass Zander deine Bedingungen akzeptieren wird. Aber du solltest ihm die Konsequenzen genau aufzeigen, wenn er die Regeln bricht."

„Natürlich", sage ich. „Mein Anwalt wird sich um alles kümmern. Ich wollte es nur mit dir besprechen, bevor ich den Brief abschicke."

„Darf ich den Entwurf sehen, bevor ihr es abschickt?", fragt Clare.

„Sicher."

Ich gehe ins Büro, drucke den Vertragsentwurf meines Anwalts aus und stecke ihn in einen Aktenordner. Ich werfe ihn in meine Aktentasche zu einem Dutzend anderer Akten, die meine Assistentin mir zur Durchsicht und Überprüfung überlassen hat.

Auf dem Weg nach Hause werden wir Amelia nicht mitnehmen. Sie kommt schon mittags aus der

Vorschule. Es ist fast fünf Uhr. Der Tag verging wie im Flug, und ich freue mich darauf, den Abend mit Clare in meinen Armen zu verbringen.

Douglas holt mich vom Büro ab.

„Gibt es etwas Neues?", frage ich.

„Keine Spur von dem Verlierer", sagt Douglas. „Das Sicherheitsteam, beobachtet Ihr Haus. Wie lange, glauben Sie, wird er ein Problem darstellen?"

„Nicht lange. Mein Anwalt und ich haben einen soliden Plan, der ihn von den Mädchen fernhalten wird." Nicht einmal Douglas muss wissen, was ich getan habe.

Douglas nickt. „Ich hoffe, dass das, was Sie geplant haben, funktioniert. Ich würde nie gegen Sie antreten wollen."

Ich lächle und entspanne mich auf dem Rücksitz. Ich fühle mich noch wohler, als wir durch das Eingangstor fahren. Ich nehme die Aktentasche mit ins Haus.

Aus der Küche ertönt Gelächter und Kichern.

August steht am Eingang zur Küche. Er wurde mir wärmstens empfohlen und hat lange mit Douglas in Übersee gearbeitet. Er nickt mir kurz zu, seine Aufmerksamkeit gilt den Räumlichkeiten und der Sicherheit meiner beiden Mädchen.

Clare und Amelia kochen gemeinsam das Abendessen, wobei jede von ihnen eine Schürze trägt. Das ist einfach hinreißend.

Ich könnte mich daran gewöhnen, dass Clare hier ist, und zwar nicht nur als Kindermädchen.

„Hey, du bist zu Hause!", sagt Clare mit einem Lächeln und großen Augen. Sie bindet die Schürze ab und zieht sie sich über den Kopf.

„Das musst du meinetwegen nicht machen", sage ich. Mein Blick schweift über ihren Körper. Schade, dass sie nicht mehr in meinen Boxershorts steckt, aber sie trägt mein T-Shirt und ihre schwarzen Leggings.

Alles an Clare ist absolut sexy. Wie macht sie das nur?

Wir essen als Familie zu Abend und räumen danach das Geschirr ab. Clare bleibt im Badezimmer, während Amelia duscht und sich bettfertig macht. Ich lese meinem kleinen Mädchen eine Gute-Nacht-Geschichte vor und bringe sie ins Bett, bevor ich das Licht ausschalte.

„Wir sind nur zu zweit", sagt Clare und schaut mich mit einem Grinsen von oben bis unten an.

„August ist unten." Ich erinnere sie daran, dass wir Besuch haben. Aber er ist ja kein Gast. Er ist geschäftlich hier, und jeder, der für mich arbeitet, unterschreibt immer ein NDA. „Außerdem wollte ich, dass du dir den Papierkram ansiehst, den der Anwalt aufgesetzt hat. Sage mir ehrlich, was du davon hältst."

„Hast du Angst, dass ich nicht ehrlich bin?"

„Niemals", sage ich, nehme ihre Hand und führe sie die Treppe hinunter. Ich schnappe mir meine Aktentasche und den Stapel Ordner und bringe sie in mein Arbeitszimmer. Ich schalte das Licht an und lege den Stapel Akten auf die, die noch auf meinem Schreibtisch liegen.

„Du hast eine Menge Arbeit mit nach Hause gebracht."

„Nicht viel, nur Sachen, die ich für Nancy durchsehen soll."

„Nancy ist ..." Sie schweift ab.

„Meine Assistentin. Bist du eifersüchtig?" Ein Lächeln zerrt an meinen Mundwinkeln.

„Nein." Sie verschränkt die Arme vor der Brust, ihre Unterlippe ist geschwollen und sexy.

„Hattest du schon einmal Sex in deinem Büro?", fragt Clare und zieht eine Grimasse. „Moment, ich bin mir nicht sicher, ob ich die Antwort darauf wissen will."

„Niemals mit einem Angestellten." Ich schaue sie von oben bis unten an. Will sie damit andeuten, was ich denke?

Sie fegt die Akten von meinem Schreibtisch. Die Papiere bleiben nicht in ihren jeweiligen Ordnern, sondern fliegen wahllos umher.

Ich stöhne und mache mich daran, das Chaos aufzuräumen. Ich bin mir nicht einmal sicher, was in den Aktenordnern war und wie schwierig es sein wird, sie neu zu ordnen. Nancy wird mich morgen umbringen, wenn ich sie völlig ungeordnet und mit dem falschen Inhalt in den Ordnern zurückbringe.

Und wenn ich ihr sage, warum, werde ich nie das Ende davon erfahren.

Ich bücke mich, greife nach dem Inhalt und versuche aufzuräumen, was ich kann, und bringe die Seiten, die noch halb sortiert sind und aus ihren Ordnern herausragen, wieder in die richtige Reihenfolge.

Clare geht in die Hocke, um zu helfen. „Tut mir leid, ich habe mich wohl zu etwas hinreißen lassen." Ihre Stimme verstummt, als sie ein verlassenes Blatt aus der Ablage nimmt. „Du suchst immer noch ein Ersatzkindermädchen?"

„Ich habe mir alle Optionen offen gehalten, falls du dich entschließen solltest, zu kündigen. Aber ich will kein Ersatzkindermädchen für Amelia. Ich will dich."

„Für Amelia", sagt sie.

„Nun, ich möchte nicht, dass du mein Kindermädchen bist." Ich grinse und ziehe sie auf die Beine, vergesse die Akten für einen Moment. „Ich mag dich wirklich, Clare, oder wie Amelia dich gerne nennt, Clare Bär."

„Willst du mich auch so nennen?" Ihre Nase kräuselt sich auf liebenswerte Weise, und ihre Wangen röten sich.

Wie könnte ich nicht? Meine Tochter hat von Clare Bär geschwärmt und davon, dass sie das beste Kindermädchen und ihr Lieblingsmensch auf der ganzen Welt ist. Natürlich ohne ihre Mutter, die sie vermisst. Manchmal glaube ich, dass Amelia Clare sogar lieber mag als mich. Aber sie verbringt mehr Zeit mit ihrem Kindermädchen als mit mir.

Ich schlinge meine Arme um ihre Taille und ziehe sie in eine Umarmung. „Ich verspreche, dass ich kein Interesse daran habe, ein anderes Kindermädchen einzustellen. Aber du hast mir auf dem Rückflug gesagt, dass du deine Kündigung einreichen wirst."

„Und du hast nicht angenommen."

„Das heißt aber nicht, dass du nicht durch die Vordertür gehen kannst."

„Glaubst du wirklich, dass ich das tun würde?", fragt sie und blickt zu mir auf.

Ich streichle ihre Wange, mein Daumen streicht über ihren Kiefer. „Ich hoffe nicht, aber wir lernen immer noch viel übereinander." Wir sind erst seit ein paar Wochen zusammen. Es ist alles noch neu.

„Stimmt."

„Dabei fällt mir ein, dass ich dich noch nicht für deine Dienste als Kindermädchen bezahlt habe."

Sie zieht sich aus meiner Reichweite zurück. „Was? Ich habe ein wunderbares Haus, in dem ich leben kann, und genug zu essen. Mehr brauche ich nicht."

„Wenn ich eines dieser Kindermädchen einstellen würde", sage ich und deute auf den Marmorfußboden und den Dutzenden von verstreuten Blättern, die unsere Füße bedecken, „müsste ich ihnen ein Gehalt zahlen. Und da ich gerade dabei bin, deinem beschissenen Ex-Mann ein großzügiges Angebot zu machen, ist es das Mindeste, dich angemessen zu bezahlen."

Sie blickt mich mit großen Augen an und ihr Mund schließt sich. Sie rollt ihre Lippen zusammen. „Ich weiß nicht, was ich sagen soll."

„Bist du mit zweihunderttausend im Jahr einverstanden?", frage ich. „Und das ist nur für dich. Alles, was du für Amelia ausgibst, bekommst du zurück."

„Das ist zu viel", sagt Clare. „Ich ... du solltest mich nicht bezahlen." Sie löst sich aus meinem Griff und verschränkt abwehrend die Arme vor der Brust. Sie zieht ihre Stirn in Falten. Sie sieht beunruhigt aus.

Habe ich etwas Falsches gesagt oder getan?

„Warum nicht?", frage ich.

„Wir schlafen miteinander, Levi. Es fühlt sich schmutzig an, als ob ich eine Prostituierte wäre."

Ich trete näher, ergreife ihre Hand und ziehe sie zu mir. „Wir werden nicht mehr miteinander schlafen, wenn es das Problem löst."

„Du weißt, dass es das nicht wird", sagt sie und blickt auf unsere verschränkten Hände hinunter. „Zweimal sind wir schon zusammen im Bett gelandet. Es scheint unausweichlich zu sein." Ein schwaches Lächeln liegt auf ihrem Gesicht, als wolle sie diesen Teil nicht aufgeben, anscheinend würde sie lieber auf das Geld verzichten, als dass wir beide unsere Erkundungen beenden.

„Ich verspreche dir, wenn ich nicht mit dir schlafe und ein anderes Kindermädchen einstelle, würde ich dir immer noch so viel bezahlen, dass ich dich behalten kann. Eine anständige Hilfe einzustellen, kostet Geld."

„Du bezahlst mir zu viel", sagt Clare.

„Soll ich dir lieber die Hälfte zahlen?" Ich kann nicht glauben, dass sie sich streitet und versucht, mir auszureden, ihr einen mehr als angemessenen Lohn zu zahlen. Es hat nichts damit zu tun, dass wir beide miteinander schlafen.

„Nein, ich ..." Sie bricht ab und klemmt sich die Unterlippe zwischen die Zähne.

Ich beuge mich vor und küsse sie, zwinge sie, die Geste zu unterbrechen, und sie entspannt sich unter meiner Berührung. „Ich will dich, Clare. Ich will dich in Amelias Leben haben. Ich will dich in meinem Leben. Ich will dir das zahlen, was du wert bist. Warum kannst du das nicht akzeptieren?"

„Okay", sagt sie verlegen.

Ich lache. Ich lehne meine Stirn an ihre und streiche ihr eine Haarsträhne hinters Ohr.

„Ehrlich gesagt, dachte ich, du würdest mir eine Million abknöpfen, weil ich Zander eine Million zahlen will."

„Eine Million hätten Sie akzeptiert, aber weniger als ein Viertel davon ist zu viel?" Manchmal kann ich nicht verstehen, wie ihr Verstand funktioniert.

„Nein, ich sage nur, das war der erste Gedanke, der mir durch den Kopf ging, und ich geriet in Panik. Und als du dann zweihunderttausend sagtest, klang das immer noch nach viel."

Ich drücke meine Lippen auf ihre, lege meine Hände auf ihre Hüften und hebe sie auf meinen Schreibtisch. „Das ist es, was du wolltest, nicht wahr?", sage ich und fahre Clare über ihren Rücken.

„Ja, aber mal ehrlich, können wir nicht einfach in dein Schlafzimmer gehen? Der Wachmann, den du eingestellt hast, kann uns wahrscheinlich hören, und ehrlich gesagt, ich stehe nicht auf Voyeurismus."

„Das ist schade. Es hätte extra scharf sein können, und wir hätten ihm eine Show bieten können."

„Eine, die im Internet landen würde." Sie klopft mir auf die Schulter und setzt sich auf.

„Nein, er hat einen Geheimhaltungsvertrag unterschrieben. Ich vertraue darauf, dass er weiß, dass ich ihn verklagen würde und er nie wieder einen Job bekommen würde." Ich habe den Ruf, hart aber fair zu sein.

Sie klettert vom Schreibtisch, und wir heben die Akten und Ordner vom Boden auf und stapeln sie wahllos auf dem Schreibtisch. Das wird ein Chaos, mit dem wir uns morgen bei der Arbeit herumschlagen müssen. Clare schnappt sich eine Akte, und der Brief des Anwalts fällt heraus und anmutig auf den Boden.

Ich hebe ihn auf. „Das ist die Korrespondenz, die wir an Ihren Ex schicken wollen." Ich lasse sie es lesen und warte auf ihre Meinung. Wenn sie es überzeugend findet, wird das auch jeder andere tun.

„Ich denke, das ist gut. Ich meine, er wird denken, dass er mit dem Angebot, das du gemacht hast, im Lotto gewonnen hat."

„Ist das nicht zu niedrig?", frage ich. Nicht, dass ich dem Mistkerl einen Cent geben will, aber es ist ein kleiner Preis, den er zahlen muss, ob er das Geld sieht oder nicht.

„Eine Million Dollar? Er wäre verrückt, wenn er sie nicht annehmen würde."

Ich starre sie ungläubig an.

Sie lacht und merkt, dass es verrückt ist. „Es ist in Ordnung. Er wird es akzeptieren. Ich war sechs Jahre lang mit ihm verheiratet. Ich kenne ihn gut genug, um beurteilen zu können, dass er den Deal annehmen wird. Er war ein Goldgräber, hat das Geld immer mehr geliebt als mich." Sie hält inne und ihre Augen zucken.

„Was ist?"

„Er weiß, dass ich für dich arbeite. Es ist kein Geheimnis, dass du ein Milliardär bist. Ich frage mich, ob das von Anfang an sein Spiel war. Versuchen, eine riesige Geldzahlung zu bekommen."

Auf ihre Bemerkung hin fühle ich mich unbehaglich.

Zander hätte von Amelia oder Clare Lösegeld verlangen und weit mehr als eine Million Dollar bekommen können. Das ist ein weiterer Grund, warum ich nicht zulassen kann, dass sich die Sache in eine Erpressung verwandelt.

„Wie schnell muss er die Stadt verlassen?", fragt Clare.

„Stunden, wenn er die volle Bezahlung will."

„Das lässt ihm nicht viel Zeit zum Packen", sagt sie und überlegt.

„Er kann sich neue Möbel kaufen. Ich will ihn loswerden." Sie hat keine Ahnung, wie sehr ich das alles hinter mir lassen will. Und ich hasse es, sie anzulügen. Aber welche Wahl habe ich?

„Mehr als das, was der Bastard verdient hat. Er hat mich gequält, terrorisiert, und er wird für sein Verhalten belohnt. Das ist nicht fair, nicht im Entferntesten. Wir könnten das hier hinter uns lassen und zu dritt an einen warmen Ort wie Hawaii oder die Karibik ziehen. Kannst du nicht von überall aus arbeiten? Oder wir könnten ein Hotel an einem dieser exotischen Orte kaufen und es selbst betreiben."

Ein Lächeln streift meine Züge. „Amelia ist in der Schule, und so reizvoll dieser Gedanke auch ist, das hier ist unser Zuhause. Ich verspreche, dass er dich nie wieder belästigen wird", sage ich und schaue ihr tief in die Augen.

„Ich hoffe, du hast recht", sagt sie mit einem schweren Seufzer.

Ich streiche mit meiner Hand in sanften, beruhigenden Kreisen über ihren Rücken. „Ich würde alles für dich tun. Ich hoffe, du weißt das."

„Ich schon", sagt sie mit einem nervösen Lachen.

„Was?", frage ich, neugierig, was ihre Wangen rot werden lässt.

„Ich habe gerade gesagt, ich will." Sie lächelt und kneift die Augen zusammen. Sie sieht aus wie Amelia, jung, sorglos, ohne jede Sorge auf dieser Welt. Ich weiß, dass wir einen langen, kurvenreichen Weg vor uns haben, aber bei Clare vertraue ich darauf, dass sie mir nicht das Herz brechen wird, und ich weiß, dass ich ihres nie brechen werde.

EPILOG

Ein Jahr später

„Daddy, kann ich mit den Delfinen schwimmen?",
fragt Amelia, als wir auf Hawaii am Strand sitzen.

Der Himmel ist hell und sonnig, die Luft warm, aber
noch nicht so warm, dass ich meine Füße ins Wasser
tauchen müsste. Ich sitze in einem Strandkorb, ein
Buch in der Hand, aber meine Aufmerksamkeit gilt
nicht dem Roman.

Ich kann nicht aufhören, Levi anzusehen.

Er steht auf. Seine nasse Badehose klebt an seinem
Körper und Wasser tropft an seinen Beinen herunter.

Er ist braungebrannt von den ersten zwei Wochen unseres Urlaubs, und wir haben weitere zwei Wochen geplant, um von Hawaii nach Kauai zu fahren, wo es abgelegener und weniger geschäftig ist.

Ich bin mir nicht sicher, wie Amelia damit zurechtkommen wird, aber Levi besteht darauf, dass er Wanderungen und Strandtage für uns geplant hat.

„Los geht's!" Levi packt Amelia und hebt sie über seinen Kopf, als wäre sie Supergirl, während er spielerisch in Richtung Meer rennt.

„Nicht loslassen!", kreischt sie, als sich die ersten Wellen an seinen Beinen brechen.

„Sei vorsichtig!", rufe ich von meinem Strandkorb aus. Wenn er sie fallen lässt, wird es zu viele Tränen geben. Sie hat keine Angst vor dem Wasser, und ich möchte nicht, dass sich das ändert.

Levi bringt Amelia auf den Wasserspiegel, und sie kreischt und kichert, wahrscheinlich wegen des Temperaturwechsels. Das Wasser ist zwar nicht eiskalt, aber es dauert trotzdem ein paar Sekunden, bis sie sich daran gewöhnt hat.

Ein paar Monate vor unserer Reise meldete Levi Amelia zum Schwimmunterricht an. Sie hatte in der Vergangenheit bereits Grundkurse besucht; sie konnte im Wasser schwimmen, aber es war ihr unangenehm, mit dem Gesicht das Wasser zu berühren. Dadurch hatte der Lehrer eine gute Ausgangsbasis.

Jetzt will das Mädchen mit Delfinen schwimmen. Ich werfe einen Blick auf mein Buch und stelle fest, dass ich kein Wort mehr lesen werde, während die beiden im Pazifik schwimmen.

Ich stehe auf, nehme meine Sonnenbrille ab und lege sie zusammen mit meinem Buch in den Strandkorb, während ich zum Wasser hinuntergehe.

Unglaublich, dass es schon ein Jahr her ist, dass ich als Amelias Kindermädchen angefangen habe. Sie ist sehr gewachsen und kaum wiederzuerkennen, denn sie ist zu ihrem eigenen Ich geworden.

Wir haben uns alle verändert.

Überall um uns herum hat es Veränderungen gegeben.

Ich bin immer noch zu Hause bei Amelia, aber nur, weil ich mit ihr zu Hause sein will. Es gibt niemanden sonst, außer natürlich Levi, dem ich *unsere Tochter anvertrauen würde.*

Obwohl Levi rechtlich ihr Vormund ist, betrachte ich sie als meine eigene Tochter. Ich würde mein Leben für sie und für Levi aufs Spiel setzen, und ich weigere mich, sein Geld anzunehmen, nicht dass es darauf ankäme. Er hat ein separates Konto eröffnet, auf das er regelmäßig Geld für mich einzahlt.

Ich mache Witze darüber, dass ich ausgehalten werde, und er knurrt immer zurück, dass ich recht habe. Er beansprucht mich für sich, niemand sonst sollte mich auch nur ansehen.

Mir gefällt auch, dass ich unsere Beziehung nicht vor Amelia verstecken muss. Sie war hundertprozentig damit einverstanden, dass wir beide zusammen sind. Jetzt fragt sie ständig, ob sie ein Blumenmädchen sein kann, wenn wir heiraten.

Vielleicht eines Tages.

Wenn wir beide bereit sind.

Ich hätte nie gedacht, dass der Tag kommen würde, an dem ich mich wieder verlieben oder heiraten möchte. Aber mit Levi ist alles anders, als es mit Zander war. Aber ich möchte trotzdem nichts überstürzen.

Levi hat die Mauern um mein Herz niedergerissen, und ich weiß, wenn er mir einen Antrag macht, werde ich Ja sagen.

Und wenn nicht, werde ich ihn vielleicht überraschen und ihm die Frage stellen.

Es geht aufwärts.

Connor wurde von der Leitung des Luxenbergs entlassen. Er arbeitet immer noch für die Firma; Levi besteht darauf, dass er arbeiten muss, wenn er einen Gehaltsscheck bekommt. Stattdessen arbeitet Connor im Büro unter Levi und kümmert sich um die Bestellungen der Hotelkette für Gästeprodukte wie Shampoos, Spülungen und Seifen. Es ist nicht annähernd so luxuriös, wie es klingt.

„Clare Bär!", ruft Amelia und winkt mir zu, als sie sieht, dass ich zu ihnen herunterkomme. Ich eile ins Wasser, tauche zwischen den Wellen hindurch und lasse mich von den Tropfen durchnässen, um mich an die Kühle zu gewöhnen.

Nach ein paar Sekunden fühlt sich das Wasser gut an, verglichen mit der brennenden Sonne auf meiner Haut. Mein Gesicht ist heiß. Wahrscheinlich bin ich so rot wie ein Hummer, aber Levi hat mich schon mehrmals eingecremt. Seine Hände verweilen immer ein wenig länger als nötig, vor Amelias unschuldigem Blick.

„Du hast dich uns angeschlossen", sagt Levi strahlend, als er auf der Sandbank steht. Wir sind nicht weit draußen, aber das Meer senkt sich und steigt dann wieder an. Als wir zum ersten Mal an den Strand kamen, gab es in der Ferne ein altes, gehärtetes Lavagestein, durch das wir navigieren mussten. Dieser Strand ist perfekt zum Schwimmen geeignet, mit weichen, sandigen Ufern, im Gegensatz zu einigen anderen Stellen, die wir zuvor erkundet hatten und die sich als nette Schnorchel-Enklaven erwiesen, aber nicht zum Faulenzen im Sand geeignet waren.

„Papa." Amelia schwimmt zu Levi und schlingt ihre Arme um seinen Hals.

Er hält ihre Taille und hilft ihr, über Wasser zu bleiben. Auch wenn es für uns nicht tief ist, ist es immer noch über ihrem Kopf, wenn sie steht.

„Ich habe dich", sagt Levi. „Ich werde nicht zulassen, dass euch etwas zustößt, keinen von euch." Er blickt mir direkt in die Seele, und ich weiß, dass er jedes Wort ernst meint.

Er hat mich vor Zander beschützt. Das Angebot des Anwalts an meinen Ex-Mann reichte aus, damit er sein Handgepäck packte und nach Mexiko zog.

Aber ich kann mich des Verdachts nicht erwehren, dass vielleicht etwas anderes hinter den Kulissen vor sich ging. Aber Levi schwört, dass er Zander nur dafür bezahlt hat, zu verschwinden. Es erscheint mir zu einfach, aber er hat mir versichert, dass wir in Sicherheit sind.

Es ist, als wäre mir eine Last abgenommen worden, und ich kann endlich wieder atmen.

„Papa." Amelias Stimme ist singend, süß und fröhlich. „Kann ich eine kleine Schwester haben?"

„Diese Frage musst du deiner Mami stellen", sagt Levi mit einem wachsenden Lächeln.

„Können wir?", fragt Amelia mit großen Augen. Dass Levi nicht nein gesagt hat, bedeutet offenbar, ja für das Kind. „Du wirst nicht jünger."

„Hast du ihr das beigebracht? Hast du ihr gesagt, sie soll mich fragen, ob sie eine kleine Schwester haben kann?", frage ich und kneife Levi.

„Au!", krächzt er, lacht und bespritzt mich. „Wofür war das denn?"

„Das hat sie nicht von selbst gewusst. Wenn du ein Baby willst, kannst du mich auch fragen." Ich schaue ihn an und grinse zu ihm hoch. Ich würde ihn küssen, aber Amelia hat sich um seinen Hals gewickelt, und ich will nicht, dass sie ertrinkt, während wir beide rummachen wie zwei Teenager mit rasenden Hormonen.

„Ich will eine kleine Schwester!", verkündet Amelia. „Können wir eine haben?"

„Ich meinte deinen Vater", sage ich und drücke einen Kuss auf Amelias Wange und dann einen auf Levis Lippen. Es ist sanft und süß, ein Versprechen für Dinge, die später kommen werden, heute Abend, wenn wir zusammen im Bett liegen.

„Können wir eine kleine Schwester haben?", fragt Levi mit glühenden Wangen, während er den Kopf neigt. Seine blauen Augen und die langen Wimpern rauben mir das Herz.

„Und wenn es ein Junge wird?", frage ich lächelnd.

„Dann werden wir es wohl weiter versuchen müssen." Levi kichert und drückt mir einen Kuss auf die Stirn. „Ich liebe dich so sehr."

„Ich liebe dich auch."

————

Danke, dass Sie Milliardär Muffel gelesen haben. Ich hoffe, Ihnen hat die Geschichte von Levi und Clare gefallen.

Möchten Sie mehr von Levi und Clare lesen? Dann setzen Sie die Serie mit Berg Muffel fort.

Hinweis: Im letzten Buch der Reihe wird die Hochzeit von Levi und Clare in Bachelor Muffel stattfinden!

Sind Sie bereit für Ihre nächste Liebesgeschichte? Klicken Sie jetzt auf Berg Muffel, das zweite Buch aus der Serie *Ruppige Single Papas*!

Als Cali ihren Drink auf den heißen Milliardär schüttet, erwartet sie nicht, dass er sie über seine Schulter wirft.

Als Vloggerin wird Cali Sinclair ins Blue Sky Resort, in eine Skihütte, geschickt, um über das Winterziel zu berichten. Normalerweise reist sie an warme, exotische Orte, und nicht mitten im Winter in die eisigen Berge.

Der Milliardär und alleinerziehende Vater Logan Henderson besitzt das Skigebiet in Breckenridge, Montana, und trifft im Souvenirladen auf die süße, aber nicht ganz charmante Cali. Sie ist eine unzufriedene Kundin, und er ist verärgert, dass er noch eine weitere Kundenbeschwerde entgegennehmen muss.

Julianna, Logans Tochter, erkennt Cali und ist von ihr begeistert. Das Einzige, was noch schlimmer ist als eine hartnäckige Fünfzehnjährige, die bei Cali ein Praktikum machen will, ist die freche Vloggerin, die ständig über alles stolpert. Logan will keine schlechte Publicity oder einen Rechtsstreit.

Als Cali von dem lässigen Logan abgelenkt wird, stolpert sie und fällt in seine Arme, aber dieses Mal lässt er sie nicht los.

Berg Muffel ist ein eigenständiger Liebesroman ohne Cliffhanger, ohne Betrug und mit einem Happy End. Es ist eine Slow-Burn-Romanze mit Würze.

WERBEGESCHENKE, KOSTENLOSE BÜCHER UND MEHR GOODIES

Ich hoffe, dass dir Milliardär Muffel gefallen hat und du die Geschichte von Levi und Clare magst.

Melde dich für meinen Willow Fox Newsletter an

Wenn dir Milliardär Muffel gefallen hat, nimm dir bitte einen Moment Zeit, um eine Rezension zu hinterlassen. Rezensionen helfen anderen Lesern, meine Bücher zu entdecken.

Du weißt nicht, was du schreiben sollst? Das ist okay. Er muss nicht lang sein. Du kannst erzählen, wie du mein Buch entdeckt hast: War es eine Empfehlung von einem Freund oder einem Buchclub? Lass die Leserinnen und Leser wissen, wer dein

Lieblingscharakter ist oder was du gerne als Nächstes lesen würdest.

Vielen Dank fürs Lesen! Ich hoffe, dass du dich in meine Mailingliste einträgst, damit ich dich über kostenlose Bücher, Werbeaktionen, Werbegeschenke und Neuerscheinungen informieren kann.

ÜBER DIE AUTORIN

Willow Fox liebt das Schreiben seit ihrer Highschoolzeit (vor vielen Jahren). Ihre Kleinstadtromane spiegeln das Leben in einer Kleinstadt im ländlichen Amerika wider.

Egal, ob sie Liebesromane schreibt oder draußen am Lagerfeuer sitzt und ein gutes Buch liest, Willow liebt die Magie des geschriebenen Wortes.

Sie träumt davon, von den Füßen gerissen zu werden und hofft, dass sie das auch bei ihren Lesern erreichen kann!

Besuche ihre Website unter:

https://authorwillowfox.com

AUCH VON WILLOW FOX

Rücksichtsloses Gelübde

Gebrüder Bratva

Brutaler Boss

Böser Boss

Besitzergreifender Boss

Zwanghafter Boss

Ruppige Single Papas

Milliardär Muffel

Berg Muffel

Bachelor Muffel